ENCONTRO COM RAMA

ARTHUR C. CLARKE

ENCONTRO COM RAMA

TRADUÇÃO
Susana L. de Alexandria

ENCONTRO COM RAMA

TÍTULO ORIGINAL:
Rendezvous with Rama

CAPA:
Mateus Acioli

COPIDESQUE:
Marcos Fernando de Barros Lima

PROJETO GRÁFICO E DIAGRAMAÇÃO:
Desenho Editorial

REVISÃO:
Hebe Ester Lucas
Isabela Talarico

DADOS INTERNACIONAIS DE CATALOGAÇÃO NA PUBLICAÇÃO (CIP)
(CÂMARA BRASILEIRA DO LIVRO, SP, BRASIL)
ELABORADO POR VAGNER RODOLFO DA SILVA - CRB-8/9410

C597e Clarke, Arthur C.
Encontro com Rama / Arthur C. Clarke ; traduzido por Susana L. de Alexandria. - 3. ed. - São Paulo : Editora Aleph, 2020.
288 p. ; 14cm x 21cm

Tradução de: Rendezvous with Rama
ISBN: 978-85-7657-479-8

1. Literatura inglesa. 2. Ficção científica I. Alexandria, Susana L. de. II. Título.

2020-48 CDD 823.91
CDU 821.111-3

ÍNDICE PARA CATÁLOGO SISTEMÁTICO:
1. Literatura inglesa: ficção científica 823.91
2. Literatura inglesa: ficção científica 821.111-3

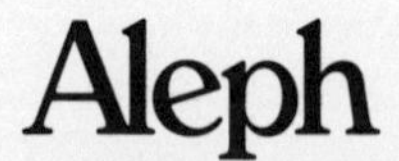

Rua Bento Freitas, 306 - Conj. 71 - São Paulo/SP
CEP 01220-000 • TEL 11 3743-3202
www.editoraaleph.com.br

 @editoraaleph
 @editora_aleph

Para o Sri Lanka,
onde subi a Escadaria dos Deuses

1

Spaceguard

Mais cedo ou mais tarde, iria acontecer. Em 30 de junho de 1908, Moscou escapou da destruição por três horas e quatro mil quilômetros – margem mínima pelos padrões do universo. Novamente, em 12 de fevereiro de 1947, outra cidade russa escapou por ainda menos, quando o segundo grande meteorito do século 20 detonou a menos de quatrocentos quilômetros de Vladivostok, com uma explosão equivalente à da recém-inventada bomba de urânio.

Naquela época, não havia nada que o homem pudesse fazer para se proteger contra os disparos aleatórios do bombardeio cósmico que já tinha esburacado a superfície da Lua. Os meteoritos de 1908 e 1947 atingiram áreas desabitadas; mas, no final do século 21, não sobrara nenhuma região na Terra que pudesse ser utilizada, com segurança, para a prática do tiro ao alvo celeste. A raça humana se espalhara de um polo a outro. E, assim, inevitavelmente...

Às 9h46, horário de Greenwich, manhã de 11 de setembro, durante o verão excepcionalmente belo do ano de 2077, a maioria dos habitantes da Europa viu surgir uma resplandecente bola de fogo no céu oriental. Em segundos, tornou-se mais brilhante que o Sol e, enquanto riscava os céus – a princípio em completo silêncio –, deixava atrás de si um rastro encrespado de poeira e fumaça.

Em algum ponto acima da Áustria, o meteorito começou a se desintegrar, produzindo uma série de abalos tão violentos que mais de um milhão de pessoas sofreram danos de audição permanentes. Foram as que tiveram sorte.

Movendo-se a cinquenta quilômetros por segundo, mil toneladas de rocha e metal chocaram-se contra as planícies do norte da Itália, destruindo, em poucos e flamejantes instantes, o trabalho de séculos. As cidades de Pádua e Verona foram varridas da face da Terra; e os últimos esplendores de Veneza afundaram para sempre sob o mar, quando as águas do Adriático trovejaram em direção a terra firme, após a martelada do espaço.

Seiscentas mil pessoas morreram, e os danos totais somaram mais de um trilhão de dólares. Mas a perda para a arte, a história, a ciência – para toda a humanidade, até o fim dos tempos – foi incalculável. Foi como se uma grande guerra tivesse sido travada e perdida numa única manhã; e poucos puderam apreciar o fato de que, à medida que a poeira da destruição baixava lentamente, por meses o mundo todo testemunhou as alvoradas e os crepúsculos mais esplêndidos desde Krakatoa.

Após o choque inicial, a humanidade reagiu com uma determinação e uma unidade que teriam sido impossíveis em qualquer época anterior. Percebeu-se que um desastre como aquele talvez não se repetisse nos próximos mil anos – mas talvez se repetisse no dia seguinte. E, da próxima vez, as consequências poderiam ser ainda piores.

Pois muito bem; *não haveria uma próxima vez.*

Cem anos antes, um mundo muito mais pobre, com recursos muito mais parcos, desperdiçara sua riqueza na tentativa de destruir armas que a humanidade, de maneira suicida, lançava contra si mesma. O esforço nunca fora bem-sucedido, mas as habilidades adquiridas na ocasião não tinham sido esquecidas. Agora, poderiam ser usadas para um objetivo muito mais nobre, e num cenário infinitamente mais vasto. Nenhum meteorito grande o suficiente para provocar uma catástrofe poderia jamais romper de novo as defesas da Terra.

Assim começou o Projeto SPACEGUARD, guarda espacial. Cinquenta anos depois – e de um modo que nenhum de seus idealizadores jamais imaginara –, o projeto justificou sua existência.

2

Intruso

No ano de 2130, os radares situados em Marte descobriam novos asteroides à razão de uma dúzia por dia. Os computadores do SPACEGUARD calculavam as órbitas dos asteroides automaticamente, armazenando as informações em suas imensas memórias, para que, no intervalo de poucos meses, qualquer astrônomo interessado pudesse consultar as estatísticas acumuladas. Estatísticas que, hoje, eram impressionantes.

Levara mais de cento e vinte anos para a coleta dos primeiros mil asteroides, desde a descoberta de Ceres, o maior desses pequenos mundos, no primeiro dia do século 19. Centenas tinham sido encontrados, perdidos e reencontrados; existiam em tal abundância que um astrônomo exasperado os batizara de "praga dos céus". Ele teria ficado horrorizado ao saber que, hoje, o SPACEGUARD seguia o rastro de meio milhão desses corpos celestes.

Apenas os cinco gigantes – Ceres, Palas, Juno, Eunomia e Vesta – tinham mais de duzentos quilômetros de diâmetro; a grande maioria eram apenas rochas grandes que caberiam num pequeno parque. Quase todos se moviam em órbitas além de Marte; apenas os poucos que se aproximavam do Sol o suficiente para se constituir em ameaça eram monitorados pelo SPACEGUARD. E, a cada mil destes, nenhum, durante toda a história futura do Sistema Solar, passaria a menos de um milhão de quilômetros de distância da Terra.

O objeto, de início catalogado como 31/439, segundo o ano e a ordem da descoberta, foi detectado quando ainda estava fora da órbita de Júpiter. Não havia nada incomum em sua localização; muitos asteroides iam além de Saturno antes de retornarem mais uma vez para seu longínquo senhor, o Sol. E Thule II, o asteroide que mais se distanciava, viajava tão próximo a Urano que poderia bem ser uma lua perdida daquele planeta.

Mas um primeiro contato por radar a tal distância era inédito; o 31/439, evidentemente, devia ter um tamanho excepcional. Pela força do eco, os computadores deduziram um diâmetro de pelo menos quarenta quilômetros; esse gigante não havia sido descoberto em cem anos. Parecia incrível que tivesse sido negligenciado por tanto tempo.

Calculou-se, então, a órbita e resolveu-se o mistério – substituído por outro ainda maior. O 31/439 não percorria a órbita normal, em elipse, de um asteroide, retraçada com a precisão de um relógio no intervalo de alguns anos. O objeto era um errante solitário entre as estrelas, fazendo sua primeira e última visita ao Sistema Solar – pois movia-se tão depressa que o campo gravitacional do Sol jamais poderia capturá-lo. Iria passar como um raio pelas órbitas de Marte, Terra, Vênus e Mercúrio, ganhando velocidade no caminho, até contornar o Sol e partir novamente rumo ao desconhecido.

Foi nesse ponto que os computadores começaram a piscar o sinal "Oi, gente! Temos algo interessante!", e, pela primeira vez, o 31/439 chamou a atenção dos seres humanos. Houve um breve acesso de entusiasmo no centro de operações do SPACEGUARD, e o vagabundo interestelar foi rapidamente dignificado com um nome, em vez de um número. Muito tempo atrás, os astrônomos tinham esgotado a mitologia greco-romana; agora, exploravam o panteão hindu. Assim, o 31/439 foi batizado de Rama.

Por alguns dias, o noticiário fez um alvoroço em torno do visitante, mas sua tarefa estava seriamente limitada pela escassez de informações. Dois fatos, apenas, eram conhecidos sobre Rama – a órbita incomum e o tamanho aproximado. Mesmo isso era apenas uma conjectura, baseada na força do eco do radar. Pelo telescópio, Rama ainda aparecia como uma estrela obscura, de décima quinta magnitude – pequena demais para apresentar um disco visível. Mas, à medida que mergulhasse em direção ao centro do Sistema Solar, iria se tornar maior e mais brilhante, mês após mês; antes de desaparecer para sempre, os observatórios em órbita seriam capazes de colher informações mais precisas sobre sua forma e tamanho. Havia tempo de sobra e, nos anos seguintes, talvez uma espaçonave no exercício de suas funções de rotina pudesse se aproximar o bastante para obter boas fotografias. Um encontro real era altamente improvável; o custo em energia seria grande demais para permitir contato físico com um objeto que cruzava as órbitas dos planetas a mais de 100.000 km/h.

Assim, o mundo logo se esqueceu de Rama; mas os astrônomos, não. Seu entusiasmo aumentava como o passar dos meses, à medida que o novo asteroide lhes apresentava mais e mais enigmas.

Em primeiro lugar, havia o problema da curva de luz de Rama. Ele não tinha curva de luz.

Todos os asteroides conhecidos, sem exceção, apresentavam uma lenta variação na luminosidade, que aumentava e diminuía no curso de poucas horas. Reconhecera-se, por mais de dois séculos, que isso era um resultado inevitável de sua rotação e de sua forma irregular. Como tombavam de uma extremidade a outra ao longo de suas órbitas, as superfícies refletidas pelo Sol mudavam continuamente, e o brilho variava de acordo.

Rama não apresentava tais alterações. Ou não estava girando, ou era perfeitamente simétrico. Ambas as explicações pareciam igualmente improváveis.

A questão parou aí por vários meses, pois nenhum dos grandes telescópios em órbita podia ser desviado de sua tarefa regular de perscrutar as profundezas remotas do universo. A astronomia espacial era um passatempo caro, e tempo num instrumento grande poderia facilmente custar mil dólares o minuto. O dr. William Stenton jamais teria conseguido pôr as mãos, por longos quinze minutos, no refletor de duzentos metros no Lado Escuro da Lua, se um programa mais importante não tivesse sido temporariamente suspenso pela falha de um capacitor de cinquenta centavos de dólar. O azar de outro astrônomo foi sua sorte.

Bill Stenton só soube o que havia descoberto no dia seguinte, quando conseguiu tempo no computador para processar os resultados. Mesmo quando estes finalmente surgiram na tela, ele levou vários minutos para compreender o que significavam.

A luz solar refletida por Rama não era, afinal, absolutamente constante em intensidade. Havia uma variação muito pequena – difícil de detectar, mas indiscutível, e extremamente regular. Como todos os outros asteroides, Rama de fato girava. Mas enquanto um "dia" normal de um asteroide durava várias horas, o de Rama era de apenas quatro *minutos*.

O dr. Stenton fez alguns cálculos rápidos e mal pôde acreditar nos resultados. Em seu equador, esse pequeno mundo girava a mais de 1.000 km/h; seria bem arriscado tentar um pouso em qualquer parte, exceto os polos. A força centrífuga no equador de Rama decerto era forte o bastante para expulsar qualquer objeto solto, numa aceleração de quase 1 *g*. Rama era uma pedra rolando que jamais acumularia limo cósmico; era surpreendente que um corpo assim tivesse conseguido manter-se coeso, e não se despedaçado, há muito tempo, em milhões de fragmentos.

Um objeto de quarenta quilômetros de comprimento, com um período de rotação de quatro minutos – onde isso se encaixava na ordem das coisas astronômicas? O dr. Stenton era um homem dotado de certa imaginação, um pouco propenso demais a tirar conclusões precipitadas. A conclusão a que chegara agora de fato o deixou desconfortável por alguns minutos.

O único espécime do zoológico celeste que se encaixava na descrição era uma estrela implodida. Talvez Rama fosse um sol morto – uma esfera de neutrônio girando loucamente, cada centímetro cúbico pesando bilhões de toneladas...

Nesse momento, lampejou na mente horrorizada do dr. Stenton a lembrança de um eterno clássico de H. G. Wells, *A Estrela*. Era ainda criança quando o lera pela primeira vez, e isso ajudara a despertar seu interesse por astronomia. Mesmo depois de dois séculos, o conto não perdera nada em magia e terror. Nunca esqueceria as imagens de furacões e maremotos, de cidades deslizando para o mar, quando o outro visitante das estrelas se chocou contra Netuno e depois caiu em direção ao Sol, passando pela Terra. É verdade que a estrela descrita pelo velho Wells não era fria, mas incandescente, e causou a maior parte da destruição pelo calor. Isso não importava; mesmo se Rama fosse um corpo frio, refletindo apenas a luz solar, poderia matar por gravidade tão facilmente quanto por fogo.

Qualquer massa estelar que invadisse o Sistema Solar alteraria completamente as órbitas dos planetas. Bastava a Terra se mover alguns milhões de quilômetros em direção ao Sol – ou às estrelas – para destruir o delicado equilíbrio climático. A calota polar da Antártica derreteria e inundaria as terras baixas; ou os oceanos poderiam congelar, e o mundo inteiro ficaria preso num inverno eterno. Apenas uma cotovelada para qualquer um dos lados bastaria...

Então, o dr. Stenton relaxou e deixou escapar um suspiro de alívio. Isso tudo era bobagem; ele deveria se envergonhar.

Rama jamais poderia ser feito de matéria tão condensada. Nenhuma massa de dimensão estelar poderia penetrar tão fundo no Sistema Solar sem causar distúrbios que a teriam denunciado há muito tempo. As órbitas de todos os planetas teriam sido afetadas; foi assim, afinal de contas, que Netuno, Plutão e Perséfone tinham sido descobertos. Não, era absolutamente impossível um objeto com a massa de um sol morto passar despercebido.

De certo modo, era uma pena. Um encontro com uma estrela escura teria sido bem emocionante.

Enquanto durasse...

3

Rama e Sita

A reunião extraordinária do Conselho Consultivo Espacial foi breve e tempestuosa. Mesmo no século 22, ainda não haviam descoberto um modo de evitar que cientistas idosos e conservadores ocupassem cargos administrativos cruciais. Na verdade, duvidava-se que esse problema um dia seria resolvido.

Para piorar a situação, o atual presidente do CCE era o professor (emérito) Olaf Davidson, o célebre astrofísico. O professor Davidson não se interessava muito por objetos menores que galáxias e nunca se dava ao trabalho de esconder seus preconceitos. E, embora tivesse de admitir que noventa por cento de sua ciência era agora baseada em observações de instrumentos transportados por veículos espaciais, não estava nem um pouco feliz com isso. Nada menos que três vezes, durante sua ilustre carreira, satélites lançados especialmente para provar uma de suas teorias favoritas tinham feito exatamente o contrário.

A questão posta ao Conselho era bastante direta. Não havia dúvida de que Rama era um objeto incomum – mas era um objeto importante? Em alguns meses, desapareceria para sempre, então havia pouco tempo para agir. Oportunidades perdidas agora jamais retornariam.

A um custo horripilante, uma sonda espacial a ser lançada em breve de Marte para além de Netuno poderia ser modificada e enviada, numa trajetória em alta velocidade, para se encontrar com Rama. Não havia esperança de um verdadeiro encontro; seria a mais rápida passagem por um corpo celeste já registrada, pois os dois objetos se cruzariam a 200.000 km/h. Rama seria observado intensamente por apenas alguns minutos – e, realmente de perto, por menos de um segundo. Mas, com a instrumentação correta, isso seria suficiente para responder a várias perguntas.

Embora o professor Davidson tivesse encarado a sonda de Netuno com muito pessimismo, ela já tinha sido aprovada, e ele não via sentido em investir mais dinheiro bom numa causa ruim. Falou com eloquência sobre as loucuras das caçadas a asteroides e sobre a necessidade urgente de um novo interferômetro de alta resolução na Lua para provar, de uma vez por todas, a recém-revisada teoria da criação do Big Bang.

Foi um grave erro tático, pois os três defensores mais veementes da Teoria do Estado Estacionário Modificado também eram membros do Conselho. Secretamente, concordavam com o professor Davidson de que caçar asteroides era um desperdício de dinheiro; mesmo assim...

Ele perdeu por um voto.

Três meses mais tarde, a sonda espacial, rebatizada de Sita, foi lançada de Fobos, a lua interior de Marte. O tempo de voo foi de sete semanas, e o instrumento foi acionado em força total apenas cinco minutos antes da interceptação. Simultaneamente, liberou-se um conjunto de porta-câmeras, para que a passagem por Rama pudesse ser fotografada de todos os ângulos.

As primeiras imagens, a dez mil quilômetros de distância, paralisaram as atividades de toda a humanidade. Em um bilhão de telas de televisão, eis que aparece um cilindro pequeno e uniforme, aumentando rapidamente a cada segundo. Quando dobrou de tamanho, ninguém mais pôde fingir que Rama era um objeto natural.

Seu corpo era tão geometricamente perfeito que poderia ter sido moldado num torno mecânico – um torno com cinquenta quilômetros de comprimento. As duas extremidades eram completamente planas, exceto por algumas pequenas estruturas no centro de uma das faces, e tinham vinte quilômetros de um lado a outro; a distância, quando não havia nenhuma percepção de escala, Rama parecia, quase comicamente, uma caldeira doméstica comum.

Rama aumentou até preencher a tela. A superfície era de um cinza opaco e monótono, tão sem graça quanto a Lua, e totalmente destituído de marcas, exceto em um ponto. Na metade do cilindro, havia uma mancha ou um borrão de um quilômetro de largura, como se algo tivesse batido ali e respingado, milênios atrás.

Não havia nenhum sinal de que o impacto tivesse causado o menor dano às paredes rodopiantes de Rama; mas a marca causara a ligeira flutuação em luminosidade que levara à descoberta de Stenton.

As imagens das outras câmeras não acrescentaram nada de novo. Entretanto, as trajetórias traçadas pelos porta-câmeras através do campo gravitacional de Rama forneceram uma informação crucial: a massa do cilindro.

Era leve demais para ser um corpo sólido. Para surpresa de ninguém, era óbvio que Rama devia ser oco.

O encontro, tão esperado e tão temido, finalmente ocorrera. A humanidade estava prestes a receber seu primeiro visitante das estrelas.

4

Encontro

O comandante Norton lembrou-se daquelas primeiras transmissões da TV, que ele revira tantas vezes, durante os minutos finais do encontro. Mas havia uma coisa que nenhuma imagem eletrônica poderia comunicar: o espantoso tamanho de Rama.

Ele nunca se impressionara assim ao pousar num corpo natural, como a Lua ou Marte. Estes eram mundos, e era de se esperar que fossem grandes. No entanto, também pousara em Júpiter VIII, que era ligeiramente maior que Rama – e lhe parecera um objeto bem pequeno.

Era simples resolver o paradoxo. Seu julgamento foi totalmente alterado pelo fato de que aquilo era um artefato milhões de vezes mais pesado do que qualquer coisa que o homem já colocara no espaço. A massa de Rama era de pelo menos dez trilhões de toneladas; para qualquer astronauta, esse pensamento não era apenas inspirador e espantoso, mas assustador. Não admirava que ele às vezes se sentisse insignificante, até mesmo deprimido, à medida que aquele antiquíssimo e esculpido cilindro metálico preenchia uma porção cada vez maior do céu.

Havia também a sensação de perigo, totalmente inédita em sua experiência. Em todos os pousos anteriores, ele soubera o que esperar; sempre havia a possibilidade de acidente, mas nunca de surpresa. Com Rama, surpresa era a única certeza.

Agora, a *Endeavour* pairava a menos de mil metros acima do Polo Norte do cilindro, bem no centro do disco que girava lentamente. Essa extremidade tinha sido escolhida porque era a que recebia a luz solar; à medida que Rama girava, as sombras das estruturas curtas e enigmáticas próximo ao seu eixo varriam a extensão da planície metálica. A superfície norte de Rama era um gigantesco relógio de sol, medindo a rápida passagem de seu dia de quatro minutos.

Pousar uma espaçonave de cinco mil toneladas no centro de um disco giratório era a menor das preocupações do comandante Norton. Era o mesmo que atracar no eixo de uma grande estação espacial; os jatos laterais da *Endeavour* já tinham fornecido à nave um giro compatível, e ele podia confiar no tenente Joe Calvert para baixá-la com a mesma delicadeza de um floco de neve, com ou sem a ajuda do computador de navegação.

– Em três minutos – disse Joe, sem tirar os olhos do painel –, saberemos se essa coisa é feita de antimatéria.

Norton deu um sorriso malicioso, quando se lembrou das teorias assustadoras sobre a origem de Rama. Se essa especulação improvável fosse verdadeira, em alguns segundos haveria a maior explosão desde a formação do Sistema Solar. A aniquilação total de dez mil toneladas proporcionaria aos planetas, por um breve momento, a visão de um segundo sol.

No entanto, o perfil da missão tinha considerado até essa remota contingência; a *Endeavour* esguichara Rama com um dos jatos, a uma distância segura de mil quilômetros. Absolutamente nada acontecera quando a nuvem crescente de vapor atingiu o alvo – e uma reação matéria-antimatéria, mesmo envolvendo apenas alguns miligramas, teria provocado um espantoso espetáculo pirotécnico.

Norton, como todos os comandantes espaciais, era um homem cauteloso. Examinara atentamente a superfície norte de Rama, escolhendo o ponto de aterrissagem. Depois de refletir muito, decidira evitar o local mais óbvio – o centro exato, no eixo em si. Marcado claramente no centro do polo, havia um disco circular com cem metros de diâmetro, que Norton desconfiava ser uma enorme câmara pressurizada. As criaturas que haviam construído esse mundo oco devem ter arranjado algum modo de levar suas naves para dentro. Aquele era o lugar lógico para a entrada principal, e Norton imaginou que seria imprudente bloquear a porta da frente com sua própria nave.

Mas essa decisão gerou outros problemas. Se a *Endeavour* pousasse mesmo que poucos metros fora do eixo, o rápido giro de Rama faria a nave deslizar para fora do polo. A princípio, a força centrífuga seria muito fraca, mas contínua e inexorável. O comandante Norton não apreciava a ideia de sua nave escorregando pela planície polar, ganhando velocidade minuto a minuto, até ser lançada para o espaço a 1.000 km/h, quando alcançasse a borda do disco.

Era possível que o diminuto campo gravitacional de Rama – cerca de um milésimo do da Terra – evitasse tal acontecimento. Ele seguraria a *Endeavour* na planície com a força de várias toneladas e, se a superfície fosse suficientemente áspera, a nave talvez permanecesse perto do polo. Mas o comandante Norton não cogitava comparar uma força de atrito desconhecida com uma força centrífuga absolutamente certa.

Felizmente, os projetistas de Rama tinham encontrado uma resposta. Em torno do eixo polar, igualmente espaçadas, havia três estruturas baixas, no formato de casamatas, com cerca de dez metros de diâmetro. Se a *Endeavour* pousasse entre duas quaisquer dessas estruturas, o movimento centrífugo a impeliria contra elas, e a nave ficaria presa firmemente no lugar, como um navio colado a um cais pelo avanço das ondas.

– Contato em quinze segundos – disse Joe. Ao curvar-se, tenso, sobre os controles duplicados, que esperava não ter de usar, o comandante Norton estava intensamente ciente de tudo o que aquele instante significava. Sem dúvida, essa era a aterrissagem mais grandiosa desde o pouso na Lua, um século e meio antes.

As casamatas cinza moveram-se lentamente para cima, do lado de fora da vigia de controle. Houve um último sibilo de um dos jatos de reação e um solavanco quase imperceptível.

Durante as últimas semanas, o comandante Norton muitas vezes imaginou o que diria nesse momento. Mas agora que o momento chegara, a História escolheu as palavras, e ele falou quase automaticamente, mal se lembrando do eco do passado:

– Base Rama. A *Endeavour* pousou.

Há apenas um mês, ele não acreditaria ser possível. A nave estivera numa missão de rotina, verificando e instalando sinais de alerta de asteroides, quando veio a ordem. A *Endeavour* era a única nave no Sistema Solar que poderia encontrar o intruso antes que ele rapidamente contornasse o Sol e se lançasse de volta às estrelas. Ainda assim, foi preciso roubar combustível de três outras naves do projeto Observação Solar, que agora vagavam à deriva, aguardando naves-tanque para reabastecê-las. Norton receava que os capitães da *Calypso*, da *Beagle* e da *Challenger* não voltariam a falar com ele tão cedo.

Mesmo com todos esses propulsores extras, tinha sido uma caçada longa e difícil; Rama já estava na órbita de Vênus quando a *Endeavour* o alcançou. Nenhuma outra nave poderia jamais ter feito isso; o privilégio era único, e não se poderia desperdiçar sequer um instante nas semanas seguintes. Mil cientistas na Terra teriam vendido a alma por essa oportunidade; agora, tudo o que podiam fazer era assistir a tudo pelos circuitos de TV, mordendo os lábios e pensando como *eles* executariam a tarefa muito melhor. Provavelmente estavam certos, mas não havia alternativa. As leis inexoráveis da mecânica celeste tinham decretado que a *Endeavour* seria a primeira e última das naves construídas pelo homem a fazer contato com Rama.

Os conselhos que Norton recebia continuamente da Terra pouco serviram para aliviar sua responsabilidade. Se fosse necessário tomar decisões em milésimos de segundo, ninguém poderia ajudá-lo; o lapso de tempo do rádio até o Controle da Missão já era de dez minutos, e estava aumentando. Quase invejou os grandes navegadores do passado, antes da época da comunicação eletrônica, que podiam interpretar suas ordens lacradas sem o monitoramento contínuo do quartel-general. Quando *eles* cometiam erros, ninguém jamais ficava sabendo.

No entanto, ao mesmo tempo, estava contente por algumas decisões poderem ser delegadas à Terra. Agora que a órbita da *Endeavour* se unira à de Rama, os dois dirigiam-se ao Sol como um só corpo; em quarenta dias, alcançariam o periélio e passariam a vinte milhões de quilômetros do Sol. Era perto demais para ser confortável; muito antes disso, a *Endeavour* teria de usar o combustível restante para atingir uma órbita mais segura. Teriam, talvez, três semanas para exploração, antes de se separarem de Rama para sempre.

Depois disso, o problema seria da Terra. A *Endeavour* ficaria praticamente à deriva, girando numa órbita que a tornaria a primeira nave a alcançar as estrelas – dentro de cinquenta mil anos, aproximadamente. Não havia motivo para preocupação, prometera o Controle da Missão. De algum modo, apesar do custo, a *Endeavour* seria reabastecida – mesmo se fosse necessário enviar naves-tanque atrás dela e abandoná-las no espaço depois que transferissem cada grama de combustível. Rama era um prêmio que valia qualquer risco, exceto uma missão suicida.

E isso, claro, até poderia acontecer. O comandante Norton não tinha ilusões. Pela primeira vez em cem anos, um elemento de total incerteza surgira nos assuntos humanos. Incerteza era algo que nem cientistas nem políticos podiam tolerar. Se esse fosse o preço para resolver a questão, a *Endeavour* e sua tripulação seriam descartáveis.

5

Primeira AEV

Rama estava silencioso como uma tumba – e talvez o fosse. Nenhum sinal de rádio, em nenhuma frequência; nenhuma vibração que os sismógrafos pudessem captar, exceto os microtremores sem dúvida causados pelo calor crescente do Sol; nenhuma corrente elétrica; nenhuma radioatividade. O silêncio era quase ameaçador; até de um asteroide esperava-se mais barulho.

E *nós*, o que esperávamos?, perguntou-se Norton. Um comitê de recepção? Não sabia se ficava decepcionado ou aliviado. A iniciativa, de qualquer modo, parecia estar ao seu encargo.

As ordens eram esperar vinte e quatro horas e então sair para explorar. Ninguém dormiu muito no primeiro dia; mesmo os tripulantes que não estavam de serviço passaram o tempo monitorando os inúteis instrumentos de sondagem, ou simplesmente olhando, através das vigias de observação, a paisagem perfeitamente geométrica do lado de fora. Este mundo estaria vivo?, perguntavam-se, incessantemente. Estaria morto? Ou simplesmente dormindo?

Na primeira AEV, Atividade Extraveicular, Norton levou apenas um acompanhante – o tenente-comandante Karl Mercer, seu robusto e expedito oficial de suporte de vida. Norton não tinha nenhuma intenção de perder a nave de vista e, se houvesse qualquer problema, era improvável que um grupo maior fosse mais seguro.

Como precaução, entretanto, havia mais dois tripulantes, já vestidos com traje espacial, aguardando na câmara pressurizada.

Os poucos gramas de peso fornecidos pela combinação do campo gravitacional e centrífugo de Rama não ajudaram nem atrapalharam; os dois homens tiveram de confiar inteiramente em seus jatos. Assim que possível, pensou Norton, esticaria uma cama-de-gato com cordas-guias entre a nave e as casamatas, para que eles pudessem explorar o local sem desperdiçar propulsores.

A casamata mais próxima estava a apenas dez metros da câmara pressurizada, e a primeira preocupação de Norton foi verificar se o contato havia causado algum dano à nave. O casco da *Endeavour* repousava contra a parede curva com uma pressão de várias toneladas, mas distribuída uniformemente. Mais tranquilo, ele começou a flutuar em torno da estrutura circular, tentando determinar sua finalidade.

Norton tinha percorrido apenas alguns metros quando deparou com uma interrupção na parede lisa e aparentemente metálica. De início, julgou tratar-se de alguma decoração peculiar, pois não parecia ter alguma função útil. Havia seis ranhuras radiais, ou fendas, num recesso profundo do metal e, em seu interior, seis barras cruzadas, como os raios de uma roda sem aro, com um pequeno eixo no centro. Mas não havia como girar a roda, pois estava embutida na parede.

Percebeu, então, com excitação crescente, que havia recessos mais profundos nas extremidades dos raios, feitos de forma a receber o aperto de uma mão (garra? tentáculo?). Se alguém ficasse em pé assim, firmando-se contra a parede, e puxasse o raio assim...

Suave como a seda, a roda deslizou para fora da parede. Para seu absoluto espanto – pois tinha quase certeza de que qualquer parte móvel teria sido soldada pelo vácuo há milênios –, Norton viu-se segurando uma roda raiada. Era como se fosse o capitão de um antigo veleiro, manejando o leme do barco.

Felizmente, o protetor do capacete não permitia que Mercer visse sua expressão.

Ficou surpreso, e também com raiva de si mesmo; talvez já tivesse cometido o primeiro erro. Será que alarmes estariam soando agora no interior de Rama, e sua ação impensada já desencadeara algum mecanismo implacável?

Mas a *Endeavour* não comunicou nenhuma mudança; os sensores ainda não detectavam nada, exceto leves crepitações térmicas e os movimentos do próprio comandante.

– E então, capitão, vai girar a roda?

Norton pensou mais uma vez nas instruções recebidas. "Use seu próprio arbítrio, mas proceda com cautela." Se consultasse o Controle da Missão a cada passo, nunca chegaria a parte alguma.

– Qual seu diagnóstico, Karl? – perguntou a Mercer.

– Obviamente, trata-se do controle manual de uma câmara pressurizada, provavelmente um sistema auxiliar de segurança, caso falte energia. Não consigo imaginar *nenhuma* tecnologia, por mais avançada que seja, sem esse tipo de precaução.

E seria à prova de falhas, Norton pensou consigo. Só poderia abrir se não houvesse perigo ao sistema...

Agarrou dois raios opostos do molinete, firmou os pés contra o piso e testou a roda. Ela não se moveu.

– Me ajude aqui – pediu a Mercer. Cada um pegou num raio; mesmo exercendo extrema força, foram incapazes de produzir o menor movimento.

Naturalmente, não havia razão para supor que relógios e saca-rolhas em Rama girassem para o mesmo lado dos da Terra...

– Vamos tentar para o outro lado – sugeriu Mercer.

Desta vez, não houve resistência. A roda fez um giro completo quase sem esforço. Depois, muito suavemente, o mecanismo assumiu o controle.

A meio metro de distância, a parede curva da casamata começou a se mover, como uma concha se abrindo lentamente. Algumas partículas de poeira, carregadas por minúsculas lufadas do ar que escapava, flutuaram para fora como reluzentes diamantes, ao refletirem a luz solar.

O caminho para Rama estava aberto.

6

Comitê

Tinha sido um erro grave, pensava às vezes o dr. Bose, colocar a sede dos Planetas Unidos na Lua. Inevitavelmente, a Terra tendia a dominar os trabalhos – assim como dominava a paisagem além do domo. Se *tinham* de construí-la aqui, talvez devessem ter ido para o Lado Escuro, onde aquele disco hipnótico nunca emitia seus raios...

Mas, naturalmente, era tarde demais para mudar e, em todo caso, não havia mesmo alternativa. Gostassem as colônias ou não, a Terra seria, por séculos e séculos, a soberana cultural e econômica do Sistema Solar.

O dr. Bose nascera na Terra e só emigrou para Marte aos 30 anos de idade; assim, julgava poder analisar a situação política com isenção. Sabia, agora, que jamais retornaria ao planeta natal, embora estivesse a apenas cinco horas de distância pelo ônibus espacial.

Aos 115 anos, estava em perfeita saúde, mas não poderia enfrentar o recondicionamento necessário para acostumá-lo a uma gravidade três vezes maior do que a que desfrutara durante a maior parte de sua vida. Exilara-se para sempre do mundo onde nascera; como não era sentimental, isso nunca o deprimira além da conta.

O que o deprimia, às vezes, era a necessidade de lidar, ano após ano, com os mesmos rostos familiares. As maravilhas da medicina eram ótimas, e certamente ele não desejava voltar ao passado – mas havia homens ao redor daquela mesa de reuniões com quem trabalhava há mais de meio século. Sabia exatamente o que iriam dizer e como iriam votar sobre qualquer assunto. Gostaria que, algum dia, um deles fizesse algo totalmente inesperado – até mesmo alguma loucura.

E, provavelmente, sentiam o mesmo em relação a ele...

O Comitê de Rama era ainda pequeno e administrável, mas isso, sem dúvida, mudaria em breve. Seus seis colegas – os representantes de Mercúrio, Terra, Luna, Ganimedes, Titã e Tritão nos Planetas Unidos – estavam presentes em carne e osso. Tinham de estar; diplomacia eletrônica não era possível nas distâncias do Sistema Solar. Alguns estadistas mais velhos, acostumados às comunicações instantâneas que há muito a Terra aceitara como coisa natural, jamais se conformaram com o fato de as ondas de rádio levarem minutos, até mesmo horas, para viajar de um planeta a outro. "Vocês, cientistas, não podem fazer nada?", reclamavam, amargamente, quando informados de que conversas diretas eram impossíveis entre a Terra e qualquer um de seus filhos mais remotos. Apenas a Lua possuía aquele atraso quase inaceitável de um segundo e meio – com todas as consequências políticas e psicológicas inerentes. Por conta desse fato da vida astronômica, a Lua – e *apenas* a Lua – sempre seria o subúrbio da Terra.

Também presentes, em pessoa, estavam três dos especialistas que haviam sido cooptados para o Comitê. O professor Davidson, astrônomo, era um velho conhecido; nesse dia, não parecia estar tão irascível como de costume; o dr. Bose ignorava por completo a luta interna que precedera o lançamento da primeira sonda a Rama, mas os colegas do professor não o deixavam esquecê-la.

A dra. Thelma Price era conhecida graças aos inúmeros aparecimentos na televisão, embora tenha ficado famosa cinquenta anos antes, durante a explosão arqueológica que se seguiu à drenagem daquele vasto museu marinho, o Mediterrâneo.

O dr. Bose ainda se recordava do entusiasmo daquela época, quando os tesouros perdidos dos gregos, dos romanos e de uma dúzia de outras civilizações foram restituídos à luz do dia. Foi uma das poucas vezes em que se arrependera de estar vivendo em Marte.

O exobiólogo Carlisle Perera fora outra escolha óbvia; assim como Dennis Solomons, o historiador da ciência. O dr. Bose estava ligeiramente menos feliz com a presença de Conrad Taylor, o renomado antropólogo, que conquistara fama pela combinação única entre erudição e erotismo em seus estudos sobre os ritos da puberdade em Beverly Hills, no final do século 20.

Ninguém, entretanto, poderia discutir o direito de sir Lewis Sands de fazer parte do Comitê. Homem cujos conhecimentos só eram menores que sua urbanidade, sir Lewis tinha fama de perder a compostura apenas quando era chamado de o Arnold Toynbee de sua época.

O grande historiador não estava presente em pessoa; teimosamente, recusava-se a sair da Terra, mesmo para uma reunião tão grandiosa como aquela. Sua estéreo-imagem, indistinguível da realidade, parecia ocupar a cadeira à direita do dr. Bose; como para completar a ilusão, alguém colocara um copo de água diante dele. O dr. Bose considerava esse tipo de proeza tecnológica um artifício desnecessário, mas surpreendia ver tantos homens inegavelmente notáveis se deleitarem, de maneira infantil, com o fato de estarem em dois lugares ao mesmo tempo. Às vezes, o milagre eletrônico produzia desastres cômicos; ele estivera numa recepção diplomática em que alguém tentara atravessar o estereograma – e descobrira, tarde demais, que se tratava da pessoa real. E o mais engraçado foi observar projeções tentando cumprimentar-se com um aperto de mão...

Sua Excelência, o Embaixador de Marte nos Planetas Unidos, tirou-lhe de seus devaneios, pigarreou e disse:

– Cavalheiros, o Comitê está agora em sessão. Acho que estou certo ao afirmar que este é um encontro de talentos ímpares, reunidos para lidar com uma situação ímpar. A diretriz passada pelo secretário geral foi a de avaliarmos a situação e aconselharmos o comandante Norton, quando necessário.

Era um milagre do excesso de simplificação, e todos sabiam. A menos que houvesse uma verdadeira emergência, o Comitê talvez jamais entraria em contato direto com o comandante Norton – se é que ele já tinha ouvido falar de sua existência. Pois o Comitê era uma criação temporária da Organização Científica dos Planetas Unidos, reportando-se ao secretário geral por meio de seu diretor. É verdade que a Observação Solar fazia parte dos PU, mas do setor de *Operações*, não do lado científico. Teoricamente, isso não fazia muita diferença; não havia motivo para o Comitê de Rama – ou qualquer outro, aliás – não entrar em contato com o comandante Norton e oferecer conselhos úteis.

Mas as comunicações em espaço profundo são caras. Só se podia entrar em contato com a *Endeavour* através da PLANETCOM, uma corporação autônoma, famosa pelo rigor e pela eficiência de sua contabilidade. Levou um longo tempo para que fosse estabelecida uma linha de crédito com a PLANETCOM; em algum lugar, alguém cuidava do assunto; mas, no momento, os cruéis computadores da PLANETCOM não reconheciam a existência do Comitê de Rama.

– Esse comandante Norton – disse sir Robert Mackay, Embaixador da Terra – tem uma tremenda responsabilidade. Que tipo de pessoa ele é?

– Posso responder a essa pergunta – disse o professor Davidson, os dedos voando sobre o teclado de seu bloco-memória. Franziu as sobrancelhas diante da tela cheia de informações e começou a fazer uma sinopse instantânea...

... William Tsien Norton, nascido em 2077, em Brisbane, Oceana. Estudou em Sydney, Bombaim, Houston. Depois, cinco anos em Astrograd, se especializando em propulsão. Comissionado em 2102. Foi sendo promovido aos postos de praxe – tenente na terceira expedição a Perséfone, distinguiu-se durante a décima quinta tentativa de estabelecer uma base em Vênus... hum... hum... folha de serviço exemplar... dupla cidadania, Terra e Marte... esposa e um filho em Brisbane, esposa e *dois* filhos em Port Lowell, com possibilidade de uma terceira...

– Esposa? – perguntou Taylor, inocentemente.

– Não, criança, é claro. Um terceiro filho – disparou rispidamente o professor, antes de ver o sorriso malicioso no rosto de Taylor. Risos contidos murmuraram em volta da mesa, embora aqueles terrestres apinhados aparentassem mais inveja do que divertimento. Após um século de esforços resolutos, a Terra ainda falhara em manter a população abaixo da meta de um bilhão...

... nomeado oficial comandante da nave *Endeavour*, do projeto Observação Solar. Primeira viagem aos satélites retrógrados de Júpiter... hum, essa foi difícil... estava em missão num asteroide quando recebeu a ordem de se preparar para esta operação... conseguiu fazer tudo antes do prazo...

O professor apagou a tela e olhou para os colegas.

– Acho que tivemos uma tremenda sorte, considerando que ele era o único homem disponível num prazo tão curto. Poderíamos ter arranjado um capitão comum, sem nada de especial. – Parecia referir-se ao típico flagelo de perna de pau das rotas espaciais, pistola em uma mão e cutelo na outra.

– O registro mostra apenas que ele é competente – objetou o Embaixador de Mercúrio (população: 112.500, e aumentando). – Como ele vai reagir numa situação totalmente nova como esta?

Na Terra, sir Lewis Sands pigarreou. Um segundo e meio depois, fez o mesmo na Lua.

– Não é exatamente uma situação nova – lembrou ao mercuriano –, embora tenha ocorrido pela última vez há três séculos. Se Rama estiver morto, ou desocupado, e até agora as evidências mostram que está, Norton encontra-se na posição de um arqueólogo descobrindo as ruínas de uma cultura extinta. – Curvou-se, educadamente, à dra. Price, que concordou com a cabeça. – Os exemplos óbvios são Schliemann em Troia, ou Mouhot em Angkor Vat. O perigo é mínimo, mas, naturalmente, nunca se pode descartar a possibilidade de um acidente.

– Mas e as armadilhas explosivas e os mecanismos engatilhados que esse pessoal da Pandora tem comentado? – perguntou a dra. Price.

– Pandora? – perguntou prontamente o embaixador mercuriano. – O que é isso?

– Um grupo de malucos – explicou sir Robert, com tanto constrangimento quanto um diplomata poderia demonstrar –, convencidos de que Rama é um sério perigo em potencial. Uma caixa que não deveria ser aberta, entende? – Ele duvidava que o mercuriano *realmente* entendesse; estudos clássicos não eram incentivados em Mercúrio.

– Pandora... paranoia – bufou Conrad Taylor. – Ah, é claro que essas coisas são *concebíveis*, mas por que uma raça inteligente iria querer fazer truques infantis?

– Bem, mesmo descartando esses aborrecimentos – sir Robert continuou –, ainda temos a possibilidade muito mais temível de que Rama esteja ativo e habitado. Então, a situação se tornará o encontro entre duas culturas em níveis tecnológicos muito diferentes. Pizarro e os incas. Peary e os japoneses. Europa e África. Quase invariavelmente, as consequências foram desastrosas, para uma ou ambas as partes. Não estou recomendando nada: estou apenas apontando precedentes.

– Obrigado, sir Robert – respondeu o dr. Bose. Era um leve incômodo, pensou ele, ter dois "sirs" num comitê tão pequeno; nos últimos tempos, título de nobreza era uma honra a que poucos ingleses escapavam. – Tenho certeza de que todos nós consideramos essas possibilidades alarmantes. Mas se as criaturas dentro de Rama são... hã... malévolas, o que fizermos terá alguma importância?

– Eles podem nos ignorar, se formos embora.

– O quê? Depois de viajarem bilhões de quilômetros e milhares de anos?

A discussão atingira o ponto de decolagem e agora se sustentava sozinha. Dr. Bose recostou-se em sua cadeira, disse muito pouco e aguardou o consenso emergir.

Foi exatamente como previra. Todos concordaram que, depois de ter aberto a primeira porta, era inconcebível que o comandante Norton não abrisse a segunda.

7

Duas Esposas

Se um dia suas esposas comparassem os videogramas, pensou o comandante Norton, mais se divertindo do que se preocupando, ele iria ter muito mais trabalho. Por enquanto, podia fazer apenas um longo vídeo e duplicá-lo, acrescentando apenas breves mensagens pessoais carinhosas, antes de enviar as cópias quase idênticas para Marte e Terra.

Naturalmente, era muito improvável que suas esposas fizessem tal coisa; mesmo a taxas especiais, concedidas às famílias dos espaçonautas, seria muito caro. E não haveria por quê; suas duas famílias se davam muito bem e trocavam os cumprimentos de praxe em aniversários e outras datas comemorativas. No entanto, de modo geral, talvez tenha sido bom que as duas moças nunca tenham se encontrado, e provavelmente jamais se encontrariam. Myrna nascera em Marte e, portanto, não poderia tolerar a alta gravidade da Terra. E Caroline detestava até os vinte e cinco minutos da mais longa viagem terrestre possível.

Desculpe o atraso de um dia desta transmissão, disse o comandante, após terminar as preliminares gerais, *mas fiquei longe da nave nas últimas trinta horas, acredite ou não...*

Não se preocupe, está tudo sob controle, indo perfeitamente bem. Levamos dois dias, mas estamos quase conseguindo atravessar o com-

plexo de câmaras pressurizadas. Poderíamos ter atravessado em duas horas, se soubéssemos o que sabemos agora. Mas resolvemos não arriscar: enviamos câmeras acionadas por controle remoto à nossa frente e passamos por todas as câmaras doze vezes, para termos certeza de que não se trancariam atrás de nós, depois *que tivéssemos atravessado...*

Cada câmara é um simples cilindro giratório, com uma fenda num dos lados. Entra-se por essa abertura, gira-se o cilindro cento e oitenta graus, por meio de uma manivela, e a fenda então se encaixa numa outra porta, para que se possa sair andando. Ou, no nosso caso, flutuando.

Os ramanos realmente tomaram todas as precauções. Existem três desses cilindros-câmaras, um atrás do outro, logo no interior do casco externo e abaixo da casamata de entrada. Não consigo imaginar nem mesmo um deles falhando, a menos que alguém o detonasse com explosivos, mas, se isso acontecesse, haveria um segundo cilindro de segurança, e ainda um terceiro...

E isso *é só o começo. A última câmara abre para um corredor reto, de quase meio quilômetro de comprimento. Parece limpo e bem cuidado, como tudo o que já vimos aqui; a cada poucos metros, há pequenos compartimentos que provavelmente continham luzes, mas agora está tudo completamente escuro e, não me importo de confessar, assustador. Há também duas fendas paralelas, com cerca de um centímetro de largura, recortadas nas paredes, ao longo de toda a extensão do túnel. Desconfiamos que algum tipo de veículo percorria essas fendas, carregando equipamento – ou pessoas – para lá e para cá. Se conseguíssemos colocar um deles para funcionar, nos pouparia muito trabalho...*

Mencionei que o túnel tem meio quilômetro de extensão. Bem, com base em nossas sondagens sísmicas, sabíamos que essa era a espessura aproximada do casco, portanto, obviamente, estávamos quase terminando de atravessá-lo. E, ao final do túnel, não nos surpreendemos ao encontrar mais um desses cilindros-câmaras.

Sim, mais *um. E mais* outro. *Essa gente parece ter feito tudo em grupos de três. Estamos agora no último cilindro-câmara, aguardando o* OK *da Terra antes de prosseguirmos. O interior de Rama está a apenas alguns metros de distância. Vou me sentir bem mais feliz quando terminar o suspense.*

Você conhece Jerry Kirchoff, meu oficial executivo, que tem uma biblioteca tão grande de livros de verdade, *que não pode se dar ao luxo de emigrar da Terra? Bem, Jerry me falou de uma situação exatamente como esta, ocorrida no início do século 21 – não, século 20. Um arqueólogo encontrou a tumba de um rei egípcio, a primeira que não havia sido saqueada por ladrões. Seus trabalhadores levaram meses para cavar um caminho, câmara após câmara, até chegarem à última parede. Então perfuraram a alvenaria, ele segurou uma lanterna e enfiou a cabeça no buraco. Lá dentro, descobriu uma sala cheia de tesouros – coisas incríveis, ouro e joias...*

Talvez este lugar também seja uma tumba; parece cada vez mais provável. Até agora, não houve o menor barulho ou sinal de atividade. Bem, amanhã saberemos.

O comandante Norton pressionou o botão PAUSA no gravador. O que mais, pensou, deveria dizer sobre o trabalho antes de começar a separar as mensagens pessoais a suas famílias? Normalmente, nunca entrava em tantos detalhes, mas as circunstâncias estavam longe de ser normais. Esse talvez fosse o último vídeo que enviaria aos entes queridos; tinha o dever de lhes explicar o que estava fazendo.

Quando vissem as imagens e ouvissem as palavras, ele já estaria no interior de Rama – para o bem ou para o mal.

8

Através do Eixo

Nunca antes Norton sentira tão fortemente sua afinidade com aquele egiptólogo falecido há tanto tempo. Desde que Howard Carter pôs os olhos na tumba de Tutancâmon, ninguém conhecera um momento como este – no entanto, a comparação era quase ridiculamente absurda.

Tutancâmon fora enterrado ainda ontem – há menos de quatro mil anos; Rama talvez fosse mais velho que a humanidade. Aquela pequena tumba no Vale dos Reis poderia estar perdida nos corredores por onde já haviam passado, e o espaço por trás do último selo era pelo menos um milhão de vezes mais incrível. E quanto ao tesouro que talvez guardasse – isso estava além da imaginação.

Ninguém se comunicara pelos circuitos do rádio há pelo menos cinco minutos; a equipe bem treinada sequer se reportara verbalmente quando todas as verificações estavam completas. Mercer apenas lhe fizera um sinal de OK e lhe acenara em direção ao túnel aberto. É como se todos percebessem que o momento era histórico e não deveria ser estragado por conversas desnecessárias. Isso convinha ao comandante Norton, pois, no momento, ele também não tinha nada a dizer. Ligou sua lanterna, acionou os jatos e flutuou lentamente pelo breve corredor, arrastando atrás de si o fio de segurança. Em poucos segundos, estava lá dentro.

Dentro de *quê*? Diante dele, a escuridão era total; sequer um vislumbre de luz como reflexo do feixe da lanterna. Já esperava por isso, mas não acreditara realmente. Todos os cálculos indicaram que a parede mais distante estava a dezenas de quilômetros de distância; agora seus olhos lhe diziam que essa era, de fato, a verdade. Enquanto flutuava lentamente na escuridão, sentiu uma súbita necessidade do amparo de seu fio de segurança, uma necessidade mais forte do que jamais experimentara antes, mesmo em sua primeira AEV. E isso era ridículo; já tinha encarado os anos-luz e os megaparsecs sem vertigem; por que deveria se perturbar com alguns quilômetros cúbicos de vazio?

Ainda pensava, inquieto, nesse problema, quando o amortecedor de impacto na extremidade do fio freou-o delicadamente, com um ricochete quase imperceptível.

Desviou o feixe da lanterna do nada à sua frente, que em vão tentava sondar, para examinar a superfície de onde ele havia emergido.

Era como se pairasse sobre o centro de uma pequena cratera que, por sua vez, era apenas uma covinha na base de uma cratera muito maior. De cada um dos lados, erguia-se um complexo de plataformas e rampas – todos geometricamente precisos e obviamente artificiais –, que se estendiam até onde a luz da lanterna alcançava. A cerca de cem metros, via a saída de outros dois sistemas de câmaras pressurizadas, idênticos a este.

E isso era tudo. Não havia nada particularmente exótico ou alienígena naquela cena: na verdade, parecia-se muito com uma mina abandonada. Norton teve uma vaga sensação de desapontamento: depois de tanto esforço, deveria ter havido alguma revelação dramática, até mesmo transcendental. Lembrou-se, então, de que conseguia enxergar apenas até uns duzentos metros. A escuridão além de seu campo de visão talvez ainda contivesse mais maravilhas do que ele desejaria enfrentar.

Relatou brevemente o que vira aos companheiros, que aguardavam ansiosos, e então acrescentou:

– Estou lançando o sinalizador. Dois minutos de atraso. Aí vai!

Com toda sua força, lançou o pequeno cilindro diretamente para cima – ou para fora – e começou a contar os segundos, enquanto o sinalizador diminuía de tamanho no feixe da lanterna. Antes de alcançar um quarto de minuto, o cilindro sumiu; quando chegou aos cem segundos, Norton protegeu os olhos e apontou a câmera. Sempre tinha sido bom em calcular o tempo; com apenas dois segundos de atraso, o mundo explodiu em luz. E, desta vez, não houve motivo para decepção.

Nem os milhões de velas do sinalizador conseguiram iluminar toda a imensa cavidade, mas agora ele podia enxergar o suficiente para ter uma visão geral e apreciar sua escala titânica. Estava numa das extremidades de um cilindro oco com pelo menos dez quilômetros de largura e comprimento indefinido. De seu ponto de observação, no eixo central, pôde ver tantos detalhes nas paredes curvas à sua volta que sua mente não conseguiu absorver mais do que uma fração diminuta de tudo aquilo: estava contemplando a paisagem de um mundo inteiro à luz de um único relâmpago e tentou, com deliberado esforço de vontade, congelar a imagem na memória.

À sua volta, as rampas e plataformas da "cratera" erguiam-se até se fundirem na parede sólida que circundava o céu. Não – essa impressão era falsa; tinha de descartar os dois instintos, da Terra e do espaço, e se reorientar para um novo sistema de coordenadas.

Ele não estava no ponto mais baixo desse estranho mundo às avessas, mas no mais alto. Dali, todas as direções eram para *baixo*, não para cima. Se ele se distanciasse do eixo central, em direção à parede curva, que ele não deveria mais encarar como uma parede, a gravidade iria aumentar gradualmente. Quando atingisse a superfície interna do cilindro, poderia ficar de pé em qualquer ponto, com os pés voltados para as estrelas e a cabeça para o centro do tambor giratório. O conceito era familiar; desde a aurora dos voos espaciais, a força centrífuga tinha sido utilizada para simular gravidade. Só a escala dessa aplicação é que era tão impressionante, tão surpreendente. A maior estação espacial, Syncsat 5, tinha menos de duzentos metros de diâmetro. Levaria um tempinho para se acostumar a um tamanho cem vezes maior.

O tubo de paisagem que o cercava era salpicado de áreas de luz e sombra que poderiam ser florestas, campos, lagos congelados ou cidades; a distância e a iluminação já fraca do sinalizador impossibilitavam a identificação. Linhas estreitas que poderiam ser estradas, canais ou rios com cursos retificados formavam uma rede geométrica vagamente visível; e lá adiante no cilindro, no limite da visão, havia uma faixa mais escura. A faixa formava um círculo completo, emoldurando o interior desse mundo, e Norton subitamente recordou-se do mito de Oceano, o mar que, segundo a crença dos antigos, circundava a Terra.

Ali talvez houvesse um mar ainda mais estranho – não circular, mas *cilíndrico*. Antes de congelar na noite interestelar, será que possuía ondas, marés e correntes – e peixes?

A luz do sinalizador bruxuleou e morreu; o momento de revelação terminara. Mas Norton sabia que, enquanto vivesse, essas imagens permaneceriam impressas em sua mente. Quaisquer que fossem as descobertas reservadas pelo futuro, jamais poderiam apagar essa primeira impressão. E a História jamais lhe tiraria o privilégio de ter sido o primeiro homem de toda a humanidade a contemplar as obras de uma civilização alienígena.

9

Reconhecimento

Já lançamos cinco sinalizadores de longa duração no eixo do cilindro, e assim temos uma boa cobertura fotográfica de sua totalidade. Todos os aspectos principais foram mapeados; embora haja poucos identificáveis, demos a eles nomes provisórios.

A cavidade interior tem cinquenta quilômetros de extensão e dezesseis de largura. As duas extremidades são arredondadas, com geometrias bem complicadas. À nossa, demos o nome de Hemisfério Norte, e estamos implantando a primeira base aqui, no eixo.

Irradiando do eixo central, a 120 graus de distância uma da outra, há três escadas de quase um quilômetro de comprimento. Todas terminam numa plataforma ou platô circular, que rodeia a extremidade abaulada. E, partindo daí, continuando a direção das escadas, três escadarias enormes descem até a planície. Se puder imaginar um guarda-chuva com apenas três varetas, igualmente espaçadas, terá uma ideia bastante exata desta extremidade de Rama.

Cada uma das varetas é uma escadaria, muito íngreme perto do eixo e depois se aplanando pouco a pouco, à medida que se aproxima da planície abaixo. As escadarias – que chamamos de Alfa, Beta e Gama – não são contínuas, mas interrompem-se em cinco outras plataformas circulares. Calculamos que deve haver entre vinte e trinta mil degraus... presumivelmente, eram usados apenas em casos de emergência, já que é inconcebível que os ramanos – ou seja lá como vamos chamá-los – não tivessem um jeito mais prático de alcançar o centro de seu mundo.

O Hemisfério Sul parece ser completamente diferente; para começar, não há escadarias, nem eixo central plano. Em vez disso, há um imenso espigão pontiagudo – com quilômetros de extensão – projetando-se do eixo, rodeado por seis outros menores. O arranjo todo é muito estranho, e não conseguimos imaginar o que significa.

Chamamos de Planície Central a parte cilíndrica de cinquenta quilômetros de comprimento entre as duas cúpulas. Pode parecer loucura usar a palavra "planície" para descrever algo tão obviamente curvo, mas achamos que o termo se justifica. O lugar vai parecer plano quando chegarmos lá – assim como o interior de uma garrafa deve parecer plano para uma formiga caminhando por ele.

A característica mais impressionante da Planície Central é a faixa escura de dez quilômetros de largura que a circunda completamente em seu centro exato. Parece gelo, então a batizamos de Mar Cilíndrico. Bem no meio, há uma grande ilha oval, com cerca de dez quilômetros de comprimento e três de largura, coberta de altas estruturas. Por nos fazer lembrar da velha Manhattan, demos a ela o nome de Nova York. No entanto, não acho que seja uma cidade; parece mais uma enorme fábrica ou usina de processamento químico.

Mas há algumas cidades – ou, em todo caso, pequenas cidades. Pelo menos seis; se fossem construídas para seres humanos, cada uma delas poderia acomodar cerca de cinquenta mil pessoas. Demos a elas os nomes de Roma, Pequim, Paris, Moscou, Londres, Tóquio... São ligadas por estradas e por algo que parece ser um sistema ferroviário.

Deve haver material suficiente para séculos de pesquisa nesta carcaça congelada de um mundo. Temos quatro mil quilômetros quadrados para explorar, e apenas algumas semanas para isso. Pergunto-me se algum dia iremos descobrir a resposta para dois mistérios que têm me assombrado desde que entramos: quem eram eles – e o que deu errado?

* * *

A gravação terminou. Na Terra e na Lua, os membros do Comitê de Rama relaxaram, e então começaram a examinar os mapas e fotografias espalhados diante deles. Embora já os tivessem estudado por muitas horas, a voz do comandante Norton acrescentou uma dimensão que nenhuma imagem poderia comunicar. Ele estivera lá em pessoa – olhara com os próprios olhos esse extraordinário mundo às avessas, durante os breves momentos em que sua noite interminável fora iluminada pelos sinalizadores. E era ele o homem que conduziria qualquer expedição para explorá-lo.

– Dr. Perera, acredito que o senhor tenha alguns comentários a fazer.

O Embaixador Bose perguntou a si mesmo, por um breve momento, se não deveria ter dado a palavra em primeiro lugar ao professor Davidson, como cientista mais velho e único astrônomo. Mas o velho cosmólogo ainda parecia estar num leve estado de choque e estava claramente fora de seu elemento. Em toda a sua carreira profissional, o universo fora para ele uma arena para as titânicas e impessoais forças da gravitação, do magnetismo, da radiação; nunca acreditara que a vida exercesse papel importante na ordem das coisas e encarava o surgimento dela na Terra, em Marte e em Júpiter como uma aberração acidental.

Mas agora havia provas de que a vida não apenas existia fora do Sistema Solar, mas havia escalado alturas muito além de tudo que o homem tinha alcançado ou esperava alcançar nos próximos séculos. Além disso, o descobrimento de Rama desafiava outro dogma que o professor Olaf pregara por anos. Quando pressionado, ele admitia, com relutância, que a vida provavelmente existia em outros sistemas estelares – mas sempre sustentava que era absurdo imaginar que ela um dia pudesse atravessar os abismos interestelares...

Talvez os ramanos realmente tivessem fracassado, se o comandante Norton estivesse certo ao acreditar que o mundo deles era agora uma tumba. Mas pelo menos tinham tentado a proeza, numa escala que indicava um alto grau de confiança no resultado. Se tal coisa aconteceu uma vez, certamente deve ter acontecido muitas vezes nesta galáxia de cem bilhões de sóis... e alguém, em algum lugar, acabaria tendo êxito.

Essa era a tese que, sem provas mas com muita gesticulação, o dr. Carlisle defendia há anos. Agora era um homem feliz, embora também profundamente frustrado. Rama confirmara espetacularmente suas ideias – mas ele jamais poderia pôr os pés lá dentro, ou mesmo vê-lo com seus próprios olhos. Se o diabo tivesse aparecido de repente e lhe oferecido o dom do teletransporte instantâneo, ele teria assinado o contrato sem ler as letras miúdas.

– Sim, senhor Embaixador, acho que tenho algumas informações interessantes. O que temos aqui é, sem dúvida, uma "arca espacial". É uma ideia antiga na literatura astronáutica; consegui rastrear sua origem até o físico britânico J. D. Bernal, que propôs esse método de colonização interestelar num livro publicado em 1929... sim, há duzentos anos. E o grande pioneiro russo Tsiolkovski havia apresentado propostas semelhantes ainda antes disso...

... Quem quiser viajar de um sistema estelar a outro tem algumas alternativas. Presumindo que a velocidade da luz seja um limite absoluto, e isso *ainda* não está totalmente confirmado, apesar de tudo o que os senhores ouviram em contrário – o professor Davidson torceu o nariz, indignado, mas não protestou formalmente –, pode-se fazer uma viagem rápida numa nave pequena, ou uma jornada longa numa nave gigante...

... Parece não haver nenhuma razão técnica para que naves espaciais não possam alcançar noventa por cento, ou mais, da velocidade da luz. Isso significaria um período de viagem de cinco a dez anos entre duas estrelas vizinhas; tedioso, talvez, mas não impraticável, especialmente para criaturas cuja expectativa de vida talvez seja medida em séculos. Pode-se imaginar viagens com essa duração, realizadas em naves não muito maiores do que as nossas...

... Mas talvez essas velocidades sejam impossíveis com uma carga razoável; lembrem-se de que é preciso levar o combustível para frear a velocidade, ao final da viagem, mesmo que ela seja só de ida. Então talvez seja mais sensato ir com calma, em dez ou cem mil anos...

... Bernal e os demais achavam que isso poderia ser feito com pequenos mundos migratórios de alguns quilômetros de diâmetro, carregando milhares de passageiros em viagens que durariam gerações. Naturalmente, o sistema teria de ser rigidamente fechado, reciclando toda a comida, o ar e outras coisas dispensáveis. Mas, claro, isso é exatamente como a Terra funciona... numa escala ligeiramente maior...

... Alguns escritores sugeriram que essas arcas espaciais deveriam ser construídas em forma de esferas concêntricas; outros propuseram cilindros ocos e giratórios, para que a força centrífuga pudesse fornecer a gravidade artificial; exatamente o que encontramos em Rama...

O professor Davidson não pôde tolerar essa conversa sem rigor científico.

– Não existe *força* centrífuga. Isso é um fantasma criado pelos engenheiros. O que existe é só inércia.

– Claro, o senhor tem toda a razão – admitiu Perera –, embora talvez seja difícil convencer alguém que tenha acabado de ser arremessado para fora de um carrossel. Mas rigor matemático parece desnecessário...

– Apoiado, apoiado! – interpôs o dr. Bose, com certa exasperação. – Todos nós sabemos o que o senhor quer dizer, ou achamos que sabemos. Por favor, não destrua nossas ilusões.

– Bem, eu apenas estava observando que não há nada conceitualmente novo sobre Rama, embora seu tamanho seja impressionante. Os homens vêm imaginando coisas assim há duzentos anos...

... Agora eu gostaria de considerar outra questão. Há quanto tempo, exatamente, Rama está viajando pelo espaço?...

... Já temos uma determinação muito precisa de sua órbita e de sua velocidade. Supondo que não tenha havido nenhuma mudança de navegação, podemos rastrear sua posição até milhões de anos atrás. Esperávamos que tivesse vindo de uma estrela vizinha... mas não é o caso, em absoluto...

... Faz mais de *duzentos mil anos* que Rama passou por uma estrela próxima, e acontece que essa estrela em particular era uma variável irregular, talvez o sol mais inadequado que se possa imaginar para um sistema solar habitado. Rama tem uma variação de brilho de mais de cinquenta para um; qualquer planeta seria alternadamente assado e congelado, em intervalos de poucos anos.

– Uma sugestão – interveio a dra. Price. – Talvez isso explique tudo. E se a estrela fosse um sol normal que se tornou instável? Por isso os ramanos tiveram que encontrar um novo sol.

O dr. Perera admirava a velha arqueóloga, então refutou sua intervenção com delicadeza. Mas, pensou ele, o que ela diria se ele começasse a apontar o óbvio em sua própria especialidade?

– Já consideramos essa hipótese – ele disse, gentilmente. – Mas, se as teorias atuais sobre evolução estelar estiverem corretas, essa estrela *jamais* poderia ter sido estável, jamais poderia ter tido planetas habitados por seres vivos. Portanto, Rama está navegando pelo espaço há pelo menos duzentos mil anos, e talvez há mais de um milhão...

... Agora está gelado, escuro e aparentemente morto, e acho que sei por quê. Os ramanos podem não ter tido escolha. Talvez estivessem realmente fugindo de um desastre, mas erraram nos cálculos...

... Nenhuma ecologia fechada pode ser cem por cento eficiente; sempre há desperdício, perdas, alguma degradação do ambiente e a formação de poluentes. Pode-se levar bilhões de anos para envenenar e esgotar um planeta, mas, no fim, vai acontecer. Os oceanos irão secar, a atmosfera irá se dispersar no espaço...

... Pelos nossos padrões, Rama é enorme. No entanto, ele ainda é um planeta muito pequeno. Meus cálculos, baseados no vazamento através do casco e em alguns palpites razoáveis sobre a taxa de renovação biológica, indicam que a sua ecologia só poderia sobreviver por cerca de mil anos. No máximo, admito dez mil...

... Esse tempo seria suficiente, na velocidade em que Rama está viajando, para um trânsito entre os sóis apinhados no centro da galáxia. Mas não aqui fora, na população esparsa dos braços da espiral. Rama é uma nave que exauriu suas provisões antes de alcançar seu objetivo. É um navio abandonado, à deriva entre as estrelas...

... Há apenas uma objeção séria a essa teoria, e vou fazê-la antes que alguém o faça. A órbita de Rama está apontada com tanta precisão para o Sistema Solar que a hipótese de mera coincidência parece estar descartada. Na verdade, eu diria que neste momento ele está perto demais do Sol: a *Endeavour* terá que se desprender bem antes do periélio, para evitar superaquecimento...

... Não tenho a pretensão de compreender isso. Talvez haja alguma forma de orientação terminal automática ainda em operação, guiando Rama para a estrela adequada mais próxima, milênios depois da morte de seus construtores...

... E eles *estão* mortos; aposto minha reputação nisso. Todas as amostras que colhemos do interior são absolutamente estéreis. Não encontramos nenhum micro-organismo. E quanto à conversa que os senhores devem ter ouvido sobre animação suspensa, podem ignorar. Há razões fundamentais por que as técnicas de hibernação só funcionam por alguns séculos; e estamos lidando com intervalos de tempo mil vezes mais longos...

... Assim, os pandoristas e seus seguidores não precisam se preocupar. De minha parte, lamento. Teria sido maravilhoso conhecer outra espécie inteligente...

... Mas pelo menos temos a resposta a uma velha pergunta. Não estamos sozinhos. As estrelas nunca mais serão as mesmas para nós.

10

Descida na Escuridão

O comandante Norton ficou fortemente tentado – mas, como capitão, seu primeiro dever era com a nave. Se algo desse errado nessa sondagem inicial, ele poderia ter de fugir às pressas.

Portanto, isso deixava seu oficial imediato, tenente-comandante Mercer, como a escolha óbvia. Norton admitiu prontamente que Karl era mais adequado para a missão.

Autoridade máxima em sistemas de suporte de vida, Mercer escrevera alguns dos manuais obrigatórios sobre o assunto. Tinha examinado pessoalmente inúmeros tipos de equipamento, muitas vezes em condições arriscadas, e seu controle *biofeedback* era famoso. A qualquer momento, poderia diminuir o ritmo de sua pulsação em cinquenta por cento e reduzir sua respiração a quase zero, por até dez minutos. Esses pequenos truques úteis lhe tinham salvado a vida em mais de uma ocasião.

No entanto, apesar de sua grande capacidade e inteligência, era quase inteiramente desprovido de imaginação. Para ele, os experimentos ou missões mais perigosos eram apenas tarefas a serem cumpridas. Nunca se arriscava sem necessidade e jamais fazia uso de algo que se conhece por coragem. Os dois lemas expostos em sua escrivaninha resumiam sua filosofia de vida. Um perguntava O QUE VOCÊ ESQUECEU? O outro dizia AJUDE A ERRADICAR A

BRAVURA. O fato de ser amplamente considerado o homem mais corajoso da Frota era a única coisa que o deixava irritado.

Escolhido Mercer, isso automaticamente selecionava o próximo homem: seu companheiro inseparável, tenente Joe Calvert. Era difícil perceber o que os dois tinham em comum; o oficial de navegação franzino e hipersensível era dez anos mais novo que seu amigo impassível e imperturbável, que certamente não partilhava de seu interesse pela arte do cinema primitivo.

Mas ninguém pode prever onde vai cair o raio, e, anos atrás, Mercer e Calvert tinham estabelecido uma ligação aparentemente estável. Isso era bastante comum; muito mais incomum era o fato de também compartilharem uma esposa na Terra, que tinha dado um filho a cada um deles. O comandante Norton esperava poder conhecê-la algum dia; ela devia ser uma mulher notável. O triângulo durava há pelo menos cinco anos e ainda parecia ser equilátero.

Dois homens não bastavam para uma equipe de exploração; há muito se descobrira que três era o melhor número - pois, se um homem se perdesse, dois ainda poderiam escapar, numa situação em que apenas um sobrevivente estaria condenado. Após ponderar muito, Norton escolhera o sargento técnico Willard Myron. Gênio da mecânica que conseguia fazer qualquer coisa funcionar - ou projetar algo melhor, se não funcionasse -, Myron era o homem ideal para identificar equipamentos alienígenas. Numa longa licença de seu trabalho regular como professor adjunto na Astrotech, o sargento recusara uma comissão, alegando não querer bloquear a promoção de oficiais de carreira mais merecedores do que ele. Ninguém levou muito a sério essa explicação, e a opinião geral era a de que o grau de ambição de Will era zero. Poderia chegar a sargento espacial, mas nunca seria professor titular. Myron, como inúmeros oficiais antes dele, descobrira a combinação perfeita entre poder e responsabilidade.

* * *

Enquanto atravessavam a última câmara pressurizada e flutuavam ao longo do eixo sem gravidade de Rama, o tenente Calvert sentiu-se, como lhe acontecia com frequência, no meio de um *flashback* cinematográfico. Às vezes se perguntava se não deveria tentar se curar desse hábito, mas não via nele nenhuma desvantagem. Era algo que tornava interessante a situação mais enfadonha e – vejam só – um dia poderia até lhe salvar a vida. Ele se lembraria do que Fairbanks, Connery ou Hiroshi tinham feito em circunstâncias semelhantes...

Desta vez, estava prestes a partir para o ataque, numa das guerras do início do século 20; Mercer era o sargento, conduzindo uma patrulha de três homens numa incursão noturna a uma terra de ninguém. Não era muito difícil imaginar que estavam no fundo de uma imensa cratera produzida pela explosão de uma granada, embora ela tivesse sido, de algum modo, adaptada com uma série de plataformas ascendentes. A cratera estava inundada de luz, proveniente de três arcos de plasma largamente espaçados, que proporcionavam uma iluminação quase sem sombras a todo o seu interior. Mas, para além disso – além da borda da plataforma mais distante –, reinavam a escuridão e o mistério.

Em sua imaginação, Calvert sabia perfeitamente bem o que havia lá. Primeiro, uma planície circular com mais de um quilômetro de extensão. Dividindo-a em três partes iguais, e parecendo-se muito com largos trilhos de trem, havia três amplas escadas, os degraus embutidos na superfície, para não obstruírem o caminho de nada que deslizasse por ali. Como o arranjo era completamente simétrico, não havia razão para escolher uma escada em detrimento de outra; a escada mais próxima da câmara pressurizada Alfa tinha sido selecionada por mera questão de conveniência.

Embora os degraus das escadas fossem desconfortavelmente distantes uns dos outros, isso não constituía nenhum problema.

Mesmo na borda do eixo, a meio quilômetro do Eixo Central, a gravidade era um trigésimo da gravidade terrestre. Apesar de estarem carregando quase cem quilos de equipamentos e aparelhos de sustentação de vida, ainda assim conseguiam avançar facilmente, de mão em mão.

O comandante Norton e a equipe de apoio os acompanhavam ao longo das cordas-guias que haviam sido esticadas da câmara Alfa até a borda da cratera; então, além da série de refletores, a escuridão de Rama se apresentava diante deles. Tudo o que se via nos feixes oscilantes das lanternas dos capacetes eram os primeiros cem metros da escada, desaparecendo numa planície perfeitamente uniforme.

E agora, Karl Mercer dizia a si mesmo, tenho de tomar minha primeira decisão. Vou *subir* ou *descer* a escada?

Não era uma questão trivial. Ainda estavam, essencialmente, em gravidade zero, e o cérebro podia escolher qualquer sistema de referência que lhe aprouvesse. Por um simples esforço de vontade, Mercer poderia convencer a si mesmo de que estava olhando para uma planície horizontal, ou para a superfície de uma parede vertical, ou para baixo, à beira de um precipício. Não poucos astronautas haviam experimentado sérios problemas psicológicos, equivocando-se na escolha das coordenadas ao iniciarem uma tarefa complicada.

Mercer estava determinado a ir de cabeça para baixo, pois qualquer outro modo de locomoção seria desajeitado; além disso, desse jeito ele poderia ver com mais facilidade o que estivesse à sua frente. Nas primeiras centenas de metros, portanto, ele imaginaria estar subindo: apenas quando a crescente atração gravitacional tornasse impossível manter a ilusão, ele alteraria suas direções mentais em 180 graus.

Agarrou o primeiro degrau e delicadamente impulsionou-se ao longo da escada. O movimento era tão sem esforço quanto nadar no fundo do mar – mais ainda, na verdade, pois não havia a resistência da água. Era tão fácil que havia a tentação de ir depressa demais, mas Mercer tinha experiência suficiente para não se apressar numa situação inédita como aquela.

Em seus fones de ouvido, ouvia a respiração regular dos dois companheiros. Não precisava de mais nenhuma prova de que estavam em boa forma e não perdeu tempo com conversas. Embora estivesse tentado a olhar para trás, decidiu não se arriscar até chegarem à plataforma, ao final da escada.

Os degraus eram espaçados uniformemente a cada meio metro, e na primeira parte da escalada Mercer subiu de dois em dois. Mas contou-os cuidadosamente e, por volta dos duzentos, percebeu as primeiras sensações nítidas de peso. O giro de Rama começava a se fazer sentir.

No degrau quatrocentos, estimou seu peso aparente em cerca de cinco quilos. Isso não era problema, mas agora estava ficando difícil fingir que estava subindo, quando de fato estava sendo firmemente *arrastado para cima*.

O degrau quinhentos pareceu um bom lugar para descansar. Sentia os músculos dos braços reagindo ao exercício inabitual, muito embora Rama estivesse fazendo todo o trabalho, e ele tivesse apenas de se guiar.

– Tudo certo, capitão – comunicou. – Estamos no meio do caminho. Joe, Will, algum problema?

– Estou bem. Por que você parou? – respondeu Joe Calvert.

– Eu também – acrescentou o sargento Myron. – Mas cuidado com a força de Coriolis. Está começando a aumentar.

Mercer já tinha percebido isso. Quando se soltou dos degraus, a tendência nítida foi flutuar para a direita. Sabia perfeitamente bem que isso era apenas o efeito da rotação de Rama, mas era como se uma força misteriosa o empurrasse delicadamente para fora da escada.

Talvez fosse o momento de começar a seguir com os pés à frente, agora que "para baixo" assumia um sentido físico. Ele correria o risco de uma desorientação momentânea.

– Cuidado. Vou dar meia-volta.

Segurando-se firmemente no degrau, usou os braços para girar o corpo 180 graus, e as luzes de seus companheiros o ofuscaram momentaneamente. Muito acima deles (e agora era *realmente* acima) avistou um brilho mais fraco ao longo da borda do precipício vertical. Contra essa luz, viu as silhuetas do comandante Norton e a equipe de apoio, observando-o atentamente. Pareciam muito pequenos e distantes, e ele acenou para eles, tranquilizando-os.

Soltou-se e deixou que a pseudogravidade de Rama, ainda fraca, assumisse. A queda de um degrau para outro levou mais de dois segundos; na Terra, nesse mesmo tempo, um homem teria caído trinta metros.

A velocidade da queda era tão penosamente lenta que ele começou a apressar um pouco as coisas empurrando com as mãos, deslizando espaços de uma dúzia de degraus de cada vez e usando os pés como freios, sempre que sentia estar se movendo muito rápido.

No degrau setecentos, parou mais uma vez e apontou o feixe da lanterna de seu capacete para baixo; conforme tinha calculado, o início da escadaria estava a apenas cinquenta metros abaixo.

Alguns minutos depois, chegaram ao primeiro degrau. Foi uma experiência estranha, após meses no espaço, ficar em pé sobre uma superfície sólida e sentir a pressão contra os pés. Ainda pesavam menos de dez quilos, mas isso bastava para lhes dar uma sensação de estabilidade. Quando fechou os olhos, Mercer acreditou, mais uma vez, que pisava num mundo real.

A saliência ou plataforma de onde descia a escadaria tinha cerca de dez metros de largura e curvava-se para cima de ambos os lados, até desaparecer na escuridão. Mercer sabia que a plataforma formava um círculo completo e que, se caminhasse por ela ao longo de cinco quilômetros, voltaria ao ponto de partida, após circunavegar Rama.

Na ínfima gravidade existente ali, entretanto, caminhar de verdade era impossível; só se podia avançar aos saltos, com passos de gigante. E isso era perigoso.

A escadaria que mergulhava na escuridão, muito abaixo dos feixes de suas lanternas, parecia enganosamente fácil de descer. Mas seria essencial segurar-se aos altos corrimãos que a ladeavam; um passo mais ousado poderia enviar o viajante incauto ao espaço. Ele bateria na superfície novamente talvez uns cem metros abaixo; o impacto seria inócuo, mas suas consequências, não – pois a rotação de Rama teria movido a escadaria para a esquerda. Assim, um corpo em queda se chocaria contra a curvatura lisa que se estendia num arco ininterrupto até a planície, quase sete quilômetros abaixo.

Isso, pensou Mercer, seria um infernal passeio de tobogã; a velocidade final, mesmo naquela gravidade, poderia ser de várias centenas de quilômetros por hora. Talvez fosse possível empregar fricção suficiente para frear uma descida tão precipitada; nesse caso, talvez fosse o modo mais conveniente de chegar à superfície interna de Rama. Mas primeiro seria necessário realizar experimentos muito cuidadosos.

– Capitão – comunicou Mercer –, não houve nenhum problema na descida pela escada. Se você concordar, eu gostaria de continuar até a próxima plataforma. Quero cronometrar nossa velocidade de descida pela escadaria.

Norton respondeu sem hesitação.

– Vá em frente. – Não acrescentou "vá com cuidado".

Não demorou muito para Mercer fazer uma descoberta fundamental. Era impossível, pelo menos nesse nível de um vigésimo de gravidade, descer caminhando normalmente pela escadaria. Qualquer tentativa nesse sentido resultava num movimento onírico, em câmera lenta, intoleravelmente tedioso; a única maneira prática era ignorar os degraus e utilizar os corrimãos para impulsionar-se para baixo.

Calvert chegara à mesma conclusão.

– Essa escadaria foi feita para subir, não descer! – exclamou. – Você pode usar os degraus quando está se movendo contra a gravidade, mas nessa direção só atrapalham. Pode não ser muito digno, mas acho que a melhor maneira de descer é escorregando pelo corrimão.

– Isso é ridículo – protestou o sargento Myron. – Não acredito que os ramanos descessem assim.

– Duvido que alguma vez tenham usado essa escadaria... obviamente, ela só servia para emergências. Eles devem ter tido algum sistema de transporte mecânico para subir até aqui. Um funicular, talvez. Isso explicaria aquelas longas ranhuras descendo até o Eixo.

– Sempre supus que as ranhuras fossem drenos, mas acho que poderiam ser ambos. Será que chovia aqui?

– Provavelmente – disse Mercer. – Mas acho que John está certo. A dignidade que vá para o inferno! Lá vamos nós.

O corrimão (presumivelmente projetado para algo como mãos) era uma barra de metal lisa e chata, apoiada em pilares de um metro de altura, espaçados a largos intervalos. O comandante Mercer montou nele, avaliou cuidadosamente a força de frenagem que poderia exercer com as mãos, e deixou-se escorregar.

Muito serenamente, lentamente ganhando velocidade, ele desceu na escuridão, movendo-se na poça de luz da lanterna de seu capacete. Já avançara cerca de cinquenta metros quando chamou os outros para que o seguissem.

Ninguém admitiria, mas todos se sentiram como crianças de novo, escorregando balaustrada abaixo. Em menos de dois minutos, haviam percorrido um quilômetro de descida, de modo seguro e confortável.

Sempre que sentiam estar avançando muito rápido, um firme aperto no corrimão fornecia toda a frenagem necessária.

– Espero que tenham gostado – comentou o comandante Norton quando eles pisaram na segunda plataforma. – A subida de volta não será tão fácil.

– É o que quero verificar – respondeu Mercer, que experimentava caminhar de lá para cá, adaptando-se à gravidade mais forte. – Já estamos a um décimo de gravidade aqui. Nota-se claramente a diferença.

Ele caminhou – ou, mais precisamente, flutuou – até a borda da plataforma e direcionou a lanterna do capacete para a próxima seção da escadaria, abaixo. Até onde o feixe de luz alcançava, parecia idêntica à de cima – embora o exame cuidadoso de fotos tivesse mostrado que a altura dos degraus decrescia à medida que a gravidade aumentava. Aparentemente, a escada tinha sido projetada para que o esforço requerido para subi-la fosse mais ou menos constante em todos os pontos de seu longo e curvo trajeto.

Mercer ergueu os olhos de relance para o Eixo de Rama, agora a dois quilômetros acima dele. A leve claridade e as pequeninas silhuetas pareciam horrivelmente distantes. Pela primeira vez, alegrou-se subitamente por não poder ver toda a extensão dessa enorme escadaria. Apesar de seus nervos de aço e de sua falta de imaginação, não tinha certeza de como reagiria se pudesse ver a si mesmo como um inseto rastejando pela superfície de um pires vertical de mais de dezesseis quilômetros de altura – e com a metade de cima pendendo sobre sua cabeça. Até aquele momento, tinha considerado a escuridão um aborrecimento; agora, ele quase a saudava.

– Sem mudança de temperatura – comunicou ao comandante Norton. – Ainda pouco abaixo de zero. Mas a pressão do ar aumentou, como já esperávamos: por volta de trezentos milibares. Mesmo com este baixo teor de oxigênio, é quase respirável; lá embaixo, não haverá problema algum. Isso vai simplificar enormemente a exploração. Que achado! O primeiro mundo em que poderemos andar sem equipamento de respiração! Aliás, vou experimentar esse ar.

Lá em cima, no Eixo, o comandante Norton remexeu-se, um pouco preocupado. Mas Mercer, mais do que ninguém, sabia exatamente o que estava fazendo. Com certeza, já teria feito todos os testes necessários.

Mercer compensou a pressão, desprendeu o fecho de proteção de seu capacete e o entreabriu. Aspirou cautelosamente; depois, uma aspiração mais profunda.

O ar de Rama era morto e mofado, como o de uma tumba tão antiga que o último traço de decomposição física tinha desaparecido há milênios. Até mesmo o nariz ultrassensível de Mercer, treinado em anos de testes de sistemas de suporte de vida, não detectou nenhum odor reconhecível. Havia um leve travo metálico, e ele subitamente se recordou de que os primeiros homens na Lua tinham falado de um cheiro sutil de pólvora quando repressurizaram o módulo lunar. Mercer imaginou que a cabine do *Eagle*, contaminada pela poeira lunar, devia ter um cheiro semelhante ao de Rama.

Tornou a fechar o capacete e esvaziou os pulmões do ar alienígena. Não extraíra nenhum sustento dele; até um montanhista aclimatado ao topo do Everest morreria rapidamente ali. Mas, alguns quilômetros abaixo, as condições seriam bem diferentes.

O que mais havia para fazer ali? Não conseguiu pensar em nada, exceto aproveitar a branda e inusitada gravidade. Mas não adiantava acostumar-se a ela, já que retornariam imediatamente à ausência de peso do Eixo.

– Estamos voltando, capitão – comunicou. – Não há razão para prosseguir, até estarmos prontos para ir *até o fim*.

– Concordo. Vamos cronometrar a volta de vocês, mas venham com calma.

Enquanto saltava os degraus, três ou quatro de cada vez, Mercer reconheceu que Calvert tinha toda a razão; aquelas escadas tinham sido construídas para serem *subidas* e não *descidas*. Desde que não se olhasse para trás e se ignorasse a vertiginosa inclinação da curva ascendente, a escalada era uma experiência muito agradável. Após cerca de duzentos degraus, entretanto, começou a sentir fisgadas nos músculos das panturrilhas, e decidiu diminuir a velocidade. Os outros tinham feito o mesmo; quando se aventurou a dar uma olhada por sobre o ombro, viu que estavam muito abaixo dele.

A escalada transcorreu sem incidentes – apenas uma sucessão de degraus aparentemente interminável. Quando pisaram novamente na plataforma mais alta, imediatamente abaixo da escada, mal ofegavam, e tinham levado apenas dez minutos. Descansaram outros dez, antes de iniciarem o último quilômetro vertical.

Saltar – agarrar-se a um degrau – saltar – agarrar – saltar – agarrar... Era fácil, mas tão monotonamente repetitivo que havia o perigo de ele se tornar descuidado. A meio caminho da escada vertical, descansaram por cinco minutos; mas, desta vez, os braços e as pernas tinham começado a doer. Mais uma vez, Mercer alegrou-se por conseguirem ver tão pouco da superfície vertical a que estavam agarrados; não era difícil fingir que a escada se estendia por apenas alguns metros além do círculo de luz da lanterna, e logo terminaria.

Saltar – agarrar um degrau – saltar. Então, de repente, a escada realmente terminou. Estavam de volta ao mundo sem peso do Eixo, entre seus ansiosos amigos. A viagem inteira levara menos de uma hora, e eles tiveram uma sensação de modesto triunfo.

Mas era cedo demais para ficarem satisfeitos com seu feito. Apesar de todo o esforço, tinham percorrido menos de um oitavo daquela ciclópica escadaria.

11

Homens, Mulheres e Macacos

O comandante Norton concluíra há muito tempo que certas mulheres não deveriam ser admitidas a bordo; a ausência de peso exercia em seus seios efeitos muito perturbadores. Já era difícil quando ficavam paradas; mas quando se punham em movimento, dando início às vibrações harmônicas, era mais do que qualquer homem de sangue quente poderia suportar. Ele tinha certeza de que pelo menos um acidente espacial grave tinha sido causado pela distração da tripulação, após o trânsito de uma oficial bem acolchoada pela cabine de controle.

Certa vez, mencionara a teoria à comandante médica Laura Ernst, sem revelar quem tinha inspirado essa linha de raciocínio. Não era necessário; eles se conheciam muito bem. Na Terra, muitos anos antes, num momento de mútua solidão e depressão, tinham feito amor. Provavelmente, jamais repetiriam a experiência (mas quem poderia ter certeza?), pois muita coisa havia mudado para ambos. No entanto, sempre que a robusta médica entrava flutuando na cabine do comandante, ele sentia o eco fugaz de uma antiga paixão, ela sabia que ele sentia, e todo mundo ficava feliz.

– Bill – ela começou. – Verifiquei nossos alpinistas, e eis meu veredicto. Karl e Joe estão em boa forma: todas as indicações normais, para o trabalho que fizeram. Mas Will exibe sinais de exaustão e perda corporal... Não vou entrar em detalhes. Creio que ele não esteja fazendo todos os exercícios necessários, e ele não é o único. Tem gente trapaceando no centrifugador; se continuarem com isso, cabeças vão rolar. Avise todo mundo, por favor.

– Sim, senhora. Mas há uma desculpa. Os homens têm trabalhado muito.

– Com o cérebro e os dedos, certamente. Mas não com o corpo, não trabalho de verdade, que se pode medir em quilos e metros. E é com isso que vamos lidar, se quisermos explorar Rama.

– Bem, podemos explorar?

– Sim, se prosseguirmos com cautela. Karl e eu elaboramos um perfil bastante conservador, baseado na presunção de que podemos dispensar os aparelhos de respiração abaixo do Nível Dois. É claro que isso foi um incrível golpe de sorte e muda todo o quadro logístico. Ainda não me acostumei com a ideia de um mundo com oxigênio... Então, só precisamos fornecer alimentação, água e roupas térmicas, e estamos em operação. Descer vai ser fácil; parece que podemos escorregar na maior parte do caminho, por aquele bendito corrimão.

– Chips está trabalhando num trenó com paraquedas como freio. Mesmo se não pudermos arriscar a tripulação com ele, podemos usá-lo para mantimentos e equipamentos.

– Ótimo; com *isso*, faríamos a viagem em dez minutos. Senão, vai levar cerca de uma hora.

– A subida é mais difícil de calcular; gostaria de conceder seis horas, incluindo dois períodos de uma hora. Depois, quando tivermos adquirido mais experiência – *e também* alguns músculos – talvez possamos reduzir consideravelmente esse tempo. E os fatores psicológicos?

– Difícil de avaliar, num ambiente tão inusitado. A escuridão talvez seja o maior problema.

– Vou instalar holofotes no Eixo. Além de suas próprias lanternas, todo o grupo lá embaixo terá sempre um feixe de luz passando sobre ele.

– Ótimo. Isso deve ajudar bastante. Mais uma coisa: vamos evitar riscos e enviar um grupo só até a metade do caminho, e depois de volta, ou devemos ir até o fim na primeira tentativa?

– Se tivéssemos mais tempo, eu seria cauteloso. Mas o tempo é curto, e não vejo perigo em irmos até o fim e darmos uma olhada lá embaixo. Obrigado, Laura. Isso é tudo o que eu queria saber. Vou encarregar o sub de preparar os detalhes. E vou ordenar que toda a tripulação vá para o centrifugador. Vinte minutos por dia em meia gravidade. Isso a satisfaz?

– Não. Lá embaixo, em Rama, a gravidade é 0,6, e quero uma margem de segurança. Ponha três quartos...

– Ai!

– ... por dez minutos...

– Vou determinar isso.

– ... duas vezes por dia.

– Laura, você é uma mulher dura e cruel. Mas que assim seja. Vou dar a notícia logo antes do jantar. Isso deve estragar o apetite de alguns deles.

Era a primeira vez que o comandante Norton via Karl Mercer ligeiramente constrangido. Ele passara os quinze minutos discutindo problemas de logística com sua competência habitual, mas algo obviamente o preocupava. O capitão, que tinha uma vaga ideia do que era, aguardou pacientemente que ele tocasse no assunto.

– Capitão – disse Karl, enfim –, você tem certeza de que deve liderar esse grupo? Se algo der errado, sou consideravelmente mais dispensável. E já fui mais longe no interior de Rama do que qualquer outro, mesmo que só cinquenta metros.

– De acordo. Mas chegou a hora do comandante liderar suas

tropas, e concluímos que não há maior risco nesta viagem do que na última. Ao primeiro sinal de problema, subo aquela escadaria de volta rápido o bastante para me classificar para a Olimpíada Lunar.

Ele esperou por novas objeções, mas não houve nenhuma, embora Karl ainda parecesse infeliz. Ficou com pena dele e acrescentou, delicadamente:

– E aposto que Joe chega antes de mim aqui em cima.

O homenzarrão relaxou, e um meio sorriso espalhou-se pelo seu rosto.

– Mesmo assim, Bill, gostaria que tivesse escolhido outra pessoa. Preferia pelo menos *um* que já tivesse descido antes, e não podemos ir os dois. Quanto ao Herr Doutor professor Sargento Myron, Laura disse que ele ainda está com dois quilos de sobrepeso. Não adiantou nem raspar aquele bigode.

– Quem é o terceiro do grupo?

– Ainda não decidi. Depende de Laura.

– Ela própria quer ir.

– E quem não quer? Mas se ela aparecer no topo da própria lista dos mais aptos, vou ficar muito desconfiado.

Enquanto o tenente-comandante Mercer juntava seus papéis e se lançava para fora da cabine, Norton sentiu uma ponta de inveja. Quase toda a tripulação – cerca de oitenta e cinco por cento, pela sua estimativa mínima – tinha arranjado algum tipo de acomodação emocional. Ele sabia de algumas naves em que o capitão havia feito o mesmo, mas esse não era o seu hábito. Embora a disciplina a bordo da *Endeavour* fosse amplamente baseada no respeito mútuo entre homens e mulheres inteligentes e altamente treinados, o comandante precisava de algo mais para sublinhar sua posição. A responsabilidade era única e exigia um certo grau de isolamento, mesmo dos amigos mais chegados. Qualquer ligação poderia ser danosa ao moral, e era quase impossível evitar acusações de favoritismo. Por essa razão, casos amorosos entre dois tripulantes com mais de dois graus de separação na hierarquia eram firmemente desencorajados; mas, fora isso, a única regra que regulava o sexo a bordo da nave era: "desde que não façam nos corredores, para não assustar os simps".

Havia quatro superchimpanzés – ou *simps* – a bordo da *Endeavour*, embora, rigorosamente falando, o nome fosse inadequado, pois a tripulação não humana não se baseava na família dos chimpanzés. Em gravidade zero, um rabo preênsil é uma vantagem enorme, e todas as tentativas de fornecer tais apêndices aos humanos redundaram em constrangedores fracassos. Após resultados igualmente insatisfatórios com os grandes símios, a Companhia Superchimpanzé havia se voltado para os primatas menores.

Blackie, Blondie, Goldie e Brownie* tinham árvores genealógicas que incluíam os mais inteligentes macacos do Velho e do Novo Mundo, além de genes sintéticos que nunca existiram na natureza. A criação e a educação desses animais provavelmente custavam tanto quanto as de um astronauta médio, e valiam a pena. Cada um deles pesava menos de trinta quilos e consumia apenas metade do alimento e do oxigênio de um ser humano, e cada um poderia substituir 2,75 homens nos afazeres domésticos, culinária elementar, transporte de ferramentas e uma dúzia de outras tarefas rotineiras.

Esses 2,75 eram alegados pela Corporação, com base em inúmeros estudos de tempo e movimento. O número, embora surpreendente e frequentemente contestado, parecia ser exato, pois os simps trabalhavam alegremente quinze horas por dia e não se entediavam com as tarefas mais servis e repetitivas. Assim, libertavam os seres humanos para o trabalho humano; e, na nave, isso era uma questão de vital importância.

---

* Os nomes dos macacos foram dados de acordo com a cor da pelagem: Blackie (Pretinho), Blondie (Loirinho), Goldie (Douradinho) e Brownie (Marronzinho). [N. da T.]

Ao contrário dos macacos que eram seus parentes mais próximos, os simps da *Endeavour* eram dóceis, obedientes e pouco curiosos. Sendo clones, eram também assexuados, o que eliminava problemas comportamentais embaraçosos. Vegetarianos cuidadosamente treinados, eram muito limpos e não cheiravam mal; teriam se tornado animais de estimação perfeitos, não fosse o fato de que ninguém poderia tê-los bancado.

Apesar dessas vantagens, ter simps a bordo envolvia certos problemas. Eles precisavam ter alojamentos próprios – inevitavelmente rotulados de "A Casa dos Macacos". Seu pequeno refeitório estava sempre impecável, e era bem aparelhado com TV, equipamentos para jogos e máquinas programadas para ensinar. Para evitar acidentes, eles eram absolutamente proibidos de entrar nas áreas técnicas da nave; as entradas de todas elas eram pintadas de vermelho, e os simps eram condicionados para que lhes fosse psicologicamente impossível transpor as barreiras visuais.

Havia também um problema de comunicação. Embora tivessem um QI equivalente a sessenta e conseguissem entender várias centenas de palavras em inglês, eram incapazes de falar. Tinha sido impossível dar cordas vocais úteis tanto aos grandes símios quanto aos macacos menores e, portanto, eles tinham de se expressar por meio da linguagem de sinais.

Os sinais básicos eram óbvios e fáceis de aprender, para que todos a bordo da nave pudessem entender mensagens de rotina. Mas o único homem fluente em simpiês era o adestrador dos macacos – comissário-chefe McAndrews.

Uma piada corrente era que o sargento Ravi McAndrews se parecia bastante com um simp – o que não poderia ser considerado um insulto, pois, com sua pelagem curta e colorida e seus movimentos graciosos, eram animais muito bonitos. Eram também afetuosos, e cada um a bordo tinha seu favorito; o do comandante Norton era o apropriadamente chamado Goldie.

Mas a relação carinhosa que tão facilmente se estabelecia com os simps criava mais um problema, muitas vezes utilizado como argumento contra o emprego desses animais no espaço. Como só podiam ser treinados para tarefas rotineiras e comezinhas, eram mais que inúteis numa emergência; poderiam, então, ser um perigo para si próprios e para seus companheiros humanos. Em especial, tinha sido impossível ensiná-los a usar trajes espaciais, pois os conceitos envolvidos estavam muito além de sua compreensão.

Ninguém gostava de falar sobre o assunto, mas todos sabiam o que tinha de ser feito se houvesse uma ruptura no casco ou se fosse dada a ordem de abandonar a nave. Já acontecera uma vez; e o adestrador dos simps cumprira suas instruções com mais fidelidade do que se esperava. Foi encontrado com seus pupilos, morto pelo mesmo veneno. A partir daí, o serviço de eutanásia foi transferido para o oficial médico chefe, que, segundo se supunha, teria menos envolvimento emocional.

Norton era muito grato por essa responsabilidade, pelo menos, não ter recaído nos ombros do capitão. Conhecia homens a quem mataria com muito menos escrúpulo do que a Goldie.

12

A Escadaria dos Deuses

Na atmosfera clara e fria de Rama, o feixe do holofote era completamente invisível. Três quilômetros abaixo do Eixo central, a oval luminosa de cem metros de largura atravessava uma parte da colossal escadaria. Um oásis brilhante na escuridão ao redor, ela varria lentamente em direção à planície curva ainda a cinco quilômetros abaixo; e, no seu centro, movia-se um trio de figuras semelhantes a formigas, projetando longas sombras à sua frente.

Tinha sido exatamente como esperaram e previram, uma descida completamente sem incidentes. Descansaram brevemente na primeira plataforma, e Norton caminhara algumas centenas de metros ao longo da saliência estreita e curva, antes de escorregarem para o segundo nível abaixo. Ali, descartaram o equipamento de respiração e deleitaram-se no estranho luxo de poderem respirar sem auxílio mecânico. Agora, podiam explorar à vontade, livres do maior perigo enfrentado pelo homem no espaço, e esquecendo-se das preocupações sobre a integridade do traje espacial e a reserva de oxigênio.

Quando chegaram ao quinto nível, e havia apenas mais uma seção a percorrer, a gravidade alcançara quase a metade de seu valor terrestre. A rotação centrífuga de Rama enfim exercia sua verdadeira força; eles se rendiam a essa força implacável que rege todos os planetas, e que pode cobrar um preço altíssimo ao menor deslize. Ainda era muito fácil descer; mas a ideia do retorno, subindo aqueles milhares e milhares de degraus, já começava a lhes rondar a mente.

A escadaria há muito cessara seu vertiginoso mergulho vertical e agora se aplanava na direção horizontal. O gradiente era agora cerca de apenas 1 por 5; no começo, era de 5 por 1. Caminhar normalmente era física e psicologicamente aceitável; somente a reduzida gravidade lembrava-lhe de que não estavam descendo alguma grande escadaria na Terra. Norton uma vez visitara as ruínas de um templo asteca, e as sensações que experimentara na ocasião voltaram a ecoar nele – amplificadas cem vezes. Aqui, havia a mesma impressão de assombro e mistério, e a tristeza do passado irrevogavelmente desaparecido. No entanto, a escala aqui era tão maior, tanto no tempo quanto no espaço, que a mente era incapaz de lhe fazer justiça; após algum tempo, deixou de reagir. Norton perguntou a si mesmo se, mais cedo ou mais tarde, ele não acabaria se acostumando com Rama, aceitando-o como coisa natural.

E havia outro aspecto em que o paralelo com as ruínas terrestres falhava completamente. Rama era centenas de vezes mais velho do que qualquer estrutura que sobrevivera na Terra – até a Grande Pirâmide. *Mas tudo parecia absolutamente novo; não havia nenhum sinal de desgaste.*

Norton refletira bastante sobre isso e chegara a uma explicação provisória. Tudo o que tinham examinado até ali fazia parte de um sistema auxiliar de emergência, muito raramente posto em uso. Não conseguia imaginar que os ramanos – a não ser que fossem maníacos por forma física, tipos não muito incomuns na Terra – andassem para cima e para baixo nessa incrível escadaria, ou de suas duas idênticas companheiras que completavam o Y invisível muito acima de sua cabeça. Talvez tenham sido utilizadas apenas durante a construção de Rama e não serviam mais a nenhum propósito desde esse dia tão distante. A teoria serviria, por ora, mas não era muito convincente. Havia algo errado, em algum ponto...

Não escorregaram no último quilômetro, mas desceram de dois em dois degraus, em longas e delicadas passadas; desta forma, concluiu Norton, exercitariam mais os músculos que em breve teriam de usar. E, assim, chegaram ao final da escadaria, quase sem se darem conta; de repente, não havia mais degraus – apenas uma planície, de um cinza fosco, no agora esmaecido feixe do holofote do Eixo, desaparecendo na escuridão a algumas centenas de metros adiante.

Norton olhou para trás, ao longo do feixe luminoso, até sua origem, no Eixo a mais de oito quilômetros de distância. Sabia que Mercer estaria observando pelo telescópio, então acenou para ele, animadamente.

– Aqui é o capitão – comunicou pelo rádio. – Estão todos em perfeita forma. Sem problemas. Continuando como planejado.

– Ótimo – respondeu Mercer. – Estaremos observando.

Houve um breve silêncio; então, uma nova voz interrompeu.

– Aqui é o subcomandante, a bordo da nave. Francamente, capitão, só isso não basta. O senhor sabe que as agências de notícias ficaram atrás de nós o tempo todo na semana passada. Não espero nenhuma prosa imortal, mas não dá para dizer algo melhor?

– Vou tentar – Norton deu uma risadinha. – Mas lembre que não há nada para ver ainda. É como... bem, é como estar num palco enorme e escuro, com um único holofote. Dessa luz emergem as primeiras centenas de degraus da escadaria, até desaparecerem na escuridão lá em cima. O que podemos ver da planície é que ela é perfeitamente plana. A curvatura é pequena demais para ser visível nesta área limitada. Isso é tudo o que posso dizer.

– Gostaria de nos dar algumas impressões?

– Bem, ainda faz muito frio, abaixo de zero, e ainda bem que temos os trajes térmicos. E é *silencioso*, claro. Mais silencioso do que qualquer coisa que já conheci na Terra, ou no espaço, onde sempre há um ruído de fundo. Aqui, todo o som foi engolido; o espaço à nossa volta é tão grande que não há ecos. É estranho, mas espero que a gente se acostume.

– Obrigado, capitão. Alguém mais, Joe, Boris?

O tenente Calvert, que nunca se embaraçava com as palavras, falou de bom grado:

– Não me sai da cabeça que esta é a primeira vez, *em todos os tempos*, que caminhamos em outro mundo respirando sua atmosfera natural... se bem que "natural" não seria bem o termo a se aplicar a um lugar como este. Ainda assim, Rama deve se parecer com seus construtores; nossas próprias naves são Terras em miniatura. Apenas dois exemplos não servem como estatística, mas será que isso significa que todas as formas de vida inteligentes são consumidoras de oxigênio? O que vimos até agora de seu trabalho sugere que os ramanos eram humanoides, mas talvez cinquenta por cento mais altos do que nós. Não concorda, Boris?

Joe está provocando Boris?, Norton pensou consigo. Como será que ele vai reagir...?

Para todos os seus companheiros da nave, Boris Rodrigo era uma espécie de enigma. O calado e digno oficial de comunicações era estimado pela tripulação, mas nunca participava inteiramente de suas atividades e sempre parecia um pouco afastado – marchando ao som de um tambor diferente.

E de fato marchava, já que era membro devoto da Quinta Igreja do Cristo Cosmonauta. Norton nunca conseguiu descobrir o que tinha acontecido às quatro anteriores, como também desconhecia os rituais e as cerimônias da Igreja. Mas o principal dogma de sua doutrina era conhecido: acreditava-se que Jesus Cristo era um visitante do espaço, e toda uma teologia fora construída em torno desse pressuposto.

Talvez não fosse surpreendente que uma grande proporção de seus devotos trabalhasse no espaço, num cargo ou outro. Invariavelmente, eram eficientes, conscienciosos e absolutamente confiáveis. Todos gostavam deles e os respeitavam, especialmente porque nunca tentavam converter ninguém. No entanto, havia também algo ligeiramente estranho neles; Norton nunca pôde entender como homens com treinamento técnico e científico tão avançado conseguiam acreditar em coisas que ele ouvia cristeiros afirmarem como se fossem fatos incontroversos.

Enquanto aguardava o tenente Rodrigo responder à pergunta possivelmente capciosa de Joe, o comandante teve um súbito lampejo sobre seus próprios motivos ocultos. Ele escolhera Boris por ser fisicamente apto, tecnicamente qualificado e completamente confiável. Ao mesmo tempo, perguntou-se se algum ponto de sua mente não tinha selecionado o tenente por uma curiosidade quase perversa. Como um homem com tais crenças religiosas reagiria à assombrosa realidade de Rama? Suponha que ele encontre algo que confronte sua teologia... ou, pelo contrário, a confirme?

Mas Boris Rodrigo, com sua habitual cautela, não se deixou levar.

– Eles certamente eram consumidores de oxigênio, e poderiam ser humanoides. Mas vamos esperar para ver. Com sorte, vamos descobrir como eram. Pode haver pinturas, estátuas, talvez até corpos, lá naquelas cidades. Se forem cidades.

– E a mais próxima fica a apenas oito quilômetros – disse Joe Calvert, esperançoso.

Sim, pensou o comandante, mas também são oito quilômetros de volta – e depois aquela escadaria descomunal para escalar novamente. Podemos arriscar?

Uma rápida expedição à "cidade" que eles denominaram Paris estava entre seus primeiros planos de contingência, e agora ele tinha de decidir. Tinham água e comida de sobra para uma estada de vinte e quatro horas; estariam sempre à vista da equipe de apoio no Eixo, e qualquer tipo de acidente parecia virtualmente impossível naquela planície metálica lisa e delicadamente curva. O único perigo previsível era o cansaço; quando chegassem a Paris, o que cumpririam com facilidade, o que mais poderiam fazer além de tirar algumas fotografias e talvez recolher alguns pequenos artefatos, antes que tivessem de voltar?

Entretanto, mesmo uma breve incursão valeria a pena; tinham pouco tempo, pois Rama se precipitava em direção a um periélio perigoso demais para a *Endeavour*.

Em todo caso, parte da decisão não lhe cabia. Lá em cima, na nave, a dra. Ernst estaria observando os dados dos sensores biotelemétricos presos ao seu corpo. Se ela voltasse o polegar para baixo, não haveria conversa.

– Laura, o que você acha?

– Descansem por trinta minutos e comam um módulo de energia de quinhentas calorias. Depois, podem começar.

– Obrigado, doutora – interveio Joe Calvert. – Agora posso morrer feliz. Sempre quis conhecer Paris. Montmartre, lá vamos nós!

13

A Planície de Rama

Depois daquela escadaria interminável, era um luxo estranho caminhar novamente numa superfície horizontal. Diretamente à frente, o chão era de fato completamente plano; à direita e à esquerda, nos limites da área iluminada pelo holofote, podia-se detectar a curva ascendente. Era como se andassem por um vale muito largo e raso; era difícil de acreditar que, na verdade, estavam avançando lentamente na face interna de um enorme cilindro e que, para além daquele pequeno oásis de luz, a terra se erguia até encontrar – não, até *se tornar* – o céu.

Embora estivessem tomados por uma sensação de confiança e contido entusiasmo, após algum tempo o silêncio quase palpável de Rama começou a pesar sobre eles. Cada passo, cada palavra se desvanecia instantaneamente no vazio sem eco; depois de percorrerem pouco mais de meio quilômetro, o tenente Calvert não pôde mais suportar aquilo.

Dentre suas pequenas habilidades, havia um talento hoje raro, embora muitos achassem que não era raro o suficiente: a arte de assobiar. Com ou sem encorajamento, ele podia reproduzir os temas da maioria dos filmes dos últimos duzentos anos. Começou, apropriadamente, com "*Eu vou, eu vou, pra casa agora eu vou*", constatou que não conseguiria sustentar os graves da marcha dos anões da Disney e mudou rapidamente para *A Ponte do Rio Kwai*. E então passou, mais ou menos em ordem cronológica, por meia dúzia de épicos, culminando com o tema do famoso *Napoleão*, de Sid Krassman, do final do século 20.

Valeu a tentativa, mas não funcionou, nem para elevar o moral. Rama exigia a grandeza de Bach, Beethoven, Sibelius ou Tuan Sun, não a trivialidade do entretenimento popular. Norton estava a ponto de sugerir que Joe poupasse seu fôlego para exercícios futuros, quando o jovem oficial percebeu a inadequação de seu esforço. Daí em diante, fora alguma consulta ocasional com a nave, caminharam em silêncio. Rama vencera esse *round*.

Em sua travessia inicial, Norton havia permitido um único desvio. Paris ficava bem à frente, a meio caminho entre o pé da escadaria e a praia do Mar Cilíndrico, mas, a apenas um quilômetro à direita, havia um acidente no terreno muito proeminente e um tanto misterioso, que fora batizado de Vale Reto. Era um longo sulco ou vala, com quarenta metros de profundidade e cem de largura, e laterais levemente inclinadas; tinha sido provisoriamente identificado como um canal de irrigação. Assim como a escadaria, o Vale Reto tinha duas cópias similares, igualmente espaçadas ao longo da curva de Rama.

Os três vales tinham quase dez quilômetros de extensão e terminavam abruptamente, um pouco antes de chegarem ao Mar – o que era estranho se, de fato, eram destinados ao transporte de água. E, do outro lado do Mar, o padrão se repetia: outras três valas de dez quilômetros seguiam até a região polar sul.

Alcançaram o final do Vale Reto depois de apenas quinze minutos de uma confortável caminhada e, por um momento, pensativos, ficaram fitando suas profundezas. As paredes perfeitamente lisas inclinavam-se para baixo num ângulo de 60 graus; não havia nenhum degrau ou apoio para os pés. Preenchendo o fundo, havia a fina camada de um material branco e achatado que se parecia muito com gelo. Uma amostra desse material poderia resolver muitas discussões; Norton decidiu obtê-la.

Com Calvert e Rodrigo atuando como âncoras e soltando aos poucos uma corda de segurança, ele foi descendo lentamente pela rampa íngreme. Quando chegou ao fundo, tinha quase certeza de que iria experimentar a sensação escorregadia de gelo sob os pés, mas estava enganado. O atrito era muito grande; sua passada era segura. O material era algum tipo de vidro ou cristal transparente; quando o tocou com as pontas dos dedos, sentiu-o frio, duro e inflexível.

Virando-se de costas para o holofote e protegendo os olhos contra sua luminosidade, Norton tentou perscrutar as profundezas cristalinas, como quem tenta enxergar através da camada de gelo de um lago congelado. Mas não conseguiu ver nada, mesmo quando tentou o feixe concentrado de sua própria lanterna no capacete. O material era translúcido, mas não transparente. Se era algum líquido congelado, possuía um ponto de fusão muito mais alto que o da água.

Bateu nele levemente com o martelo de seu kit geológico; a ferramenta repercutiu com um ruído surdo e dissonante. Bateu mais forte, sem melhor resultado, e estava prestes a exercer toda a sua força quando um impulso o fez desistir.

Parecia muito improvável que ele pudesse rachar aquele material; mas, e se conseguisse? Seria como um vândalo, estilhaçando uma enorme vidraça. Haveria uma oportunidade melhor mais tarde, e pelo menos tinha descoberto informações valiosas. Agora, mais do que nunca, parecia improvável que aquilo fosse um canal; era apenas uma vala peculiar que começava e terminava abruptamente, mas que não levava a lugar algum. E, se em alguma época tinha transportado líquido, onde estavam as manchas, as crostas de sedimentos secos que eram de se esperar? Tudo era brilhante e claro, como se os construtores tivessem partido ainda ontem...

Mais uma vez, estava frente a frente com o mistério fundamental de Rama e, desta vez, era impossível esquivar-se. O comandante Norton era um homem razoavelmente imaginativo, mas nunca teria chegado à sua posição atual se tivesse se entregado aos voos mais desenfreados da fantasia. Agora, no entanto, pela primeira vez, teve uma sensação – não exatamente um mau presságio, mas um pressentimento. As coisas não eram o que pareciam ser; havia algo muito, muito estranho num lugar que era simultaneamente novo em folha – e tinha um milhão de anos.

Pensativo, começou a andar vagarosamente ao longo do pequeno vale, enquanto seus companheiros, ainda segurando a corda atada à sua cintura, o seguiam pela borda. Não esperava fazer novas descobertas, mas queria deixar seu curioso estado emocional ir até o fim. Pois uma outra coisa o preocupava; e não tinha nada a ver com a inexplicável aparência jovem de Rama.

Não tinha andado mais do que doze metros quando o pensamento o atingiu como um raio.

Conhecia aquele lugar. *Já tinha estado ali antes.* Mesmo na Terra, ou em algum planeta familiar, essa experiência é inquietante, embora não seja particularmente rara. Quase todas as pessoas já a tiveram, numa ou noutra ocasião, e geralmente a desprezam, explicando-a como a lembrança de uma fotografia esquecida, uma simples coincidência – ou, se possuem uma inclinação mística, alguma forma de telepatia, ou até mesmo um lampejo do próprio futuro.

Mas reconhecer um lugar que nenhum outro ser humano poderia ter visto – isso é absolutamente chocante. Por vários segundos, o comandante Norton permaneceu imóvel, como que enraizado à superfície lisa e cristalina sobre a qual vinha caminhando, tentando pôr as emoções em ordem. Seu universo bem ordenado tinha virado de ponta-cabeça, e ele experimentou um vertiginoso vislumbre daqueles mistérios à margem da existência que tivera êxito em ignorar por quase toda a vida.

Então, para seu imenso alívio, o bom-senso veio socorrê-lo. A perturbadora sensação de *déjà-vu* desapareceu, sendo substituída por uma lembrança real e identificável de sua juventude.

Era verdade – certa vez estivera entre duas paredes inclinadas como aquelas, vendo-as perder-se na distância, até parecerem convergir num ponto infinitamente afastado. Mas eram cobertas de grama impecavelmente aparada; e, sob os pés, havia pedra britada, não cristal liso.

Acontecera trinta anos antes, durante as férias de verão, na Inglaterra. Em grande parte por causa de uma outra estudante (lembrava-se do rosto, mas tinha esquecido o nome), ele tinha seguido o curso de arqueologia industrial, na época muito em voga entre os graduados em ciência e engenharia. Eles tinham explorado minas de carvão e cotonifícios abandonados, escalado ruínas de altos-fornos e máquinas a vapor, arregalado os olhos, incrédulos, diante de primitivos (e ainda perigosos) reatores nucleares, e dirigido preciosas antiguidades movidas a turbinas por estradas restauradas.

Nem tudo o que viram era genuíno; muito havia se perdido ao longo dos séculos, pois as pessoas raramente se dão ao trabalho de preservar os objetos comuns da vida cotidiana. Mas, onde foi necessário construir réplicas, tinham sido feitas com amoroso cuidado.

E assim o jovem Bill Norton encontrara-se rolando por trilhos, a eufóricos 100 km/h, enquanto energicamente enchia com pazadas de precioso carvão a fornalha de uma locomotiva que aparentava ter duzentos anos, mas que, na verdade, era mais nova do que ele. O trecho de trinta quilômetros da ferrovia Great Western Railway, entretanto, era absolutamente genuíno, embora tivesse exigido considerável trabalho de escavação para tornar a funcionar.

Com o apito gritando, tinham mergulhado numa encosta e entrado a toda velocidade numa escuridão avermelhada e esfumaçada. Depois de um tempo surpreendentemente longo, explodiram para fora do túnel, deparando com um corte profundo, perfeitamente reto, entre duas margens íngremes e gramadas. A imagem, há tanto esquecida, era quase idêntica à que tinha diante de si, agora.

– O que foi, capitão? – gritou o tenente Rodrigo. – Encontrou alguma coisa?

À medida que Norton se arrastava de volta à realidade presente, sua mente libertou-se, em parte, da sensação que o oprimia. Sim, havia mistério ali; mas nada além da compreensão humana. Tinha aprendido uma lição, embora não fosse fácil comunicá-la prontamente aos outros. De maneira alguma deveria deixar-se subjugar por Rama. Nesta senda residia o fracasso – e talvez até a loucura.

– Não – respondeu –, não há nada aqui embaixo. Podem me puxar... Vamos direto para Paris.

14

Sinal de Tempestade

– Convoquei esta reunião do Comitê – disse Sua Excelência o Embaixador de Marte nos Planetas Unidos – porque o dr. Perera tem algo importante a nos comunicar. Ele insiste que entremos em contato imediatamente com o comandante Norton, utilizando o canal prioritário que conseguimos estabelecer... depois de muita dificuldade, devo acrescentar. A declaração do dr. Perera é bastante técnica e, antes de chegarmos a ela, creio que convém fazer um resumo da situação até o momento; a dra. Price preparou esse resumo. Ah, sim... Alguns pedidos de desculpas pela ausência. Sir Lewis não pôde comparecer porque está presidindo uma conferência, e o dr. Taylor pede que o dispensemos.

Agradou-lhe bastante a última ausência. O antropólogo logo perdera o interesse por Rama, quando se tornou evidente que ele não ofereceria muito campo para seus estudos. Como vários outros, ficara amargamente decepcionado ao saber que aquele pequeno mundo itinerante estava morto; agora, não haveria oportunidade para livros e vídeos sensacionais a respeito dos rituais e dos padrões comportamentais dos ramanos. Outros que desencavassem esqueletos e classificassem artefatos; esse tipo de coisa não atraía Conrad Taylor. Talvez a única coisa capaz de fazê-lo voltar correndo fosse a descoberta de obras de arte altamente explícitas, como os famosos afrescos de Tera e Pompeia.

O ponto de vista de Thelma Price, a arqueóloga, era exatamente o oposto. Preferia escavações e ruínas livres de habitantes que pudessem interferir nos desapaixonados estudos científicos. O leito do Mediterrâneo tinha sido ideal... Pelo menos até urbanistas e arquitetos começarem a atrapalhar. E Rama teria sido perfeito, exceto pelo irritante detalhe de que estava a cem milhões de quilômetros de distância e ela jamais iria visitá-lo pessoalmente.

– Como todos sabem – iniciou –, o comandante Norton completou uma travessia de quase trinta quilômetros, sem encontrar qualquer problema. Ele explorou a curiosa vala que aparece em seus mapas como Vale Reto; a finalidade desse fosso ainda é completamente desconhecida, mas é claramente importante, já que percorre toda a extensão de Rama, com exceção do Mar Cilíndrico, e há duas outras estruturas idênticas, a 120 graus de separação, em torno da circunferência daquele mundo...

... Depois o grupo virou à esquerda, ou a leste, se adotarmos a convenção do Polo Norte, até chegar a Paris. Como verão nessa fotografia, tirada por uma câmera telescópica no Eixo, trata-se de um conjunto de centenas de edifícios, com ruas largas entre eles...

... Bem, as outras fotografias foram tiradas pelo grupo do comandante Norton, quando chegaram ao local. Se Paris for uma cidade, é uma cidade muito peculiar. Notem que nenhum dos edifícios possui janelas, ou mesmo portas! Todos são simples estruturas retangulares, com uma altura idêntica de trinta e cinco metros. E eles parecem ter sido expelidos diretamente do solo: não há emendas ou juntas. Vejam esse *close* da base de uma parede: a transição para o solo é lisa...

... Minha impressão é que esse lugar não é uma área residencial, mas algum tipo de armazém ou depósito de suprimentos. Em apoio a essa teoria, vejam essa foto...

... Essas ranhuras estreitas ou sulcos, com cerca de cinco centímetros de largura, percorrem todas as ruas, e existe um sulco para cada um dos edifícios, penetrando diretamente na parede. Há uma notável semelhança com os bondes do início do século 20; obviamente, eles fazem parte de um sistema de transporte...

... Nunca consideramos necessário ter um transporte público diretamente para cada casa. Seria economicamente absurdo, as pessoas sempre podem caminhar algumas centenas de metros. Mas se esses edifícios fossem utilizados como depósito de materiais pesados, faria sentido.

– Posso fazer uma pergunta? – disse o Embaixador da Terra.

– Claro, sir Robert.

– O comandante Norton não conseguiu entrar em nenhum desses prédios?

– Não. Quando ouvirem o relato dele, verão que ele ficou muito frustrado. Logo deduziu que só se poderia entrar nos edifícios pelo subsolo; mas descobriu os sulcos do sistema de transporte e mudou de ideia.

– Ele tentou forçar a entrada?

– Não havia como, sem explosivos ou ferramentas pesadas. E ele só quer fazer isso se todas as outras abordagens falharem.

– Já sei! – exclamou Dennis Solomons, de repente. – Encasulamento!

– Perdão?

– É uma técnica desenvolvida há dois séculos – prosseguiu o historiador da ciência. – O outro nome para isso é *mothballing*. Quando se quer preservar alguma coisa, põe-se dentro de um saco plástico e enche-se de um gás inerte. O uso original era para proteger equipamento militar nos períodos entre guerras; uma vez a técnica foi aplicada em navios inteiros. É ainda amplamente utilizada em museus com pouco espaço de armazenamento; ninguém sabe o que há dentro de alguns casulos centenários no porão do Smithsonian.

Paciência não era uma das virtudes de Carlisle Perera; estava louco para soltar a sua bomba e não podia mais se conter.

– *Por favor*, sr. Embaixador! Isso é tudo muito interessante, mas acho que minha informação é bem mais urgente.

– Se não há outras questões... Muito bem, dr. Perera.

O exobiólogo, ao contrário de Conrad Taylor, não tinha considerado Rama uma decepção. Era verdade que ele não esperava mais encontrar vida – porém, tinha absoluta certeza de que, cedo ou tarde, seriam encontrados restos mortais das criaturas que tinham construído aquele mundo fantástico. A exploração mal começara, embora o tempo disponível fosse terrivelmente curto antes que a *Endeavour* fosse obrigada a escapar de sua órbita tão próxima ao Sol.

Mas agora, se seus cálculos estivessem corretos, o contato do homem com Rama seria ainda mais breve do que ele temera. Pois um detalhe tinha sido negligenciado – um detalhe tão grande que ninguém tinha percebido antes.

– Segundo nossas últimas informações – começou Perera –, um grupo está agora a caminho do Mar Cilíndrico, enquanto o comandante Norton tem outro grupo instalando uma base de suprimentos no pé da escadaria Alfa. Quando essa base estiver pronta, ele pretende ter pelo menos duas missões exploratórias em operação permanente. Desta forma, ele espera utilizar seus limitados recursos humanos com o máximo de eficiência...

... É um bom plano, mas talvez não haja tempo de realizá-lo. Na verdade, eu recomendaria um alerta imediato e uma preparação para a retirada total com doze horas de aviso prévio. Deixe-me explicar...

... É surpreendente como foram poucas as pessoas a comentar sobre uma anomalia tão óbvia em Rama. Ele está agora bem no meio da órbita de Vênus; no entanto, seu interior continua gelado. Mas a temperatura de um objeto exposto à luz direta do Sol é de aproximadamente 500 graus!...

... O motivo, naturalmente, é que Rama não teve tempo de esquentar. Deve ter resfriado até quase o zero absoluto, 270 abaixo de zero, enquanto estava no espaço interestelar. Agora, à medida que se aproxima do Sol, o casco externo está quase tão quente quanto chumbo derretido. Mas o interior continuará frio, até que o calor atravesse aquele quilômetro de rocha...

... Existe um tipo especial de sobremesa quente por fora e com sorvete no meio, não lembro como se chama...

– *Baked Alaska*. É uma das sobremesas favoritas nos banquetes dos Planetas Unidos, infelizmente.

– Obrigado, sir Robert. Essa é a situação de Rama, no momento, mas não vai durar. Nas últimas semanas, o calor solar tem penetrado pouco a pouco, e a expectativa é que um aumento acentuado da temperatura comece em algumas horas. Mas o problema não é *esse*; quando tivermos de partir, de qualquer maneira, o calor não será além do confortavelmente tropical.

– Qual a dificuldade, então?

– Posso responder numa só palavra, sr. Embaixador: *furacões*.

15

A Beira do Mar

Havia agora mais de vinte homens e mulheres dentro de Rama – seis lá embaixo, na planície, e os demais transportando equipamento e material de consumo através do sistema de câmaras pressurizadas e escadaria abaixo. A nave em si estava quase vazia, com o mínimo de pessoal em serviço; circulava a piada de que a *Endeavour* estava de fato sendo administrada pelos quatro simps, e que Goldie tinha sido promovido a comandante interino.

Para essas explorações iniciais, Norton estabelecera várias regras básicas; a mais importante datava dos primeiros tempos das viagens espaciais humanas. Ele decidira que todo grupo devia incluir uma pessoa com experiência anterior. Mas não *mais* que uma. Dessa forma, todos teriam a oportunidade de aprender o mais rápido possível.

Assim, o primeiro grupo a tomar o rumo do Mar Cilíndrico, embora fosse liderado pela comandante médica Laura Ernst, tinha como veterano o tenente Boris Rodrigo, que acabara de retornar de Paris. O terceiro membro, sargento Pieter Rousseau, fizera parte das equipes de apoio, no Eixo; ele era perito em instrumentação de reconhecimento espacial, mas nessa viagem teria de confiar nos próprios olhos e num pequeno telescópio portátil.

A distância entre o pé da escadaria Alfa e a beira do Mar era de menos de quinze quilômetros – na baixa gravidade de Rama, o equivalente a oito quilômetros na Terra. Laura Ernst, que tinha de provar estar à altura de seus próprios padrões, estabeleceu um ritmo veloz. Pararam por trinta minutos na metade do caminho e fizeram a viagem toda, tranquilamente, em três horas.

Era também muito monótono caminhar à luz do feixe do holofote, em meio à escuridão sem ecos de Rama. À medida que o círculo luminoso avançava com eles, ele lentamente se alongava numa elipse comprida e estreita; essa deformação do feixe era o único sinal visível de progresso. Se os observadores lá em cima, no Eixo, não tivessem lhes fornecido verificações contínuas da distância, não teriam como adivinhar se haviam percorrido um quilômetro, cinco ou dez. Apenas caminhavam penosamente adiante, através de uma noite de um milhão de anos, sobre uma superfície metálica aparentemente sem emendas.

Mas, por fim, muito longe à frente, nos limites do feixe de luz que agora enfraquecia, havia algo novo. Num mundo normal, teria sido um horizonte; à medida que se aproximavam, podiam ver que a planície sobre a qual estavam caminhando terminava abruptamente. Estavam se aproximando da beira do Mar.

– Só mais algumas centenas de metros – informou o Controle Central. – É melhor diminuírem o passo.

Isso era quase desnecessário; no entanto, já tinham desacelerado. Era um precipício vertical de cinquenta metros, do nível da planície até o Mar – se de fato fosse um mar, e não outra camada daquele misterioso material cristalino. Embora Norton tivesse convencido a todos sobre o perigo de se tomar qualquer coisa como certa em Rama, poucos duvidavam de que o Mar era realmente feito de gelo. Mas por que razão concebível o penhasco da costa sul tinha quinhentos metros de altura, em vez de cinquenta, como aqui?

Era como se estivessem se aproximando da beira do mundo; a oval de luz, cortada abruptamente à frente deles, tornava-se cada vez mais curta. Mas, a distância, na tela curva do Mar, apareceram suas sombras diminutas e disformes, aumentando e exagerando cada movimento. Aquelas sombras tinham sido suas companheiras a cada passo do caminho, enquanto marchavam pelo feixe, mas agora que estavam quebradas à beira do precipício não mais pareciam fazer parte deles. Poderiam ter sido criaturas do Mar Cilíndrico, prontas a enfrentar quaisquer intrusos em seus domínios.

Por estarem agora à beira de um penhasco de cinquenta metros, era possível, pela primeira vez, apreciar a curvatura de Rama. Mas ninguém jamais tinha visto um lago congelado e curvado para cima, numa superfície cilíndrica; isso era nitidamente perturbador, e o olho fazia o possível para encontrar alguma outra interpretação. Pareceu à dra. Ernst, que certa vez realizara um estudo sobre ilusões óticas, que metade do tempo estivera olhando uma baía curvada *horizontalmente*, e não uma superfície que se elevava para o céu. Foi preciso um esforço deliberado para aceitar a fantástica verdade.

Somente na linha diretamente à frente, paralela ao eixo de Rama, preservava-se a normalidade. Apenas nessa direção é que havia acordo entre visão e lógica. Aqui – ao menos pela extensão de alguns quilômetros –, Rama parecia plano, e *era* plano... E lá adiante, além de suas sombras distorcidas e do limite exterior do feixe luminoso, ficava a ilha que dominava o Mar Cilíndrico.

– Controle do Eixo – chamou a dra. Ernst, pelo rádio –, por favor, aponte o feixe para Nova York.

A noite de Rama subitamente caiu sobre eles, enquanto a oval de luz deslizava pelo mar. Conscientes do penhasco agora invisível a seus pés, todos recuaram alguns passos. Então, como que num passe de mágica, as torres de Nova York surgiram à vista.

A semelhança com a velha Manhattan era apenas superficial; aquele eco do passado terrestre nascido nas estrelas possuía sua própria e singular identidade. Quanto mais a dra. Ernst olhava para aquilo, mais se convencia de que não era em absoluto uma cidade.

A Nova York real, como todas as habitações humanas, nunca tinha sido terminada; e muito menos planejada. Aquele lugar, entretanto, tinha uma simetria e um padrão geral, embora fossem tão complexos que confundiam a mente. Havia sido concebido e projetado por alguma inteligência controladora – e depois completado, como uma máquina destinada a um propósito específico. Isto feito, não havia possibilidade de crescimento ou mudança.

O feixe do holofote lentamente rastreou aquela distante paisagem de torres, cúpulas, esferas entrelaçadas e tubos entrecruzados. Às vezes havia um reflexo brilhante, como se alguma superfície lisa disparasse a luz de volta na direção deles; a primeira vez que isso aconteceu, foram pegos de surpresa. Era exatamente como se, lá na estranha ilha, alguém lhes estivesse enviando sinais...

Mas não podiam ver nada que já não tivesse sido mostrado com muito mais detalhe em fotografias tiradas do Eixo. Após alguns minutos, pediram a luz de volta e começaram a caminhar a leste, ao longo da margem do penhasco. A teoria plausível era a de que, com certeza, haveria um lance de escada, ou uma rampa, descendo até o Mar. E uma tripulante, que era excelente marinheira, levantou uma conjectura interessante.

– Onde há um mar – previra a sargento Ruby Barnes –, deve haver docas e portos... E navios. Você pode aprender tudo sobre uma cultura estudando o modo como ela constrói barcos. – Seus colegas consideraram esse um ponto de vista um tanto restrito, mas pelo menos era estimulante.

A dra. Ernst tinha quase desistido da busca e preparava-se para descer por cordas, quando o tenente Rodrigo avistou a escadaria estreita. Poderia facilmente ter passado despercebida nas sombras da escuridão abaixo da margem do penhasco, pois não havia nenhuma grade de proteção ou algum outro indício de sua presença. E parecia não levar a lugar nenhum; descia a parede vertical de cinquenta metros, num ângulo íngreme, e desaparecia abaixo da superfície do Mar.

Examinaram a escada com a lanterna de seus capacetes, não detectaram nenhum possível risco, e a dra. Ernst conseguiu a permissão do comandante Norton para descerem. Um minuto depois, ela testava cautelosamente a superfície do Mar.

Seu pé escorregava quase sem atrito para a frente e para trás. O material tinha quase exatamente a mesma textura do gelo. *Era* gelo.

Quando bateu nele com seu martelo, um padrão familiar de rachaduras irradiou do ponto de impacto, e ela não teve dificuldade em recolher todos os pedaços que desejava. Alguns já haviam derretido quando ela ergueu o recipiente das amostras contra a luz; o líquido parecia água ligeiramente turva, e ela cheirou, com cautela.

– Isso não é perigoso? – gritou Rodrigo lá de cima, com um traço de ansiedade.

– Acredite, Boris – ela respondeu –, se existe algum agente patogênico por aqui que escapou dos meus detectores, nossas apólices de seguro prescreveram há uma semana.

Mas Boris não deixava de ter certa razão. Apesar de todos os testes realizados, havia ainda um pequeno risco de aquela substância ser venenosa ou portadora de alguma doença desconhecida. Em circunstâncias normais, a dra. Ernst não teria corrido nem esse minúsculo risco. Desta vez, entretanto, o tempo era curto e havia coisas enormes em jogo. Se fosse necessário colocar a *Endeavour* em quarentena, seria um preço muito pequeno a pagar pela carga de conhecimento.

– É água, mas não me atreveria a bebê-la. Tem cheiro de alga podre. Mal posso esperar para levá-la ao laboratório.

– É seguro andar por esse gelo?

– Sim, é sólido como rocha.

– Então, podemos chegar a Nova York.

– Podemos, Pieter? Você já tentou atravessar quatro quilômetros de gelo?

– Ah, entendo. Imagine o que o pessoal dos Suprimentos diria se pedíssemos alguns pares de patins! Não que todos aqui saberiam usá-los, mesmo se houvesse patins a bordo.

– E há mais um problema – intercedeu Boris Rodrigo. – Vocês perceberam que a temperatura já está acima de zero? Não vai demorar muito para esse gelo começar a derreter. Quantos espaçonautas conseguem nadar quatro quilômetros? Com certeza, não este aqui...

A dra. Ernst estava de volta à beira do penhasco e ergueu, em triunfo, o pequeno frasco com as amostras.

– Foi uma longa caminhada só por alguns centímetros cúbicos de água suja, mas ela pode nos ensinar mais sobre Rama do que qualquer coisa que encontramos até agora. Vamos voltar para casa.

Viraram-se em direção às luzes distantes do Eixo, movendo-se em passadas suaves, galopantes, que se haviam revelado como o modo de caminhada mais confortável naquela gravidade reduzida. Olharam para trás várias vezes, atraídos pelo enigma oculto da ilha lá no centro do mar congelado.

E, apenas uma vez, a dra. Ersnt pensou ter sentido na face um leve sopro de brisa.

Não aconteceu de novo, e ela rapidamente esqueceu a impressão.

16

Kealakekua

– Como sabe perfeitamente bem, dr. Perera – disse o Embaixador Bose num tom de paciente resignação –, poucos aqui compartilham seus conhecimentos de meteorologia matemática. Então, por favor, tenha piedade de nossa ignorância.

– Com prazer – respondeu o exobiólogo, imperturbável. – Posso explicar melhor contando-lhes o que vai acontecer dentro de Rama, muito em breve...

... A temperatura está prestes a subir, à medida que o pulso de calor solar alcança o interior. Segundo as últimas informações que recebi, já está acima de zero. O Mar Cilíndrico logo vai começar a degelar; e, ao contrário dos corpos aquáticos da Terra, vai derreter do fundo para a superfície. Isso deve produzir alguns efeitos estranhos; mas o que mais me preocupa é a atmosfera...

... Ao se aquecer, o ar dentro de Rama irá se expandir e tentará subir até o eixo central. E esse é o problema. Ao nível do solo, embora aparentemente estacionário, ele na verdade está girando junto com Rama... a mais de 800 km/h. À medida que subir em direção ao eixo, ele vai tentar manter essa velocidade... e não vai conseguir, é claro. O resultado serão ventos violentos e turbulência; calculo velocidades de 200 a 300 km/h...

... A mesma coisa ocorre na Terra, diga-se de passagem. O ar quente do Equador, que gira a 1.600 km/h junto com a rotação da

Terra, depara com o mesmo problema quando sobe e flui para o norte e para o sul.

– Ah, os ventos alísios! Eu me lembro disso das aulas de geografia.

– Exatamente, sir Robert. Rama terá ventos alísios, e que ventos! Creio que durarão apenas algumas horas, e então um certo equilíbrio será restabelecido. Enquanto isso, recomendo que o comandante Norton evacue o mais rápido possível. Eis aqui a mensagem que proponho enviar.

Com um pouco de imaginação, disse a si mesmo o comandante Norton, ele poderia fingir estar num acampamento noturno improvisado no sopé de uma montanha, em alguma região remota da Ásia ou da América. A confusão de sacos de dormir, cadeiras e mesas dobráveis, geradores portáteis, equipamento de iluminação, Electrosans e diversos aparelhos científicos não pareceriam fora de lugar na Terra – especialmente porque havia homens e mulheres trabalhando ali sem sistemas de suporte de vida.

Montar o Acampamento Alfa tinha sido um trabalho muito difícil, pois tudo teve de ser trazido manualmente através da cadeia de câmaras pressurizadas e, após descer de trenó rampa abaixo a partir do Eixo, ser recuperado e desempacotado. Algumas vezes, quando o freio de paraquedas falhou, o carregamento foi parar a um bom quilômetro de distância, na planície. Apesar disso, vários tripulantes haviam pedido permissão para realizar a descida; Norton a proibira firmemente. Numa emergência, entretanto, estaria preparado para reconsiderar a proibição.

Quase todos aqueles equipamentos teriam de ser deixados ali, pois o trabalho de carregá-los de volta era impensável – na verdade, impossível. Houve vezes em que o comandante Norton sentiu uma vergonha irracional por deixar tanto lixo humano naquele lugar estranhamente imaculado. Quando finalmente partissem, estava preparado para sacrificar parte de seu precioso tempo para deixar tudo em ordem. Por mais improvável que fosse, dali a milhões de anos, quando Rama disparasse para outro sistema solar, talvez recebesse visitantes novamente. Ele queria deixar uma boa impressão da Terra.

Enquanto isso, tinha um problema mais premente. Durante as últimas vinte e quatro horas, recebera mensagens quase idênticas tanto de Marte quanto da Terra. Parecia uma estranha coincidência; talvez estivessem se solidarizando uma com a outra, como esposas que viviam em segurança em planetas diferentes estavam sujeitas a fazer, se houvesse motivo suficiente. Incisivamente, as duas lhe lembravam que, embora ele fosse agora um grande herói, ainda tinha responsabilidades para com as famílias.

O comandante pegou uma cadeira dobrável e saiu do círculo de luz para a escuridão ao redor do acampamento. Era o único modo de ter privacidade, e ele conseguia refletir melhor longe do tumulto. Deliberadamente dando as costas para a bagunça organizada atrás de si, começou a falar no gravador pendurado em torno do pescoço.

Original para arquivo pessoal, cópias para Marte e Terra. Olá, querida. Sim, eu sei que tenho sido um péssimo correspondente, mas não vou a bordo da nave há uma semana. Fora uma tripulação mínima, estamos todos acampados dentro de Rama, no pé da escadaria que batizamos de Alfa.

Tenho três grupos em operação agora, explorando a planície, mas o progresso tem sido decepcionantemente lento, porque tudo tem que ser feito a pé. Se ao menos tivéssemos algum meio de transporte! Ficaria feliz com algumas bicicletas elétricas... seriam perfeitas para o serviço.

Você conheceu minha oficial médica, a comandante Ernst...

Fez uma pausa, hesitante; Laura tinha conhecido uma de suas esposas, mas qual? Melhor cortar essa parte...

Apagou a frase e começou novamente.

Minha oficial médica, a comandante Ernst, conduziu o primeiro grupo a chegar ao Mar Cilíndrico, a quinze quilômetros daqui. Ela descobriu que é feito de água congelada, como já esperávamos... Mas você não iria querer beber aquela água. A dra. Ernst diz que é uma sopa orgânica diluída, contendo traços de quase todos os compostos de carbono que se possa imaginar, assim como fosfatos e nitratos e dúzias de sais metálicos. Não há o menor sinal de vida... nem mesmo microrganismos mortos. Então, ainda não sabemos nada sobre a bioquímica dos ramanos... embora provavelmente não seja assim tão diferente da nossa.

Alguma coisa roçou de leve seu cabelo; tinha estado ocupado demais para cortá-lo e teria de dar um jeito naquilo antes de usar o próximo capacete espacial...

Você viu os vídeos de Paris e das outras cidades que exploramos neste lado do Mar... Londres, Roma, Moscou. É impossível acreditar que foram construídas para alguém viver *nelas. Paris parece um gigantesco depósito. Londres é uma coleção de cilindros interligados por tubulações conectadas a estruturas que são, obviamente, postos de bombeamento. Tudo é completamente vedado, e não há como saber o que há lá dentro sem explosivos ou lasers. Só vamos usá-los quando não houver outras alternativas.*

Quanto a Roma e Moscou...

– Com licença, capitão. Mensagem prioritária, da Terra.

O que seria agora?, Norton se perguntou. Não se pode ter nem alguns minutos para falar com as famílias?

Pegou a mensagem das mãos do sargento e percorreu-a rapidamente, apenas para convencer-se de que não se tratava de nada urgente. Depois, leu de novo, mais devagar.

O que diabos era o Comitê de Rama? E por que ele nunca tinha ouvido falar dele? Sabia que todo tipo de associações, sociedades e grupos profissionais – alguns sérios, outros completamente malucos – haviam tentado entrar em contato com ele; o Controle da Missão fizera um bom trabalho de proteção e não teria encaminhado essa mensagem a menos que fosse considerada importante.

"Ventos de 200 km/h, provavelmente de início repentino, a caminho." Bem, era algo em que se pensar. Mas era difícil levar a mensagem a sério, naquela noite perfeitamente calma; e seria ridículo sair correndo como ratos assustados, quando estavam apenas começando a explorar de verdade.

O comandante Norton ergueu a mão para afastar uma mecha de cabelo que, não sabia como, tornara a cair sobre os seus olhos. E então se paralisou, o gesto incompleto.

Ele *havia* sentido um traço de vento várias vezes na última hora. Foi tão leve que o ignorou completamente; afinal, era comandante de uma nave estelar, não de um navio a vela. Até agora, o movimento do ar não tivera o menor interesse profissional para ele. O que teria feito o capitão da primeira *Endeavour*, morto há tanto tempo, numa situação como essa?

Norton se fizera a mesma pergunta em cada momento de crise dos últimos anos. Era um segredo seu que nunca revelara a ninguém. E, como a maioria das coisas importantes de sua vida, acontecera de modo completamente acidental.

Já era capitão da *Endeavour* há vários meses, quando soube que o nome da nave tinha sido uma homenagem a um dos navios mais importantes da história. É verdade que nos últimos quatrocentos anos existiram doze *Endeavours* do mar e duas do espaço, mas o antepassado de todas era o navio carvoeiro de 370 toneladas de Whitby, que o capitão James Cook, da Marinha Real Britânica, tinha comandado numa volta ao mundo entre 1768 e 1771.

Com um moderado interesse que rapidamente se transformou em absorvente curiosidade – quase uma obsessão –, Norton começara a ler tudo o que podia encontrar sobre Cook. Era agora, provavelmente, a maior autoridade do mundo sobre o maior explorador de todos os tempos e conhecia de cor trechos inteiros dos *Diários*.

Ainda parecia incrível que um homem pudesse ter feito tanto, com equipamentos tão primitivos. Mas Cook não era só um navegador inigualável, mas um cientista e – numa época de disciplina brutal – um humanitário. Tratava seus homens com gentileza, o que era incomum; mas o que nunca se mencionou é que ele se comportava exatamente da mesma forma com os selvagens muitas vezes hostis das novas terras que descobria.

O sonho particular de Norton, que ele sabia que nunca iria realizar, era refazer pelo menos uma das viagens de Cook ao redor do mundo. Fizera uma tentativa espetacular, mas limitada, que certamente teria surpreendido o capitão, quando certa vez voara numa órbita polar diretamente acima da Grande Barreira de Corais.

Um ano depois, uma visita à Estação de Rastreamento Espacial do Havaí lhe proporcionara uma experiência ainda mais inesquecível. Tinha tomado o hidrofólio até a Baía de Kealakekua e, ao passar rapidamente pelos penhascos vulcânicos, sentiu uma emoção profunda que o surpreendeu e até o desconcertou. O guia passara com o grupo de cientistas, engenheiros e astronautas pela torre de metal reluzente que tinha substituído o monumento anterior, destruído pelo grande tsunami de 2068. Caminharam alguns metros em meio à lava preta e escorregadia até a placa à beira d'água. Pequenas ondas quebravam-se nela, mas Norton mal as notou, quando se inclinou para ler as palavras:

PERTO DESTE PONTO,

O CAPITÃO JAMES COOK

FOI MORTO

14 DE FEVEREIRO DE 1779
A PLACA ORIGINAL FOI INAUGURADA EM 28 DE AGOSTO DE 1928
PELA COMISSÃO DO SESQUICENTENÁRIO DE COOK.
SUBSTITUÍDA PELA COMISSÃO DO TRICENTENÁRIO EM 14 DE
FEVEREIRO DE 2079

Isso foi há muitos anos, e a cem milhões de quilômetros de distância. Mas, em momentos como aquele, a presença confortadora de Cook parecia muito próxima. Nas profundezas secretas de sua mente, perguntou: "Bem, capitão, qual o seu conselho?" Era um pequeno jogo consigo mesmo, em ocasiões em que não havia fatos suficientes para um juízo sólido, e era preciso confiar na intuição. Isso fazia parte do gênio de Cook; ele sempre fazia a escolha certa – até o fim, na Baía de Kealakekua.

O sargento aguardou pacientemente enquanto seu comandante fitava em silêncio a noite de Rama. Já não era uma noite incólume, pois em dois pontos, a cerca de quatro quilômetros de distância, viam-se claramente duas manchas luminosas dos grupos de exploração.

Numa emergência, posso chamá-los de volta em uma hora, Norton disse a si mesmo. E isso, com certeza, seria suficiente.

Virou-se para o sargento. – Anote a seguinte mensagem: Comitê de Rama, aos cuidados do Spacecom. Agradeço o aviso e tomarei precauções. Por favor, especifique o significado da frase "início repentino". Respeitosamente, Norton, comandante, *Endeavour*.

Esperou até que o sargento desaparecesse em meio às luzes brilhantes do acampamento e então tornou a ligar o gravador. Mas a linha de raciocínio tinha sido interrompida, e ele não conseguiu recuperar o estado de espírito anterior. A carta teria de aguardar outra oportunidade.

Não era com frequência que o capitão Cook lhe acudia quando negligenciava seu dever. Mas subitamente lembrou-se de quão raras e breves foram as vezes que a pobre Elizabeth Cook tinha visto seu marido nos dezesseis anos de casados. No entanto, ela lhe dera seis filhos – e sobrevivera a todos eles.

Suas esposas, nunca a mais de dez minutos de distância à velocidade da luz, não tinham do que reclamar...

17

Primavera

Durante as primeiras "noites" em Rama, não tinha sido fácil dormir. A escuridão e os mistérios que ela escondia eram opressivos, mas ainda mais perturbador era o silêncio. A ausência de ruídos não é uma condição natural; todos os sentidos humanos exigem informações. Se delas são privados, a mente fabrica seus próprios substitutos.

Assim, muitos haviam se queixado de barulhos estranhos - até vozes - enquanto dormiam, o que era uma ilusão, pois os que estavam acordados não tinham ouvido nada. A comandante médica Ernst prescrevera um remédio simples e eficaz; durante o período de sono, o acampamento agora era embalado por uma discreta e suave música de fundo.

Nessa noite, o comandante Norton achou o remédio inadequado. A todo momento, aguçava os ouvidos na escuridão, e sabia o que procurava ouvir. Mas, embora uma brisa muito fraca realmente acariciasse seu rosto de vez em quando, não havia nenhum som que pudesse ser interpretado como a ascensão de um vento ao longe. Tampouco um dos grupos de exploração relatou alguma coisa incomum.

Finalmente, por volta da meia-noite, horário da nave, ele foi dormir. Havia sempre alguém de plantão no console das comunicações, em caso de mensagens urgentes. Nenhuma outra precaução parecia necessária.

Nem mesmo um furacão poderia ter produzido o som que despertou Norton e o acampamento inteiro, num único instante. Parecia que o céu estava caindo, ou que Rama tivesse sido partido ao meio e se despedaçava. Primeiro, houve um estrondo dilacerante, e depois uma longa série de estalos cristalinos, como um milhão de casas de vidro sendo demolidas. Durou vários minutos, embora parecessem horas; ainda continuava, aparentemente distanciando-se, quando Norton chegou ao centro de comunicações.

– Controle Central! O que aconteceu?

– Um momento, capitão. Foi no Mar. Estamos mandando a luz para lá.

Oito quilômetros acima, no eixo de Rama, o holofote moveu seu feixe para a planície. Alcançou a beira do Mar e então começou a rastreá-lo, vasculhando o interior do mundo. A um quarto do caminho da superfície cilíndrica, o feixe parou.

Lá em cima no céu – ou aquilo que a mente ainda insistia em chamar de céu – algo extraordinário estava acontecendo. No começo, pareceu a Norton que o Mar estava fervendo. Não estava mais estático e congelado nas garras de um eterno inverno; uma imensa área, com quilômetros de extensão, movimentava-se em turbulência. E estava mudando de cor; uma larga faixa branca avançava através do gelo.

De repente, uma placa de talvez meio quilômetro num dos lados começou a inclinar-se para cima, como uma porta se abrindo. Lenta e majestosa, alçou-se para o céu, cintilando e reluzindo à luz do holofote. Depois deslizou para trás e desapareceu sob a superfície, enquanto um vagalhão de água espumante escapava para fora em todas as direções, a partir do ponto de submersão.

Somente então o comandante Norton percebeu o que estava acontecendo. *O gelo estava se quebrando*. Durante todos aqueles dias e semanas, o Mar estivera degelando, em suas profundezas. Era difícil de se concentrar, por causa dos estalos estrepitosos que ainda enchiam o mundo e ecoavam pelo céu, mas ele tentou pensar num motivo para uma convulsão tão dramática. Quando um lago ou um rio congelado degelava na Terra, não ocorria nada parecido com isso...

Mas é claro! Era óbvio, agora que já tinha acontecido. O Mar estava derretendo por baixo, à medida que o calor solar penetrava o casco de Rama. E quando gelo se transforma em água, seu volume diminui...

Assim, o mar estivera afundando sob a camada superior de gelo, deixando-a sem apoio. Dia após dia, a pressão aumentava; agora a faixa de gelo que circundava o equador de Rama desmoronava, como uma ponte que tivesse perdido o pilar central. Estilhaçava-se em centenas de ilhas flutuantes, que iriam se chocar e se acotovelar até derreterem também. O sangue de Norton esfriou de repente, quando ele se lembrou dos planos que faziam para chegar a Nova York de trenó...

O tumulto amainava rapidamente; um empate temporário fora alcançado na guerra entre gelo e água. Em algumas horas, à medida que a temperatura continuasse a subir, a água venceria, e os últimos vestígios de gelo iriam desaparecer. Mas, no longo prazo, o gelo sairia vitorioso, depois que Rama desse a volta em torno do Sol e iniciasse mais uma vez sua viagem na noite interestelar.

Norton lembrou-se de começar a respirar novamente; então chamou o grupo mais próximo do Mar. Para seu alívio, o tenente Rodrigo respondeu de imediato. Não, a água não os alcançara. Nenhuma onda de impacto tinha quebrado na beira do penhasco.

– Agora sabemos – ele acrescentou, muito calmamente – por que existe um penhasco.

Norton concordou em silêncio; mas isso dificilmente explica, pensou consigo, por que o penhasco na margem sul é dez vezes mais alto...

O holofote do Eixo continuava a esquadrinhar o mundo. O mar desperto acalmava-se aos poucos, e a fervilhante espuma branca não mais corria para fora dos bancos de gelos emborcados. Em quinze minutos, o distúrbio principal cessara.

Mas Rama já não era silencioso; despertara de seu sono, e a cada instante ouvia-se o som de gelo sendo triturado quando dois *icebergs* colidiam.

A primavera estava um pouco atrasada, pensou Norton, mas o inverno terminara.

E lá estava aquela brisa de novo, mais forte do que nunca. Rama já lhe dera sinais de alerta suficientes; era hora de partir.

Ao aproximar-se da marca que sinalizava a metade do caminho, o comandante Norton mais uma vez agradeceu à escuridão que escondia a visão acima – e abaixo. Embora soubesse que havia ainda dez mil degraus pela frente, e pudesse imaginar a íngreme curva ascendente, o fato de só conseguir enxergar uma pequena parte dela tornava a perspectiva mais suportável.

Era a sua segunda subida, e ele aprendera com os erros da primeira. A grande tentação foi subir rápido demais nessa gravidade baixa; cada passo era tão fácil que foi difícil adotar um ritmo lento e arrastado. Mas, a menos que se fizesse isso, após os primeiros milhares de degraus surgiam dores estranhas nas coxas e panturrilhas. Músculos que nem se sabia existirem começavam a protestar, e era necessário descansar por períodos cada vez mais longos. Ao final da primeira escalada, ele passara mais tempo descansando do que subindo, e, mesmo assim, não bastava. Sofrera dolorosas câimbras nos dois dias seguintes e teria ficado incapacitado, se não tivesse retornado ao ambiente de gravidade zero da nave.

Assim, desta vez começara com uma lentidão quase penosa, movendo-se como um velho. Fora o último a deixar a planície, e os demais se enfileiravam ao longo de meio quilômetro de escadaria acima dele; podia ver suas luzes movendo-se na rampa invisível à frente.

Sentia tristeza pelo fracasso da missão, e mesmo agora ainda tinha esperança de que a retirada fosse apenas temporária. Quando chegassem ao Eixo, poderiam esperar até que os distúrbios atmosféricos cessassem. Presumivelmente, reinaria lá uma calma total, como no centro de um ciclone, e eles poderiam esperar, em segurança, a aguardada tempestade.

Mais uma vez, tirava conclusões precipitadas, com base em perigosas analogias com a Terra. A meteorologia de um mundo inteiro, mesmo em condições estacionárias, era questão de extrema complexidade. Mesmo após vários séculos de estudo, a previsão do tempo na Terra ainda não era absolutamente confiável. E Rama não era apenas um sistema completamente novo; ele também passava por rápidas mudanças, pois a temperatura tinha subido vários graus nas últimas horas. No entanto, não havia nenhum sinal do prometido furacão, embora tenha havido algumas débeis lufadas, vindas de direções aparentemente aleatórias.

Já tinham escalado cinco quilômetros, o que, nessa gravidade baixa e que aos poucos diminuía, equivalia a menos de dois na Terra. No terceiro nível, a três quilômetros do Eixo, descansaram por uma hora, tomando um lanche leve e massageando os músculos das pernas. Era o último ponto em que poderiam respirar confortavelmente; como os montanhistas do Himalaia nos velhos tempos, tinham deixado os suprimentos de oxigênio ali e agora os carregariam para a escalada final.

Uma hora depois, tinham chegado ao topo da escadaria – e começado a subir a escada vertical. À frente tinham mais um quilômetro, felizmente num campo gravitacional de apenas uma pequena porcentagem do da Terra. Mais um descanso de trinta minutos, uma verificação cuidadosa do oxigênio, e estavam prontos para a etapa final.

Mais uma vez, Norton certificou-se de que todos os homens estavam seguros à sua frente, separados por intervalos de vinte metros ao longo da escada. De agora em diante, seria uma escalada lenta e regular, extremamente enfadonha. A melhor técnica era esvaziar a mente de todos os pensamentos e contar os degraus à medida que iam passando – cem, duzentos, trezentos, quatrocentos...

Acabara de chegar a mil duzentos e cinquenta quando, de repente, percebeu que havia algo errado. A luz que brilhava na superfície vertical imediatamente à frente de seus olhos tinha uma cor diferente – e muito clara.

O comandante Norton mal teve tempo de verificar a rampa, ou alertar seus homens. Tudo aconteceu em menos de um segundo.

Num silencioso impacto de luz, a aurora rompeu em Rama.

18

Aurora

A luz era tão brilhante que, por um minuto inteiro, Norton teve de manter os olhos firmemente fechados. Em seguida, arriscou abri-los e fitou por entre as pálpebras semiabertas a parede a poucos centímetros diante de seu rosto. Piscou várias vezes, esperou que as lágrimas involuntárias secassem e virou-se lentamente para contemplar a aurora.

Conseguiu tolerar a visão só por alguns segundos; então, foi forçado a fechar os olhos novamente. Não era a claridade que era insuportável – ele poderia se acostumar a ela –, mas o impressionante espetáculo de Rama, visto agora pela primeira vez em sua plenitude.

Norton sabia exatamente o que esperar; não obstante, a visão o atordoara. Foi tomado por um espasmo de tremor incontrolável; suas mãos apertaram os degraus da escada com a violência de alguém que está se afogando e se agarra a uma boia salva-vidas. Os músculos dos antebraços começaram a saltar, ao mesmo tempo em que as pernas – já fatigadas por horas de escalada ininterrupta – pareciam prestes a sucumbir. Se não fosse pela baixa gravidade, poderia ter caído.

Então, seu treinamento falou mais alto, e ele começou a aplicar o primeiro remédio contra o pânico. Mantendo os olhos fechados e tentando esquecer o absurdo espetáculo à sua volta, começou a inspirar e expirar longamente, enchendo os pulmões de oxigênio e purificando seu sistema dos venenos da fadiga.

Num instante, sentiu-se muito melhor, mas não abriu os olhos até fazer mais uma coisa. Foi necessário um grande esforço de vontade para obrigar sua mão direita a abrir – ele teve de conversar com ela como se falasse a uma criança desobediente –, mas num instante manobrou-a para baixo, até a cintura, desprendeu o cinto de segurança dos arreios e enganchou a fivela no degrau mais próximo. Agora, acontecesse o que acontecesse, ele não poderia cair.

Norton respirou fundo, várias vezes mais; depois – ainda de olhos fechados – ligou o rádio. Esperava que sua voz soasse calma e resoluta quando chamou:

– Aqui é o capitão. Todos estão bem?

À medida que checava os nomes, um a um, e recebia as respostas – ainda que um tanto trêmulas – de todos, a própria confiança e o autocontrole voltaram rapidamente. Todos os homens estavam sãos e salvos e buscavam nele a liderança. Ele era o comandante, mais uma vez.

– Fiquem de olhos fechados até terem certeza absoluta de que podem aguentar isso – ele disse. – A vista é... impressionante. Se alguém achar que não pode suportá-la, continue escalando sem olhar para trás. Lembrem-se: vocês logo estarão em gravidade zero e não poderão mais cair.

Era desnecessário salientar um fato tão elementar a espaçonautas treinados, mas o próprio Norton tinha de lembrar a si mesmo disso a cada segundo. A ideia de gravidade zero era quase um talismã a protegê-lo do perigo. O que quer que os seus olhos lhe dissessem, Rama não poderia derrubá-lo e arrastá-lo para a destruição na planície, oito quilômetros abaixo.

Tornou-se uma urgente questão de honra e autoestima abrir os olhos outra vez e olhar o mundo à sua volta. Mas, primeiro, tinha de controlar o próprio corpo.

Soltou *as duas* mãos da escada e enganchou o braço esquerdo sob um degrau. Fechando e abrindo os punhos, esperou até que as câimbras musculares desaparecessem; quando se sentiu completamente confortável, abriu os olhos e lentamente virou-se para Rama.

A primeira impressão foi de um azul. A claridade que enchia o céu não podia ser confundida com luz solar; parecia mais um arco elétrico. Então o sol de Rama, pensou Norton, deve ser mais quente que o nosso. Isso deve interessar aos astrônomos...

E agora entendia a finalidade daquelas misteriosas valas, do Vale Reto e seus cinco companheiros; eram nada menos que gigantescos refletores. Rama tinha seis sóis lineares, simetricamente dispostos em torno de seu interior. De cada um deles, um largo leque de luz apontava para o eixo central, para iluminar o lado oposto do mundo. Norton imaginou se poderiam ser acesos de modo alternado, para produzir um ciclo de luz e escuridão, ou se esse era um mundo com dias perpétuos.

De tanto olhar aquelas ofuscantes barras de luz, seus olhos começaram a doer novamente; não achou ruim ter um bom pretexto para fechá-los por um momento. Só naquele instante, quando quase se recuperara do primeiro choque visual, pôde devotar-se a um problema muito mais sério.

Quem ou o que tinha acendido as luzes de Rama?

Esse era um mundo estéril, segundo os testes mais sensíveis que o homem poderia aplicar. Mas agora acontecia algo que não podia ser explicado pela ação de forças naturais. Não poderia haver vida ali, mas poderia haver consciência, percepção; robôs poderiam estar despertando após um sono de milhões de anos. Talvez essa explosão de luz fosse um espasmo aleatório, não programado – o último suspiro de máquinas agonizantes que reagiam desordenadamente ao calor de um novo sol e logo recairiam em sua inatividade, desta vez para sempre.

No entanto, Norton não conseguia acreditar numa explicação tão simples. Peças do quebra-cabeça começavam a se encaixar, embora ainda faltassem muitas. A ausência de todo e qualquer sinal de desgaste, por exemplo – a sensação de *novidade*, como se Rama tivesse acabado de ser criado...

Esses pensamentos poderiam ter inspirado medo, e mesmo terror. De algum modo, não causaram nada disso. Pelo contrário, Norton experimentou uma sensação de euforia – quase deleite. Havia mais a descobrir aqui do que jamais ousaram esperar. Espere até o Comitê de Rama ficar sabendo disso!, disse a si mesmo.

Então, com calma determinação, abriu os olhos novamente e começou a fazer um cuidadoso inventário de tudo o que via.

Primeiro, tinha de estabelecer algum tipo de sistema de referência. Estava olhando para o maior espaço fechado já visto pelo homem e precisava de um mapa mental para se orientar nele.

A fraca gravidade não ajudava muito, pois, com força de vontade, poderia usar Para Cima e Para Baixo em qualquer direção que desejasse. Mas algumas direções eram psicologicamente perigosas; sempre que sua mente esbarrava numa delas, ele tinha de desviá-la rapidamente.

O mais seguro era ele imaginar que estava no fundo abaulado de um gigantesco poço, de dezesseis quilômetros de largura e cinquenta de profundidade. A vantagem dessa imagem era que não podia haver perigo de cair mais abaixo; não obstante, ela tinha alguns defeitos sérios.

Ele podia fingir que as vilas e cidades espalhadas, e as áreas de diferentes cores e texturas, estavam todas firmemente presas nas elevadíssimas paredes. As variadas e complexas estruturas que se viam penduradas na cúpula acima talvez não fossem menos desconcertantes do que os candelabros pendentes em algumas salas de concerto na Terra. Absolutamente inaceitável era o Mar Cilíndrico...

Lá estava ele, a meia altura do poço – uma faixa de água a circundá-lo completamente, sem nenhum suporte visível. Não havia dúvida de que era água; era de um azul vívido, salpicado de centelhas brilhantes dos poucos blocos de gelo remanescentes. Mas um mar vertical formando um círculo completo a vinte quilômetros de altitude no céu era um fenômeno tão desconcertante que, depois de algum tempo, ele começou a procurar uma alternativa.

Foi quando sua mente fez a cena girar 90 graus. Instantaneamente, o poço fundo tornou-se um longo túnel, com uma calota em cada extremidade. "Para baixo" era, obviamente, na direção da escada e da escadaria que acabara de subir; e agora, com essa perspectiva, Norton finalmente foi capaz de apreciar a verdadeira visão dos arquitetos que tinham construído aquele lugar.

Ele estava agarrado à superfície de um penhasco curvo de dezesseis quilômetros de altura, cuja metade superior formava um arco completo, até fundir-se com o teto que agora era o céu. Abaixo dele, a escada descia mais de quinhentos metros, até terminar na primeira borda ou terraço. Ali começava a escadaria, que continuava quase verticalmente a princípio, nesse regime de baixa gravidade, e lentamente se tornava cada vez menos íngreme, até alcançar, depois da interrupção de mais cinco plataformas, a planície distante. Pelos primeiros dois ou três quilômetros, ele conseguia ver os degraus individualmente, mas a partir daí eles se fundiam numa faixa contínua.

O mergulho daquela imensa escadaria era tão impressionante que se tornava impossível apreciar a sua verdadeira escala. Certa vez, Norton tinha sobrevoado o Monte Everest e ficara assombrado com seu tamanho. Lembrou a si mesmo que aquela escadaria era tão alta quanto o Himalaia, mas a comparação não fazia sentido.

E nenhuma outra comparação era possível com as duas outras escadarias, Beta e Gama, que subiam até o céu e depois faziam uma curva lá longe, sobre sua cabeça. Norton agora ganhara confiança suficiente para inclinar o corpo para trás e olhar para elas – de relance. E então tentou esquecer que elas estavam lá...

Pois pensar demais naquelas linhas evocava uma terceira imagem de Rama, que ele ansiava por evitar a qualquer custo. Tratava-se do ponto de vista que considerava aquele mundo novamente um cilindro vertical ou poço – mas agora ele estava no *topo*, não no fundo, como uma mosca rastejando de ponta-cabeça num teto abobadado, com uma queda de cinquenta quilômetros imediatamente abaixo. Toda vez que essa assustadora imagem se insinuava, Norton precisava exercer toda a força de vontade para não se agarrar novamente à escada, num pânico irracional.

Tinha certeza de que, com o tempo, todos esses medos declinariam. A maravilha e a estranheza de Rama expulsariam seus terrores, pelo menos para homens treinados para enfrentar as realidades do espaço. Talvez ninguém que jamais tivesse saído da Terra e jamais estivesse cercado de estrelas por todos os lados conseguiria suportar aqueles panoramas. Mas, se havia homens capazes de aceitá-los, Norton disse a si mesmo, com rigorosa determinação, seriam o capitão e a tripulação da *Endeavour*.

Olhou seu cronômetro. A pausa tinha durado apenas dois minutos, mas parecera uma vida inteira. Fazendo apenas o pequeno esforço necessário para sair da inércia naquele campo gravitacional cada vez mais fraco, começou a subir as últimas centenas de metros da escada. Pouco antes de entrar na câmara pressurizada e dar as costas a Rama, fez uma última e rápida vistoria de seu interior.

O cenário havia mudado, mesmo nos últimos minutos; uma névoa subia do Mar. Nas primeiras centenas de metros, as fantasmagóricas colunas brancas inclinavam-se nitidamente para a frente, na direção do giro de Rama; então começaram a se dissolver num redemoinho de turbulência, à medida que o ar ascendente tentava se desfazer do excesso de velocidade. Os ventos alísios desse mundo cilíndrico começavam a estampar seus padrões no céu; a primeira tempestade tropical em eras desconhecidas estava prestes a eclodir.

19

Um Alerta de Mercúrio

Era a primeira vez, depois de semanas, que todos os membros do Comitê de Rama estavam disponíveis. O professor Solomons emergira das profundezas do Pacífico, onde estivera estudando operações de mineração ao longo das fossas centrais daquele oceano. E o reaparecimento do dr. Taylor não surpreendeu ninguém, já que agora existia pelo menos a possibilidade de que Rama tivesse algo mais valioso do que apenas artefatos sem vida.

O presidente já esperava que o dr. Carlisle Perera se mostrasse ainda mais dogmaticamente assertivo do que de costume, agora que sua previsão do furacão ramano tinha sido confirmada. Para grande surpresa de Sua Excelência, Perera foi notavelmente comedido e aceitou as congratulações dos colegas com um constrangimento que alguém como ele provavelmente jamais experimentara.

O exobiólogo, de fato, estava profundamente mortificado. O espetacular degelo do Mar Cilíndrico era um fenômeno muito mais óbvio do que os vendavais – no entanto, ele o negligenciara completamente. Ter lembrado que o ar quente sobe, mas ter esquecido que gelo quente se contrai não era uma realização digna de orgulho. Entretanto, ele logo superaria a situação e reverteria à autoconfiança olímpica que lhe era normal.

Quando o presidente lhe passou a palavra e perguntou que outras mudanças climáticas esperava, ele foi muito cauteloso com as especulações.

– Os senhores devem compreender – explicou – que a meteorologia de um mundo tão estranho como Rama pode trazer muitas outras surpresas. Mas, se meus cálculos estiverem corretos, não haverá mais tempestades, e as condições logo irão se estabilizar. A temperatura vai subir lentamente até o periélio, e além dele, mas isso não vai nos preocupar, já que a *Endeavour* terá partido muito antes disso.

– Então logo deverá ser seguro voltar ao interior de Rama?

– Hã... provavelmente. Em quarenta e oito horas devemos saber com certeza.

– É imperativo que retornemos – disse o Embaixador de Mercúrio. – Temos que aprender tudo o que for possível sobre Rama. A situação agora mudou completamente.

– Acho que sei o que quer dizer com isso, mas poderia nos dar mais detalhes?

– Claro. Até agora, presumimos que Rama não tinha vida, ou, em todo caso, era um mundo descontrolado. Mas agora não podemos mais fingir que é um navio abandonado. Mesmo que não haja nenhuma forma de vida a bordo, ele pode estar sendo dirigido por mecanismos robóticos, programados para cumprir uma missão... Talvez uma missão altamente desvantajosa para nós. Por mais desagradável que seja, temos que considerar a questão da autodefesa.

Houve uma confusão de vozes em protesto, e o presidente teve de erguer a mão para restaurar a ordem.

– Deixem Sua Excelência terminar! – rogou. – Gostemos ou não da ideia, ela deve ser considerada com seriedade.

– Com todo o devido respeito ao Embaixador – disse o dr. Conrad Taylor, no tom de voz mais desrespeitoso –, acho que podemos descartar o medo ingênuo de uma intervenção malévola. Criaturas tão avançadas como os ramanos devem possuir valores morais à altura. Senão, já teriam destruído a si mesmos, como quase fizemos no século 20. Deixei isso bem claro em meu novo livro, *Ethos e Cosmos*. Espero que tenham recebido seu exemplar.

– Sim, obrigado, embora, infelizmente, a pressão de outros afazeres não me tenha permitido ir além da introdução. Entretanto, estou familiarizado com a tese geral. Podemos não ter intenções malévolas contra um formigueiro. Mas se quisermos construir uma casa no mesmo local...

– Isso é pior que o Partido de Pandora! Nada menos que xenofobia interestelar!

– Por favor, *cavalheiros*! Isso não vai levar a nada. Senhor Embaixador, ainda tem a palavra.

O presidente lançou um olhar furioso de 380 mil quilômetros de espaço até Conrad Taylor, que, relutantemente, se acalmou, como um vulcão que aguarda sua hora.

– Obrigado – disse o Embaixador de Mercúrio. – O perigo pode parecer improvável, mas quando o futuro da humanidade está em jogo, não podemos nos arriscar. E, se me permitem dizê-lo, nós, mercurianos, estamos especialmente preocupados. Talvez tenhamos mais razão para alarme do que todos os demais.

O dr. Taylor bufou audivelmente, mas foi reprimido por mais um olhar furioso vindo da Lua.

– Por que Mercúrio, mais do que qualquer outro planeta? – perguntou o presidente.

– Vejam a dinâmica da situação. Rama já está em nossa órbita. É apenas uma suposição que ele irá contornar o Sol e voltar ao espaço. Suponham que realize uma manobra de frenagem. Se fizer isso, será no periélio, daqui a aproximadamente trinta dias. Meus cientistas dizem que se a mudança inteira de velocidade for realizada lá, Rama acabará numa órbita circular a apenas 25 milhões de quilômetros do Sol. Dali, ele dominaria o Sistema Solar.

Por um longo instante, ninguém – nem mesmo o dr. Conrad Taylor – disse uma só palavra. Todos os membros do Comitê concentravam seus pensamentos no difícil povo mercuriano, tão habilmente representado ali por seu embaixador.

Para a maioria das pessoas, Mercúrio era uma imagem muito próxima do inferno; pelo menos serviria até que aparecesse algo pior. Mas os mercurianos tinham orgulho de seu bizarro planeta e seus dias mais longos que os anos, seus duplos nasceres e pores do Sol, seus rios de metal fundido... Em comparação, a Lua e Marte tinham sido desafios quase triviais. Só quando o homem pousasse em Vênus (se é que um dia o faria), encontraria um ambiente mais hostil que o de Mercúrio.

E, no entanto, esse mundo tinha se tornado, em muitos aspectos, a chave do Sistema Solar. Isso parecia óbvio em retrospecto, mas a Era Espacial já tinha um século quando se percebeu esse fato. Agora os mercurianos não deixavam ninguém esquecer.

Muito antes de o homem ter alcançado Mercúrio, a densidade anormal do planeta indicava a existência de metais pesados; mesmo assim, sua riqueza ainda causava espanto e tinha adiado por mil anos quaisquer temores de que os metais essenciais à civilização humana se esgotariam. E esses tesouros estavam no melhor lugar possível, onde a energia solar era dez vezes maior do que na fria Terra.

Energia ilimitada – metais ilimitados. *Isso* era Mercúrio. Seus incríveis lançadores magnéticos podiam catapultar produtos manufaturados a qualquer ponto do Sistema Solar. Podia também exportar energia em isótopos de transurânio sintético ou radiação pura. Chegaram a sugerir que os lasers mercurianos um dia descongelariam o gigantesco Júpiter, mas a ideia não foi bem-aceita pelos outros mundos. Uma tecnologia capaz de cozinhar Júpiter trazia muitas possibilidades tentadoras de chantagem interplanetária.

Só o fato de tal preocupação ter sido expressa dizia muito sobre a atitude geral para com os mercurianos. Eles eram respeitados por sua tenacidade e suas habilidades em engenharia, e admirados pelo modo como tinham conquistado um mundo tão temível. Mas não eram estimados, e muito menos inspiravam total confiança.

Ao mesmo tempo, era possível apreciar seu ponto de vista. Os mercurianos, dizia uma piada corrente, às vezes se comportavam como se o Sol fosse sua propriedade particular. Estavam presos a ele numa íntima relação de amor e ódio – como os vikings estiveram ligados ao mar, os nepaleses ao Himalaia e os esquimós à tundra. Tornavam-se os seres mais infelizes se algo se interpusesse entre eles e a força natural que dominava e controlava suas vidas.

Por fim, o presidente quebrou o longo silêncio. Ainda se lembrava do sol da Índia e tremia só de pensar no sol de Mercúrio. Então, ele de fato levava os mercurianos a sério, embora os considerasse rudes bárbaros tecnológicos.

– Acho que há mérito em seus argumentos, sr. Embaixador – disse lentamente. – Tem alguma proposta?

– Sim, senhor. Antes de sabermos que medidas tomar, precisamos dos fatos. Conhecemos a geografia de Rama, se é que podemos usar esse termo, mas não temos ideia de suas potencialidades. E a chave do problema é esta: Rama possui um sistema propulsor? *Ele pode mudar de órbita?* Estou muito interessado na opinião do dr. Perera.

– Já pensei bastante sobre o assunto – respondeu o exobiólogo. – Naturalmente, Rama deve ter recebido o impulso inicial de algum dispositivo de lançamento, mas pode ter sido um impulso externo. Se ele realmente tiver alguma propulsão a bordo, não encontramos nem sinal dela. Com certeza, não há canos de escapamento de foguetes, ou algo parecido, em nenhum ponto do casco exterior.

– Podem estar escondidos.

– Verdade, mas qual seria o sentido disso? E onde estão os tanques de combustível, as fontes de energia? O casco principal é sólido, verificamos isso com testes sísmicos. Todas as cavidades da calota norte foram explicadas como sistemas de câmaras pressurizadas.

– Resta a extremidade sul de Rama, que o comandante Norton foi incapaz de alcançar, devido àquela faixa de água de dez quilômetros. Há toda sorte de curiosos mecanismos e estruturas no Polo Sul... O senhor viu as fotografias. O que são, ninguém sabe.

– De uma coisa tenho quase certeza. Se Rama realmente tiver um sistema de propulsão, é algo completamente fora de nosso atual conhecimento. Na verdade, teria que ser a fabulosa 'propulsão espacial' de que se fala há duzentos anos.

– O senhor não descartaria isso?

– Certamente que não. Se pudermos provar que Rama tem propulsão espacial, mesmo se não aprendermos nada sobre sua operação, seria uma descoberta muito importante. Pelo menos saberíamos que tal coisa é possível.

– O que é propulsão espacial? – perguntou o Embaixador da Terra, um tanto queixoso.

– Qualquer sistema de propulsão, sir Robert, que não opere no princípio do foguete. Antigravidade, se isso é possível, se sairia muito bem. No momento, não sabemos onde procurar por tal propulsão, e a maioria dos cientistas duvida que ela exista.

– Não existe – interveio o professor Davidson. – Newton estabeleceu isso. Não pode haver ação sem reação. Propulsão espacial é bobagem. Acreditem em mim.

– O senhor pode estar certo – Perera retrucou, com brandura incomum. – Mas se Rama não tem propulsão espacial, não tem propulsão alguma. Simplesmente não há espaço para um sistema de propulsão convencional, com seus tanques enormes de combustível.

– É difícil imaginar um mundo inteiro sendo empurrado por aí – disse Dennis Solomons. – O que aconteceria com os objetos em seu interior? Tudo teria que ser parafusado. Extremamente incômodo.

– Bem, a aceleração provavelmente seria muito baixa. O maior problema seria a água do Mar Cilíndrico. Como você impediria que ele...

A voz de Perera apagou-se de repente, e seus olhos se vidraram. Ele parecia estar à beira de um ataque epilético, ou mesmo um ataque cardíaco. Os colegas olharam para ele, alarmados; então, recuperou-se repentinamente, bateu o punho na mesa e gritou:

– Mas é claro! Isso explica tudo! O penhasco sul... Agora faz sentido!

– Não para mim – resmungou o Embaixador de Luna, falando por todos os diplomatas presentes.

– Vejam esta seção longitudinal de Rama – Perera continuou, entusiasmado, desdobrando o seu mapa. – Os senhores estão com suas cópias? O Mar Cilíndrico está contido entre dois penhascos que circundam completamente o interior de Rama. O do norte só tem 50 metros de altura. O do sul, por outro lado, tem quase meio quilômetro. Por que uma diferença tão grande? Ninguém conseguiu encontrar uma razão plausível...

... Mas suponham que Rama seja capaz de propelir a si mesmo, acelerando de modo que a extremidade norte fique na frente. A água do Mar tenderia a se mover para trás; o nível no sul subiria, talvez centenas de metros. Daí o penhasco. Vejamos...

Perera começou a rabiscar freneticamente. Após um tempo espantosamente curto – não mais do que vinte segundos –, olhou para os demais com ar triunfante.

– Sabendo a altura daqueles penhascos, podemos calcular a máxima aceleração que Rama é capaz de alcançar. Se fosse mais do que dois por cento de 1 *g*, o Mar inundaria o continente sul.

– Um cinquenta avos de *g*? Não é muito.

– É, sim, para uma massa de dez milhões de megatons. E não é preciso mais do que isso para manobras astronômicas.

– Muito obrigado, dr. Perera – disse o embaixador mercuriano. – O senhor nos deu muito que pensar. Sr. presidente, podemos convencer o comandante Norton sobre a importância de se explorar a região do Polo Sul?

– Ele está fazendo o que pode. O Mar é um obstáculo, naturalmente. Estão tentando construir um tipo de jangada, para chegarem pelo menos até Nova York.

– O Polo Sul é ainda mais importante. Enquanto isso, vou levar essas questões à atenção da Assembleia Geral. Tenho a aprovação dos senhores?

Não houve objeções, nem mesmo do dr. Taylor. Mas, justamente quando os membros do Comitê estavam prestes a desligar o circuito, sir Lewis levantou a mão.

O velho historiador raramente falava; quando o fazia, todos ouviam.

– Suponhamos que Rama realmente esteja... *ativo*... e que tenha essas potencialidades. Segundo um velho ditado militar, potencialidade não implica intenção.

– Quanto tempo devemos esperar até descobrir quais são suas intenções? – perguntou o velho mercuriano. – Quando as descobrirmos, poderá ser tarde demais.

– Já é tarde demais. Não há nada que possamos fazer para afetar Rama. Na verdade, duvido que jamais tenha havido.

– Não admito isso, sir Lewis. Há muitas coisas que podemos fazer... se for necessário. Mas temos pouquíssimo tempo. Rama é um ovo cósmico que está sendo chocado pelo calor do Sol. A casca do ovo pode se romper a qualquer momento.

O presidente do Comitê olhou para o Embaixador com indisfarçada perplexidade. Raramente tinha se surpreendido tanto em sua carreira diplomática.

Jamais teria sonhado que um mercuriano fosse capaz de um voo de imaginação tão poético.

20

Apocalipse

Quando alguém da tripulação o chamava de "comandante", ou, pior ainda, "senhor Norton", o assunto era sempre grave. Não se lembrava de jamais ter ouvido Boris Rodrigo dirigir-se a ele dessa maneira; logo, a coisa devia ser duplamente grave. Mesmo em tempos normais, o tenente-comandante Rodrigo era uma pessoa muito séria e sensata.

– Qual o problema, Boris? – perguntou, quando a porta da cabine se fechou atrás deles.

– Comandante, gostaria de uma permissão para usar a Prioridade da Nave para enviar uma mensagem direta à Terra.

Isso *era* incomum, mas não inédito. Sinais de rotina iam até o posto de retransmissão mais próximo – no momento, comunicavam-se através de Mercúrio –, e, embora o tempo de trânsito fosse de apenas alguns minutos, geralmente levava cinco ou seis horas até uma mensagem chegar à mesa do destinatário. Em noventa e nove por cento das vezes, isso bastava; mas numa emergência mais direta, e muito mais cara, os canais poderiam ser utilizados, a critério do capitão.

– Você sabe, claro, que preciso de um bom motivo. Toda a nossa banda disponível já está congestionada de transmissões de dados. É uma emergência pessoal?

– Não, comandante, é muito mais importante que *isso*. Quero enviar uma mensagem à Madre Igreja.

Ahã, pensou Norton. Como lido com isso?

– Ficaria feliz se me explicasse.

Não foi mera curiosidade que inspirou o pedido de Norton – embora ela certamente estivesse presente. Se concedesse a Boris a prioridade solicitada, teria de justificar sua ação.

Os calmos olhos azuis fitaram os seus. Nunca ouvira dizer que Boris tivesse perdido o controle, que tivesse sido outra coisa senão um homem completamente seguro de si. Todos os cosmo-cristeiros eram assim; era um dos benefícios de sua fé, e isso contribuía para que fossem bons espaçonautas. Às vezes, entretanto, sua certeza inabalável era um pouco exasperante aos infelizes a quem não se concedera a Revelação.

– É sobre o objetivo de Rama, comandante. Acredito que eu tenha descoberto.

– Continue.

– Veja a situação. Eis um mundo completamente vazio e sem vida. No entanto, é adequado a seres humanos. Tem água e uma atmosfera que podemos respirar. Vem das profundezas remotas do espaço, dirigindo-se com precisão ao Sistema Solar... Algo absolutamente incrível, se foi uma questão de mero acaso. E parece não apenas novo; *é como se nunca tivesse sido usado*.

Já discutimos isso dezenas de vezes, Norton disse a si mesmo. O que Boris teria a acrescentar?

– Nossa fé nos ensinou a esperar tal visita, mas não sabemos exatamente que forma ela assumirá. A Bíblia dá pistas. Se isso não for o Segundo Advento, pode ser o Segundo Juízo; a história de Noé descreve o primeiro. Acredito que Rama seja uma Arca cósmica, enviada para cá para salvar... os que forem dignos de serem salvos.

Houve um longo silêncio na cabine do capitão. Não que Norton não encontrasse as palavras; ao contrário, pensou em muitas questões, mas não sabia quais delas seriam muito delicadas.

Finalmente, observou, no tom de voz mais brando e tolerante que conseguiu arranjar:

– É um conceito muito interessante e, embora eu não compartilhe a sua fé, é tentadoramente plausível.

Ele não estava sendo hipócrita ou lisonjeiro; despida de suas conotações religiosas, a teoria de Rodrigo era no mínimo tão convincente quanto a meia dúzia de outras que tinha ouvido. E se uma catástrofe estivesse prestes a se abater sobre a raça humana, e uma inteligência mais alta soubesse disso? Isso explicaria tudo, perfeitamente. Entretanto, ainda havia alguns problemas...

– Duas perguntas, Boris. Rama vai alcançar o periélio em três semanas; depois vai contornar o Sol e deixar o Sistema Solar tão rápido quanto chegou. Não há tempo suficiente para um Dia do Juízo Final ou para embarcar os... hã... escolhidos, seja como isso for feito.

– É verdade. Então, quando alcançar o periélio, Rama terá que desacelerar e entrar em órbita estacionária... provavelmente tendo como afélio a órbita da Terra. Ali, talvez ele mude a velocidade novamente e vá ao encontro da Terra.

Era uma hipótese perturbadoramente persuasiva. Se Rama quisesse permanecer dentro do Sistema Solar, estava fazendo a coisa certa. O modo mais eficiente de diminuir a velocidade era aproximar-se o máximo do Sol e lá realizar a manobra de frenagem. Se houvesse algo verdadeiro nessa teoria, ou alguma variante dela, logo seria posta à prova.

– Mais uma questão, Boris. O que controla Rama agora?

– Não existe doutrina sobre isso. Poderia ser um mero robô. Ou poderia ser... um espírito. Isso explicaria por que não há sinais de formas de vida biológicas.

O Asteroide Assombrado; por que a frase surgira do fundo de sua mente? Então se lembrou de uma história tola que lera anos atrás; achou melhor não perguntar a Boris se ele já tinha lido. Duvidava que o outro tivesse gosto para esse gênero de leitura.

– Vamos fazer o seguinte, Boris – disse Norton, decidindo-se abruptamente. Queria terminar aquela conversa antes que ela ficasse difícil demais e julgou ter encontrado uma boa saída. – Você consegue resumir suas ideias em menos de, digamos, mil palavras?

– Sim, acho que sim.

– Bem, se você puder fazer com que pareça uma teoria científica objetiva, eu a enviarei, com prioridade máxima, ao Comitê de Rama. Ao mesmo tempo, uma cópia poderá seguir à sua Igreja, e todo mundo ficará satisfeito.

– Obrigado, comandante, realmente agradeço.

– Não estou fazendo isso para salvar minha consciência. Só gostaria de ver o que o Comitê tem a dizer sobre isso. Mesmo não concordando com toda a sua linha de raciocínio, talvez você tenha tocado num ponto importante.

– Bem, saberemos no periélio, não?

– Sim, saberemos no periélio.

Depois que Boris Rodrigo saiu, Norton chamou a ponte e deu a autorização necessária. Pensava ter resolvido o problema de modo impecável; além disso, imagine se Boris estivesse certo.

Ele poderia ter aumentado suas chances de estar entre os salvos.

21

Depois da Tempestade

Enquanto flutuavam pelo agora familiar corredor do complexo de câmaras pressurizadas Alfa, Norton se perguntava se tinham deixado a impaciência superar a cautela. Aguardaram a bordo da *Endeavour* por quarenta e oito horas – dois preciosos dias –, prontos para partir imediatamente, se os eventos assim o justificassem. Mas nada acontecera; os instrumentos deixados em Rama não detectaram nenhuma atividade incomum. Para a frustração de todos, a câmera de televisão do Eixo tinha sido coberta por um nevoeiro que reduzira a visibilidade para poucos metros, e apenas agora começava a se dissipar.

Quando abriram a porta da última câmara pressurizada e flutuaram por entre a cama de gato de cordas-guia em torno do Eixo, a primeira coisa que impressionou Norton foi a mudança na luz. Não era mais de um azul agressivo, mas muito mais suave e agradável, lembrando um dia claro de névoa na Terra.

Olhou ao longe, através do eixo do mundo – e não viu nada, exceto um túnel brilhante, branco e uniforme, estendendo-se até aquelas estranhas montanhas no Polo Sul. O interior de Rama estava completamente nublado, sem nenhuma abertura visível nas nuvens. O topo da camada estava nitidamente definido; formava um cilindro menor dentro do maior daquele mundo giratório, deixando um núcleo central de cinco ou seis quilômetros de largura, perfeitamente claro, exceto por alguns filetes esparsos de cirros.

O imenso tubo nebuloso era iluminado de baixo pelos seis sóis artificiais de Rama. As localizações dos três neste continente norte eram claramente definidas por difusas tiras de luz, mas as do outro lado do Mar Cilíndrico fundiam-se numa faixa contínua e brilhante.

O que estaria acontecendo sob aquelas nuvens?, Norton perguntou-se. Mas pelo menos a tempestade, que as tinha centrifugado em perfeita simetria em volta do eixo de Rama, já tinha terminado. A menos que houvesse outras surpresas, seria seguro descer.

Pareceu apropriado, nesse retorno, usar a mesma equipe que fizera a primeira penetração profunda em Rama. O sargento Myron – como todos os outros membros da tripulação da *Endeavour* – satisfazia agora todos os requisitos físicos da comandante médica Ernst; ele até afirmou, com sinceridade convincente, que jamais usaria de novo seus uniformes antigos.

Enquanto observava Mercer, Calvert e Myron "nadando" escada abaixo de modo rápido e despreocupado, Norton lembrou a si mesmo de quanta coisa havia mudado. Da primeira vez, tinham descido no frio e no escuro; agora desciam ao encontro da luz e do calor. E em todas as visitas anteriores, tinham a certeza de que Rama estava morto. Isso talvez ainda fosse verdade, num sentido biológico. Mas algo se movia ali; e a frase de Boris Rodrigo servia tanto quanto qualquer outra. O espírito de Rama havia despertado.

Quando chegaram à plataforma ao pé da escada e se preparavam para descer a escadaria, Mercer realizou o teste de rotina da atmosfera. Havia certas coisas que ele nunca deixava de examinar; mesmo com todos à sua volta respirando perfeita e confortavelmente, sem aparelhos auxiliares, sabia-se que ele parava para um teste do ar antes de abrir o capacete. Quando lhe pediram para justificar tal excesso de cautela, respondeu:

– Porque os sentidos humanos não são bons o suficiente, é por isso. Você pode achar que está tudo bem e cair de cara no chão na primeira respiração profunda.

Olhou seu medidor e exclamou:

– Droga!

– Qual o problema? – perguntou Calvert.

– Quebrou. A indicação está alta demais. Estranho; nunca vi isso acontecer antes. Vou testar no meu circuito respiratório.

Conectou o pequeno analisador compacto ao ponto de teste de seu suprimento de oxigênio, e então permaneceu em silêncio por um instante. Seus companheiros o olhavam com preocupação ansiosa; qualquer coisa que perturbasse Karl devia realmente ser levada muito a sério.

Desconectou o medidor, usou-o para recolher uma amostra da atmosfera de Rama novamente, e então chamou o Controle Central.

– Capitão! Pode fazer uma leitura do oxigênio?

Houve uma pausa muito mais longa do que justificava o pedido. Então Norton respondeu pelo rádio:

– Acho que meu medidor está com algum problema.

Um lento sorriso espalhou-se pelo rosto de Mercer.

– Subiu cinquenta por cento, não foi?

– O que isso significa?

– Significa que todos nós podemos tirar as máscaras. Não é conveniente?

– Não tenho certeza – respondeu Norton, ecoando o sarcasmo na voz de Mercer. – Parece bom demais para ser verdade. – Não era preciso dizer mais nada. Como todos os espaçonautas, o comandante Norton tinha profunda desconfiança de tudo que fosse bom demais para ser verdade.

Mercer entreabriu sua máscara e inspirou, cautelosamente. Pela primeira vez naquela altitude, o ar era perfeitamente respirável. O cheiro bolorento de coisa morta tinha desaparecido; assim como a secura excessiva, que anteriormente havia provocado vários distúrbios respiratórios. A umidade alcançava agora o espantoso índice de oitenta por cento; sem dúvida, o degelo do Mar era responsável por isso. Havia uma sensação de mormaço no ar, porém não desagradável. Era como uma noite de verão, Mercer disse a si mesmo, em alguma praia tropical. O clima dentro de Rama tinha melhorado drasticamente nos últimos dias...

E por quê? O aumento da umidade não era problema; a surpreendente elevação do oxigênio era muito mais difícil de explicar.

Enquanto recomeçava a descida, Mercer deu início a toda uma série de cálculos mentais. Não tinha chegado a nenhum resultado satisfatório quando entraram na camada de nuvens.

Foi uma experiência dramática, pois a transição foi muito abrupta. Num momento, deslizavam para baixo com ar claro, segurando no metal liso do corrimão para que não ganhassem velocidade rápido demais naquela área de um quarto de gravidade. Então, de repente, adentraram uma neblina branca e ofuscante, e a visibilidade caiu para poucos metros. Mercer freou tão bruscamente que Calvert quase se chocou contra ele – e Myron de fato chocou-se contra Calvert, por pouco não o derrubando do corrimão.

– Calma – disse Mercer. – Espalhem mais a fila, até que mal possamos nos ver. E não se deixem acelerar, caso eu tenha que parar de repente.

Em silêncio assustado, continuaram a deslizar para baixo, através da névoa. Calvert via Mercer apenas como uma vaga sombra dez metros adiante e, quando olhou para trás, viu Myron à mesma distância. Em alguns aspectos, aquilo era mais sinistro do que descer na absoluta escuridão da noite de Rama; naquela ocasião, pelo menos, o feixe do holofote lhes mostrara o caminho. Mas assim era como mergulhar, com pouca visibilidade, em alto-mar.

Era impossível afirmar a distância que tinham percorrido, e Calvert imaginou que talvez já estivessem quase chegando ao quarto nível quando Mercer, de repente, freou outra vez. Quando se juntaram, ele sussurrou:

– Prestem atenção! Não estão ouvindo nada?

– Sim – disse Myron, após um minuto. – Parece o vento.

Calvert teve dúvida. Virou a cabeça para todos os lados, tentando localizar a direção no murmúrio muito fraco que os alcançara através do nevoeiro, mas abandonou a tentativa como inútil.

Continuaram a deslizar, alcançaram o quarto nível e partiram para o quinto. O som se tornava cada vez mais forte – e cada vez mais assombrosamente familiar. Estavam na metade da quarta escadaria quando Myron gritou:

– Estão reconhecendo agora?

Teriam identificado há muito tempo, mas era um som que jamais associariam a qualquer outro mundo, exceto a Terra. Através do nevoeiro, vindo de uma fonte cuja distância não se podia estimar, ouvia-se o estrondo regular e contínuo de uma cachoeira.

Alguns minutos depois, o teto de nuvens terminou tão abruptamente como havia começado. Os três emergiram na claridade ofuscante do dia ramano, que a luz refletida pelas nuvens baixas tornava ainda mais brilhante. Lá estava a conhecida planície curva – agora mais aceitável à mente e aos sentidos, uma vez que não se via o círculo completo. Não foi muito difícil fingir que contemplavam um amplo vale, e que a curva ascendente do Mar era, na verdade, *para fora*.

Pararam na quinta e penúltima plataforma, para comunicar que tinham atravessado a cobertura de nuvens e para fazer uma cuidadosa avaliação do local. Pelo que podiam ver, nada havia mudado lá embaixo, na planície; mas ali em cima, na cúpula norte, Rama produzira uma nova maravilha.

Lá estava a origem do som que tinham ouvido. Descendo de uma fonte oculta nas nuvens, a três ou quatro quilômetros de distância, havia uma cachoeira, e por longos minutos eles a fitaram em silêncio, quase incapazes de acreditar em seus olhos. A lógica lhes dizia que naquele mundo rotativo nenhum objeto em queda poderia se mover em linha reta, mas havia algo terrivelmente contrário às leis da natureza numa cachoeira curva, que se inclinava lateralmente, indo terminar a quilômetros de distância do ponto diretamente abaixo de sua fonte...

– Se Galileu tivesse nascido neste mundo – disse Mercer, por fim –, teria enlouquecido ao tentar entender as leis da dinâmica.

– Eu achava que entendia – respondeu Calvert –, mas vou enlouquecer do mesmo jeito. Isso não o perturba, professor?

– Por que deveria? – disse o sargento Myron. – É uma demonstração perfeita e objetiva do Efeito Coriolis. Quem me dera poder mostrá-la a alguns dos meus alunos.

Mercer fitava pensativamente a faixa do Mar Cilíndrico que circundava Rama.

– Vocês perceberam o que aconteceu com a água? – disse, finalmente.

– Bem... Não está mais tão azul. Eu diria que está verde-ervilha. O que isso significa?

– Talvez a mesma coisa que significa na Terra. Laura comparou o Mar a uma sopa orgânica esperando ser mexida para que a vida brotasse. Pode ser que tenha acontecido exatamente isso.

– Em dois dias! Na Terra, levou milhões de anos.

– Trezentos e setenta e cinco milhões, segundo a última estimativa. Então foi daí que veio o oxigênio. Rama passou do estado anaeróbico para plantas fotossintéticas... Em quarenta e oito horas! O que será que ele vai produzir amanhã?

22

SINGRAR O MAR CILÍNDRICO

Quando chegaram ao pé da escadaria, tiveram outro choque. À primeira vista, parecia que alguém havia revirado o acampamento, derrubando equipamentos e até levando embora objetos menores. Porém, após um breve exame, o alarme foi substituído por um aborrecimento envergonhado.

O culpado era apenas o vento; embora tivessem amarrado todos os objetos soltos antes de partirem, algumas cordas devem ter arrebentado durante as rajadas excepcionalmente fortes. Levou dias até que recuperassem todo o material espalhado.

Fora isso, parecia não haver mudanças importantes. Até o silêncio de Rama retornara, agora que as efêmeras tempestades de primavera tinham cessado. E, ao longe, na margem da planície, havia o mar calmo, à espera do primeiro navio em milhões de anos.

– Não é costume batizar um barco novo com uma garrafa de champanhe?

– Mesmo se tivéssemos uma garrafa a bordo, eu não permitiria tão criminoso desperdício. De qualquer modo, é tarde demais. Já lançamos a coisa.

– Pelo menos ela flutua. Você ganhou a aposta, Jimmy. Pagarei quando voltarmos à Terra.

– Ela precisa de um nome. Alguma ideia?

O objeto desses comentários tão pouco lisonjeiros oscilava ao lado dos degraus que desciam até o Mar Cilíndrico. Era uma pequena jangada, feita de seis tambores vazios e uma leve armação metálica. Construí-la, montá-la no acampamento Alfa e transportá-la sobre rodas desmontáveis por mais de dez quilômetros de planície tinha absorvido todas as energias da tripulação, por vários dias. Era uma aposta que precisava se pagar.

O prêmio valia o risco. As enigmáticas torres de Nova York, reluzindo na luz sem sombras a cinco quilômetros de distância, os tinham intrigado desde que entraram em Rama. Ninguém duvidava que a cidade – o que quer que fosse – era o verdadeiro coração daquele mundo. Ainda que não fizessem mais nada, precisavam chegar até Nova York.

– Ainda não temos um nome. Capitão, o que acha?

Norton riu, e então, repentinamente, ficou sério.

– Tenho um para vocês. Chamem de *Resolution*.

– Por quê?

– Era um dos navios de Cook. É um bom nome. Que ela faça por merecê-lo.

Houve um silêncio pensativo; depois, a sargento Barnes, principal responsável pelo projeto, pediu três voluntários. Todos os presentes levantaram a mão.

– Desculpem, só temos quatro coletes salva-vidas. Boris, Jimmy, Pieter... Vocês já foram marinheiros. Vamos testá-la.

Ninguém estranhou que uma sargento agora assumisse o comando das atividades. Ruby Barnes era a única a bordo com uma carta de capitão, e isso resolvia a questão. Ela já atravessara o Pacífico em trimarãs de corrida, e não parecia provável que uns poucos quilômetros de águas calmas pudessem representar grande desafio para suas habilidades.

Desde que pusera os olhos no Mar, ela tinha decidido fazer essa viagem. Durante os milênios em que o homem se relacionara com as águas de seu próprio mundo, nenhum marinheiro jamais havia enfrentado algo remotamente parecido com aquilo. Nos últimos dias, um pequeno e tolo verso não lhe saía da cabeça. "Singrar o Mar Cilíndrico"... Bem, era exatamente o que ela iria fazer.

Os passageiros tomaram seus lugares nos assentos improvisados com baldes, e Ruby abriu a válvula reguladora. O motor de 20 quilowatts começou a zunir, a transmissão por cadeia da engrenagem de redução fez um barulho, e a *Resolution* lançou-se ao mar, sob os aplausos dos espectadores.

Ruby esperava atingir 15 km/h com aquela carga, mas se contentaria com qualquer coisa acima de dez. Um percurso de meio quilômetro tinha sido medido ao longo do penhasco, e ela fez a viagem de ida e volta em cinco minutos e meio. Descontando o tempo necessário para dar meia-volta, isso correspondia a 12 km/h, o que a deixou muito satisfeita.

Sem força motriz, mas com três vigorosos remadores a ajudá-la, Ruby conseguira obter um quarto dessa velocidade. Assim, mesmo que o motor falhasse, poderiam voltar à praia em duas horas. As resistentes baterias poderiam fornecer energia suficiente para circunavegar o mundo; ela trazia duas sobressalentes, por precaução. E agora que o nevoeiro se dissipara completamente, até uma marinheira cautelosa como Ruby estava preparada para se lançar ao mar sem bússola.

Ela bateu uma rápida continência quando pisou em terra firme.

– Viagem inaugural da *Resolution* completada com sucesso, senhor. Aguardando suas instruções.

– Muito bem... Almirante. Quando estará pronta para partir?

– Assim que embarcarmos os suprimentos, e o capitão do porto nos der a autorização.

– Então, partiremos ao alvorecer.

– Sim, senhor.

* * *

Cinco quilômetros de água não parecem grande coisa num mapa; é bem diferente, porém, quando se está no meio dela. Navegavam há apenas dez minutos, e o penhasco de cinquenta metros que faceava o continente meridional já parecia estar a uma surpreendente distância. Porém, misteriosamente, Nova York não parecia mais próxima do que antes...

Entretanto, na maior parte do tempo, prestaram pouca atenção à terra firme, tão fascinados estavam com a maravilha do Mar. Não faziam mais as brincadeiras nervosas que pontuaram o início da viagem; aquela nova experiência era por demais impressionante.

Cada vez que pensava estar se acostumando a Rama, Norton disse a si mesmo, o lugar produzia uma nova maravilha. À medida que a *Resolution* avançava, zunindo, parecia ter sido apanhada na depressão de uma onda gigantesca – uma onda que se curvava para cima dos dois lados até se tornar vertical, e então se inclinava até as duas metades se encontrarem num arco líquido, dezesseis quilômetros acima de suas cabeças. Apesar de tudo o que a razão e a lógica lhes diziam, nenhum dos viajantes poderia evitar por muito tempo a impressão de que, a qualquer momento, aqueles milhões de toneladas de água iriam desabar do céu.

No entanto, apesar disso, o sentimento predominante era de euforia; havia sensação de perigo, sem qualquer perigo real. A menos, naturalmente, que o próprio Mar reservasse outras surpresas.

Era uma distinta possibilidade, pois, como Mercer tinha sugerido, a água agora estava viva. Cada colher de sopa continha milhares de microrganismos esféricos e unicelulares, semelhantes às primeiras formas de plâncton que existiram nos oceanos da Terra.

No entanto, havia diferenças intrigantes; eles não tinham núcleo, bem como muitos outros requisitos mínimos das mais primitivas formas de vida terrestres. E embora Laura Ernst – agora acumulando as funções de cientista e médica da nave – tivesse provado que eles definitivamente geravam oxigênio, eram em número insuficiente para explicar o aumento da atmosfera de Rama. Teriam de existir aos bilhões, não poucos milhares.

Depois ela descobriu que o número diminuía rapidamente, e deve ter sido muito mais alto nas primeiras horas do alvorecer de Rama. Era como se tivesse havido uma breve explosão de vida, recapitulando, numa escala trilhões de vezes mais rápida, a história primitiva da Terra. Agora, talvez, tivesse se exaurido; os microrganismos levados pelas correntes estavam se desintegrando, devolvendo ao Mar seus estoques de substâncias químicas.

– Se tiverem que nadar – a dra. Ernst alertara os marinheiros –, mantenham a boca fechada. Algumas gotas não farão mal, se vocês cuspirem imediatamente. Mas todos aqueles estranhos sais metálico-orgânicos formam uma mistura bastante venenosa, e eu detestaria ter que desenvolver um antídoto.

Esse perigo, felizmente, parecia muito improvável. A *Resolution* poderia continuar à tona mesmo se quaisquer dois de seus tanques flutuantes fossem perfurados. (Quando ouviu isso, Joe Calvert murmurou: "Lembrem-se do *Titanic*!".) E, ainda que a jangada afundasse, os toscos, mas eficientes, coletes salva-vidas manteriam suas cabeças acima da água. Embora Laura tivesse relutado em dar um veredicto sobre o assunto, ela achava que algumas horas de imersão no Mar não seriam fatais; mas não o recomendava.

Após vinte minutos de viagem ininterrupta, Nova York já não parecia uma ilha tão distante. Tornava-se um lugar real, e detalhes que eles tinham visto apenas através do telescópio e de fotos ampliadas agora se revelavam como imponentes e sólidas estruturas. E tornava-se evidente que a "cidade", como tantas outras coisas em Rama, era triplicada; constituía-se de três superestruturas ou complexos circulares idênticos, elevando-se de uma longa fundação oval. Fotografias tiradas do Eixo indicavam também que cada complexo, *em si*, dividia-se em três componentes iguais, como uma torta cortada em três fatias de 120 graus. Isso simplificaria muito o trabalho de exploração; presumivelmente, bastaria examinar uma nona parte de Nova York para ter visto o todo. Mesmo isso seria um empreendimento descomunal; significaria investigar pelo menos um quilômetro quadrado de prédios e maquinários, alguns dos quais se elevavam a centenas de metros no ar.

Os ramanos, ao que parecia, tinham levado a arte da redundância tripla a um alto grau de perfeição. Isso ficou demonstrado no sistema de câmaras pressurizadas, nas escadarias no Eixo e nos sóis artificiais. E onde realmente importava, eles deram um passo além. Nova York parecia ser um exemplo de redundância triplamente tripla.

Ruby manobrava a *Resolution* em direção ao complexo central, onde um lance de escada conduzia da água até o topo do muro ou dique que circundava a ilha. Havia até um mastro, muito bem localizado, ao qual se podiam amarrar barcos; quando viu isso, Ruby ficou muito entusiasmada. Agora não sossegaria enquanto não encontrasse uma das embarcações nas quais os ramanos navegavam seu extraordinário mar.

Norton foi o primeiro a pisar em terra firme; olhou para seus três companheiros e disse:

– Esperem aqui no barco até eu chegar ao topo do muro. Quando eu acenar, Pieter e Boris irão ao meu encontro. Você fica no leme, Ruby, para que possamos sair daqui num instante. Se alguma coisa acontecer comigo, informem Karl e sigam as instruções dele. Usem seu discernimento, mas nada de heroísmo. Entendido?

– Sim, capitão. Boa sorte!

O comandante Norton não acreditava realmente na sorte; nunca entrava numa situação sem antes analisar todos os fatores envolvidos e garantir um modo de bater em retirada. Mas, outra vez, Rama o obrigava a quebrar algumas de suas regras mais sagradas. Quase todos os fatores ali eram desconhecidos – tão desconhecidos como o Pacífico ou a Grande Barreira de Corais tinham sido para seu herói, há três séculos e meio... Sim, um pouco de sorte não lhe faria mal.

A escadaria era virtualmente uma cópia daquela que haviam descido no outro lado do Mar; sem dúvida, seus amigos lá estavam olhando diretamente para ele através de seus telescópios. E "diretamente" era a palavra correta; naquela direção, paralela ao Eixo de Rama, o Mar era de fato completamente plano. Poderia muito bem ser o único corpo de água do universo em que isso era verdade, pois em todos os outros mundos, cada mar ou lago tinha de seguir a superfície de uma esfera, com igual curvatura em todas as direções.

– Quase no topo – comunicou, falando só para constar e para que seu atento subcomandante ouvisse, a cinco quilômetros de distância. – Ainda completo silêncio... Radiação normal. Estou segurando o medidor acima da minha cabeça, caso esse muro esteja atuando como um escudo para alguma coisa. E se houver seres hostis do outro lado, vão atirar no medidor primeiro.

Ele estava brincando, naturalmente. E, no entanto, para que correr riscos, se era tão fácil evitá-los?

Quando subiu o último degrau, descobriu que o topo plano do dique tinha dez metros de espessura; no lado interno, uma série de rampas e escadas alternadas conduziam ao nível principal da cidade, vinte metros abaixo. De fato, ele estava no topo de um muro alto que circundava Nova York completamente e, portanto, tinha uma vista panorâmica do lugar.

Era uma vista quase estonteante em sua complexidade, e a primeira coisa que ele fez foi percorrê-la lentamente com sua câmera. Então acenou para os companheiros e falou pelo rádio para o outro lado do Mar:

– Nenhum sinal de atividade... Tudo calmo. Subam. Vamos começar a explorar.

23

Nova York, Rama

Não era uma cidade; era uma máquina. Norton tinha chegado a essa conclusão em dez minutos e não viu motivo algum para modificá-la depois de terem realizado uma travessia completa da ilha. Uma cidade – qualquer que seja a natureza de seus ocupantes – certamente teria de fornecer algum tipo de acomodação: não havia nada do tipo ali, a não ser que estivesse no subsolo. E, se era este o caso, onde estavam as entradas, as escadarias, os elevadores? Ele não encontrara nada que pudesse ser classificado como uma porta...

A analogia mais próxima que tinha visto para esse lugar na Terra era uma gigantesca usina de processamento químico. Entretanto, não havia nenhuma pilha de matéria-prima, ou alguma indicação de um sistema de transporte para carregá-la. Tampouco conseguia imaginar onde surgiria o produto final – muito menos que tipo de produto poderia ser. Tudo isso era muito confuso e frustrante.

– Alguém quer dar um palpite? – disse, por fim, a todos os que estivessem ouvindo. – Se isso é uma fábrica, o que ela produz? E onde obtém a matéria-prima?

– Tenho uma sugestão, capitão – disse Karl Mercer, lá da outra margem. – Suponhamos que a fábrica utilize o Mar. Segundo a doutora, ele contém praticamente tudo o que se possa imaginar.

Era uma resposta plausível, e Norton já a tinha considerado. Poderia haver canos subterrâneos conduzindo ao Mar – na verdade, *deveria mesmo haver*, pois qualquer usina química concebível exigiria grande quantidade de água. Mas ele desconfiava de respostas plausíveis; com frequência eram equivocadas.

– É uma boa ideia, Karl; mas o que Nova York faz com a água?

Por longos instantes, ninguém da nave, do Eixo ou da planície norte respondeu. Então, uma voz inesperada falou.

– É fácil, capitão. Mas todo mundo vai rir de mim.

– Não, não vamos, Ravi. Continue.

O sargento Ravi McAndrews, comissário-chefe e adestrador de simps, era a última pessoa na nave que normalmente se envolveria numa discussão técnica. Seu QI era modesto e seu conhecimento científico era mínimo, mas não era nenhum bobo e tinha uma perspicácia natural que todos respeitavam.

– Bem, é uma fábrica mesmo, capitão, e talvez o Mar forneça a matéria-prima... Afinal, foi como tudo aconteceu na Terra, mas de um jeito diferente... Acredito que Nova York seja uma fábrica de... ramanos.

Alguém, em algum lugar, deu uma risadinha, mas calou-se rapidamente e não se identificou.

– Sabe de uma coisa, Ravi? – disse, por fim, o comandante. – Essa teoria é maluca o suficiente para ser verdadeira. Mas não tenho certeza se quero comprová-la... Pelo menos até voltar ao continente.

Aquela Nova York celeste tinha quase o mesmo tamanho da ilha de Manhattan, mas a geometria era totalmente diferente. Havia poucas ruas retas; era um labirinto de arcos curtos concêntricos, ligados entre si por raios. Felizmente, era impossível se perder em Rama; bastava olhar o céu para estabelecer o eixo norte-sul daquele mundo.

Pararam em quase todas as intersecções para tirar uma fotografia panorâmica. Quando todas essas centenas de imagens fossem colocadas em ordem, seria uma tarefa enfadonha, mas muito simples, construir uma maquete da cidade. Norton suspeitava que o quebra-cabeça resultante ocuparia os cientistas por gerações.

Era ainda mais difícil acostumar-se ao silêncio ali do que tinha sido na planície de Rama. Uma cidade-máquina deveria emitir algum som; no entanto, não havia sequer o ruído elétrico mais débil, ou o sussurro mais leve de movimento mecânico. Por várias vezes, o comandante Norton pôs o ouvido no solo, ou na parede de um prédio, e escutou com atenção. Não ouviu nada, exceto o pulsar do próprio sangue.

As máquinas estavam dormindo: sequer estavam em marcha lenta. Será que um dia despertariam novamente, e com que propósito? Tudo estava em perfeita ordem, como sempre. Era fácil acreditar que o fechamento de um único circuito em algum computador paciente e oculto traria todo esse labirinto de volta à vida.

Quando finalmente chegaram ao outro lado da cidade, subiram até o topo do dique circundante e examinaram o braço sul do Mar. Por longo tempo, Norton fitou o penhasco de quinhentos metros de altura que os separava de quase a metade de Rama – e, a julgar pelas análises telescópicas, a metade mais complexa e variada. Daquele ângulo, o penhasco parecia de uma cor preta agourenta e sombria, e era fácil encará-lo como a muralha de uma prisão, contornando um continente inteiro. Em nenhum ponto, ao longo de seu circuito, havia uma escada ou qualquer outro meio de acesso.

Como será que os ramanos chegavam à sua terra meridional a partir de Nova York?, pensou Norton. Provavelmente havia um sistema de transporte subterrâneo passando por baixo do Mar, mas devia haver aeronaves também; havia muitas áreas abertas ali na cidade que poderiam ser usadas como pistas de pouso. A descoberta de algum veículo ramano seria um feito importante – especialmente se aprendessem a operá-lo. (Mas será que alguma fonte de energia concebível ainda estaria funcionando, depois de centenas de milhares de anos?)

Havia inúmeras estruturas que tinham a aparência funcional de hangares ou garagens, mas eram todas lisas e sem janelas, como se tivessem sido impermeabilizadas. Cedo ou tarde, Norton dissera sombriamente a si mesmo, seremos forçados a utilizar explosivos e raios laser. Estava determinado a adiar essa decisão para o último instante possível.

A relutância em usar força bruta devia-se, em parte, ao orgulho e, em parte, ao medo. Não queria se comportar com um bárbaro tecnológico, destruindo o que não conseguia entender. Afinal, ele era um visitante não convidado naquele mundo e deveria se comportar como tal.

Quanto ao medo – talvez a palavra fosse muito forte; apreensão seria mais apropriado. Os ramanos pareciam ter planejado tudo; Norton não estava nada ansioso para descobrir quais precauções tinham tomado para proteger sua propriedade. Voltaria ao continente de mãos vazias.

24

Libélula

O tenente James Pak era o oficial mais jovem a bordo da *Endeavour*, e essa era apenas sua quarta missão em espaço profundo. Era ambicioso, e estava na lista de promoções; mas também tinha cometido uma infração grave. Não surpreendia, portanto, que tivesse levado tanto tempo para decidir.

Seria um risco; se perdesse, ficaria em sérios apuros; não estaria arriscando a própria carreira; talvez estivesse arriscando o próprio pescoço. Mas, se fosse bem-sucedido, se tornaria um herói. O que finalmente o convenceu não foi nenhum desses argumentos; foi a certeza de que, se não fizesse absolutamente nada, passaria o resto da vida se lamentando por ter perdido a oportunidade. Não obstante, ainda hesitava, e solicitou uma reunião particular com o capitão.

O que será *desta* vez?, perguntou-se Norton, enquanto analisava a expressão de incerteza no rosto do jovem oficial. Lembrou-se da conversa delicada com Boris Rodrigo; não, não seria nada como aquilo. Jimmy certamente não era do tipo religioso; os únicos interesses que havia demonstrado fora do trabalho eram esporte e sexo, de preferência uma combinação dos dois.

Dificilmente seria o primeiro, e Norton esperava que não fosse o segundo. Já enfrentara a maioria dos problemas que um oficial comandante poderia encontrar nesse departamento – exceto o clássico problema de um nascimento imprevisto durante uma missão.

Embora essa situação fosse objeto de inúmeras piadas, nunca acontecera até agora; mas tal flagrante incompetência era provavelmente apenas uma questão de tempo.

– Bem, Jimmy, o que é?

– Tenho uma ideia, comandante. Sei como chegar ao continente sul... Até mesmo ao Polo Sul.

– Estou ouvindo. Qual a sua proposta?

– Hã... Voando até lá.

– Jimmy, já tive pelo menos cinco propostas nesse sentido... Mais, se você contar as sugestões malucas vindas da Terra. Já examinamos a possibilidade de adaptar os propulsores dos trajes espaciais, mas a resistência do ar os tornaria irremediavelmente ineficientes. O combustível acabaria antes dos dez quilômetros.

– Eu sei disso. Mas tenho a solução.

A atitude de tenente Pak era uma curiosa mistura de total confiança e mal disfarçado nervosismo. Norton ficou muito intrigado; o que preocupava o garoto? Com certeza ele conhecia seu comandante bem o suficiente para ter certeza de que nenhuma proposta sensata seria ridicularizada.

– Bem, prossiga. Se funcionar, vou providenciar para que sua promoção seja retroativa.

A pequena semipromessa, semibrincadeira não caiu tão bem quanto ele esperava. Jimmy deu um sorrisinho amarelo, abriu a boca várias vezes para falar e então optou por uma abordagem indireta do assunto.

– Como o senhor sabe, comandante, participei da Olimpíada Lunar no ano passado.

– Claro. Uma pena você não ter ganhado.

– O problema foi o equipamento; eu sei o que deu errado. Tenho amigos em Marte que estão trabalhando no aparelho, em segredo. Queremos fazer uma surpresa para todo mundo.

– Marte? Não sabia...

– Poucas pessoas sabem... Esse esporte ainda é novo lá; só foi experimentado no Estádio Xante. Mas a melhor aerodinâmica do Sistema Solar está em Marte; quem consegue voar naquela atmosfera consegue voar em qualquer lugar. Bem, minha ideia foi que, se os marcianos, com todo o seu *know-how*, pudessem construir uma boa máquina, ela se sairia muito bem na Lua, onde a gravidade tem a metade da força.

– Parece plausível. Mas como isso pode nos ajudar?

Norton começava a adivinhar, mas queria dar bastante corda a Jimmy.

– Bem, formei uma sociedade com alguns amigos em Lowell City. Eles construíram uma máquina voadora totalmente acrobática, com alguns aperfeiçoamentos que ninguém viu até hoje. Na gravidade lunar, no Estádio Olímpico, deve causar sensação.

– E lhe render uma medalha de ouro.

– Espero que sim.

– Deixe-me ver se estou acompanhando corretamente sua linha de raciocínio. Uma *sky-bike* que poderia entrar na Olimpíada Lunar, a um sexto de gravidade, seria até mais sensacional em Rama, sem gravidade nenhuma. Você poderia voar com ela ao longo do eixo, do Polo Norte ao Polo Sul, e depois voltar.

– Sim... Facilmente. A viagem de ida duraria três horas, sem paradas. Mas é claro que o ciclista poderia descansar onde quisesse, desde que ficasse perto do eixo.

– É uma ideia brilhante, e eu lhe dou os parabéns. É uma pena que *sky-bikes* não façam parte do equipamento regular de uma nave exploratória.

Jimmy parecia ter dificuldade em encontrar as palavras. Abriu a boca várias vezes, mas nada acontecia.

– Tudo bem, Jimmy. Só por uma questão de curiosidade mórbida, e estritamente entre nós, como você conseguiu trazer essa coisa a bordo?

– Hã... "Material Recreativo".

– Bem, você não estava mentindo. E o peso?

– O aparelho pesa apenas vinte quilos.

– *Apenas*? Ainda assim, não é tão grave quanto eu pensava. Na verdade, estou espantado em saber que se pode construir uma bicicleta com esse peso.

– Algumas pesavam só quinze quilos, mas eram frágeis demais e geralmente dobravam ao fazer uma curva. Não há perigo de acontecer isso com a *Libélula*. Como eu disse, ela é totalmente acrobática.

– *Libélula*... Belo nome. Pois bem, agora me diga como planeja usá-la; depois eu decido se vai haver uma promoção ou uma corte marcial. Ou ambas.

25

Voo Inaugural

Libélula era certamente um belo nome. As asas longas e afiladas eram quase invisíveis, exceto quando a luz batia nelas em certos ângulos e se quebrava nas cores do arco-íris. Era como se uma bolha de sabão embrulhasse o delicado bordado das asas; o envelope que envolvia a pequena máquina voadora era uma película orgânica de apenas algumas moléculas de espessura, mas forte o bastante para controlar e direcionar os movimentos de um fluxo de ar de 50 km/h.

O piloto – que era também o gerador e o sistema de orientação – sentava-se num pequeno assento no centro de gravidade, numa posição semirreclinada, para reduzir a resistência do ar. O controle era feito por uma única alavanca, que se movia para a frente e para trás, direita e esquerda; o único "instrumento" era um pedaço de fita com lastro, amarrado à ponta dianteira, para mostrar a direção do vento relativo.

Depois que a máquina voadora fora montada no Eixo, Jimmy Pak não permitia que ninguém a tocasse. O manuseio inábil poderia romper um dos membros estruturais, feitos de uma única fibra, e aquelas asas brilhantes eram uma atração quase irresistível para dedos curiosos. Era difícil acreditar que *realmente* havia alguma coisa ali...

Ao ver Jimmy embarcar na engenhoca, o comandante começou a pensar duas vezes. Se um daqueles suportes finos como arame se rompesse quando a *Libélula* estivesse do outro lado do Mar Cilíndrico, Jimmy não teria como voltar – mesmo se conseguisse pousar em segurança. Estavam também violando uma das regras mais sacrossantas da exploração espacial; um homem estava indo *sozinho* a um território desconhecido, além de qualquer possibilidade de socorro. O único consolo era que ele estaria o tempo todo em plena vista e comunicação; saberiam exatamente o que tinha lhe acontecido, caso houvesse algum desastre.

No entanto, não se podia perder uma oportunidade tão boa como aquela; para quem acredita no destino, seria desafiar os próprios deuses negligenciar a única chance que jamais teriam de alcançar o outro lado de Rama e ver de perto os mistérios do Polo Sul. Jimmy sabia dos riscos envolvidos, muito melhor do que qualquer outro membro da tripulação. Aquele era exatamente o tipo de risco que era preciso assumir; se fracassasse, seria parte do jogo. Não se pode ganhar todas...

– Ouça com atenção, Jimmy – disse a comandante médica Ernst. – É muito importante não se esforçar demais. Lembre-se, o nível de oxigênio aqui ainda é muito baixo. Se ficar sem fôlego a qualquer momento, pare e respire fundo por trinta segundos, mas não mais que isso.

Jimmy assentiu com a cabeça, distraidamente, enquanto testava os controles. Todo o mecanismo de elevação do leme, que formava uma só unidade sobre um suporte de cinco metros atrás da nacele rudimentar, começou a se torcer; depois, os *airelons* em forma de flape, localizados no meio das asas, moveram-se alternadamente para cima e para baixo.

– Quer que eu dê impulso à hélice? – perguntou Joe Calvert, incapaz de suprimir lembranças de filmes de duzentos anos. – Ignição! Contato! – Provavelmente ninguém, exceto Jimmy, sabia do que ele estava falando, mas ajudou a aliviar a tensão.

Muito lentamente, Jimmy começou a mover os pedais. A larga e frágil pá da hélice – assim como a asa, um delicado esqueleto coberto por uma película brilhante – começou a girar. Depois de completar algumas revoluções, desapareceu completamente; e a *Libélula* partiu.

Moveu-se em linha reta a partir do Eixo Central, flutuando vagarosamente ao longo do eixo de Rama. Após voar por duzentos metros, Jimmy parou de pedalar; era estranho ver um veículo obviamente aerodinâmico pairar imóvel em pleno ar. Devia ser a primeira vez que tal coisa acontecia, exceto, talvez, em escala muito limitada, dentro de alguma grande estação espacial.

– Como está o manejo? – Norton gritou.

– Ela responde bem; pouca estabilidade. Mas sei qual é o problema... Nenhuma gravidade. Seria melhor se eu estivesse um quilômetro abaixo.

– Mas espere um pouco... Não é perigoso?

Ao perder altitude, Jimmy estaria sacrificando sua principal vantagem. Enquanto permanecesse exatamente no eixo, ele – e a *Libélula* – não teria peso algum. Poderia pairar sem esforço, ou mesmo dormir, se quisesse. Mas, assim que se afastasse da linha central em torno da qual Rama girava, o pseudopeso da força centrífuga iria reaparecer.

Dessa forma, a menos que pudesse se manter naquela posição, ele continuaria a perder altitude – e, ao mesmo tempo, a *ganhar peso*. Seria um processo de aceleração, que poderia acabar em tragédia. A gravidade lá embaixo, na planície de Rama, era duas vezes maior do que aquela para a qual a *Libélula* tinha sido projetada para operar. Jimmy talvez fosse capaz de pousar em segurança; com certeza, não poderia decolar novamente.

Mas ele já tinha considerado tudo isso, e respondeu com bastante confiança:

– Posso lidar com um décimo de gravidade sem problema nenhum. E o manejo será mais fácil no ar mais denso.

Numa espiral lenta e calma, a *Libélula* flanou no céu, seguindo mais ou menos a linha da escadaria Alfa, descendo em direção à planície. De alguns ângulos, a pequena *sky-bike* era quase invisível; Jimmy parecia estar sentado em pleno ar, pedalando energicamente. Às vezes, movia-se em ímpetos de 30 km/h; então diminuía a velocidade, sentindo os controles, antes de acelerar novamente. E sempre tomava muito cuidado para se manter a uma distância segura da extremidade curva de Rama.

Logo se tornou evidente que o manejo da *Libélula* era muito melhor em baixas altitudes; ela não virou mais em qualquer ângulo, mas estabilizou-se, de modo que suas asas ficaram paralelas à planície sete quilômetros abaixo. Jimmy completou várias órbitas amplas, e depois começou a subir de novo. Finalmente, parou alguns metros acima dos colegas que o aguardavam e percebeu, um pouco tarde, que não sabia ao certo como pousar aquela máquina diáfana.

– Quer que lhe atiremos uma corda? – perguntou Norton, meio sério, meio brincando.

– Não, capitão... Tenho que resolver isso sozinho. Não vou ter ninguém para me ajudar na outra extremidade.

Ficou pensando por alguns momentos e então, lenta e cuidadosamente, começou a mover a *Libélula* em direção ao Eixo, com breves impulsos de energia. A máquina rapidamente perdia força entre cada impulso, à medida que a resistência do ar a fazia parar de novo. Quando ele estava a apenas cinco metros de distância, e a *sky-bike* mal se movia, Jimmy saltou. Deixou-se flutuar em direção à corda de segurança mais próxima na teia do Eixo, segurou-a e virou-se a tempo de agarrar a bicicleta com as mãos. A manobra foi executada com tanta perfeição que provocou uma salva de palmas.

– E a *próxima* apresentação... – começou Joe Calvert.

Jimmy apressou-se a recusar os créditos.

– Isso foi malfeito – ele disse. – Mas agora sei como fazer. Vou levar uma bomba adesiva na ponta de uma linha de vinte metros; assim, vou conseguir me puxar para onde eu quiser...

– Me dê o seu pulso, Jimmy – ordenou a médica – e sopre nesse saco. Vou querer uma amostra de sangue também. Teve alguma dificuldade para respirar?

– Só nesta altitude. Ei, para que você quer o sangue?

– Nível de glicose; aí vou poder dizer que quantidade de energia você usou. Precisamos ter certeza de que você vai carregar combustível suficiente para a missão. Aliás, qual é o recorde de resistência em *sky-biking*?

– É de 2h25min3,6s. Na Lua, claro... Um circuito de dois quilômetros no Estádio Olímpico.

– E você acha que consegue resistir por seis horas?

– Facilmente, já que vou poder parar e descansar a qualquer momento. O *sky-biking* na Lua é pelo menos duas vezes mais difícil do que aqui.

– Muito bem, Jimmy. Volte para o laboratório. Vou dizer sim ou não assim que eu analisar essas amostras. Não quero criar falsas esperanças, mas me parece que você vai conseguir.

Um largo sorriso de satisfação espalhou-se pelo semblante branco-marfim de Jimmy Pak. Enquanto acompanhava a comandante médica Ernst à câmara pressurizada, virou-se e gritou para os companheiros:

– Não toquem nela, por favor! Não quero ninguém furando as asas com a mão.

– Eu cuido disso, Jimmy – prometeu o comandante. – *Todos* estão proibidos de se aproximar da *Libélula*... Inclusive eu.

26

A Voz de Rama

A real magnitude da aventura só ficou clara a Jimmy Pak quando ele chegou à costa do Mar Cilíndrico. Até então, sobrevoara território conhecido; salvo uma catastrófica falha estrutural, sempre poderia pousar e voltar a pé à base, em algumas horas.

Essa opção já não existia. Se descesse no mar, provavelmente se afogaria, de modo bastante desagradável, nas águas venenosas. E, mesmo que aterrissasse em segurança no continente meridional, talvez fosse impossível resgatá-lo antes que a *Endeavour* tivesse de abandonar a órbita de Rama em direção ao Sol.

Também tinha plena consciência de que os desastres previsíveis eram os mais improváveis de acontecer. A região totalmente desconhecida sobre a qual voava poderia produzir inúmeras surpresas; e se lá houvesse criaturas voadoras que se opusessem à sua intrusão? Detestaria envolver-se numa briga com qualquer coisa maior que um pombo. Algumas bicadas bem colocadas poderiam destruir a aerodinâmica da *Libélula*.

No entanto, se não houvesse nenhum risco, não haveria glória – nem sensação de aventura. Milhões de homens alegremente trocariam de lugar com ele agora. Ele não só ia aonde ninguém jamais tinha ido, mas aonde ninguém jamais iria novamente. Em toda a História, ele seria o único ser humano a visitar as regiões meridionais de Rama. Sempre que sentia o medo se apoderando de sua mente, se lembrava disso.

Já se acostumara a ficar sentado no ar, com o mundo à sua volta. Por ter descido a dois quilômetros abaixo do eixo central, adquirira um senso definido de "acima" e "abaixo". O chão estava a apenas seis quilômetros abaixo, mas o arco do céu estava a dez quilômetros acima de sua cabeça. A "cidade" de Londres estava pendurada lá em cima, próxima ao zênite; Nova York, por sua vez, estava do lado certo, bem à frente.

– *Libélula* – disse o Controle Central –, você está baixando demais. Dois mil e duzentos metros do eixo.

– Obrigado – respondeu. – Vou ganhar altitude. Me avisem quando eu voltar a vinte.

Tinha de tomar cuidado com isso. Havia uma tendência natural em perder altitude – e ele não tinha nenhum instrumento para lhe dizer exatamente onde estava. Se se afastasse demais da gravidade zero do eixo, talvez não conseguisse mais subir. Felizmente, havia ampla margem de erro, e sempre havia alguém observando seus movimentos através de um telescópio no Eixo.

Voava agora em alto-mar, pedalando a uma velocidade constante de 20 km/h. Em cinco minutos, estaria acima de Nova York; a ilha já se parecia bastante com um navio, navegando eternamente pelo Mar Cilíndrico.

Quando alcançou Nova York, sobrevoou-a em círculo, parando várias vezes para que a pequena câmera de TV enviasse imagens nítidas, sem vibrações. O panorama de prédios, torres, fábricas, usinas de energia – ou o que quer que fossem – era fascinante, mas, essencialmente, sem sentido. Não importa por quanto tempo olhasse sua complexidade, era improvável que descobrisse alguma coisa. A câmera gravaria muito mais detalhes do que ele seria capaz de assimilar; e algum dia – talvez dali a anos –, algum estudioso pudesse encontrar neles a chave para os segredos de Rama.

Depois de deixar Nova York, atravessou o outro lado do Mar em apenas quinze minutos. Embora não percebesse, tinha voado rápido acima da água, mas, assim que chegou à costa sul, inconscientemente relaxou, e sua velocidade baixou vários quilômetros por hora. Podia estar sobrevoando território estranho – mas pelo menos era terra firme.

Logo após atravessar o grande penhasco que formava o limite meridional do Mar, fez uma panorâmica completa do mundo ao redor com a câmera de TV.

– Lindo! – disse o Controle Central. – Isso vai deixar os cartógrafos felizes. Como está se sentindo?

– Tudo bem... Só um pouco cansado, mas não mais do que eu esperava. A que distância vocês calculam que estou do Polo?

– Quinze quilômetros e seiscentos metros.

– Me avisem quando eu estiver a dez; aí vou descansar. E não me deixem perder altura de novo. Vou começar a subir quando faltarem cinco quilômetros.

Vinte minutos mais tarde, o mundo pareceu fechar-se à sua volta; ele chegara ao fim do cilindro e estava entrando na cúpula meridional.

Ele a estudara por horas através dos telescópios, na outra extremidade de Rama, e tinha decorado sua geografia. Mesmo assim, isso não o preparara para o espetáculo à sua volta.

Em quase todos os aspectos, as extremidades norte e sul de Rama diferiam completamente. Ali não havia nenhuma tríade de escadarias, nenhuma série de plataformas estreitas e concêntricas, nenhuma enorme curva do Eixo até a planície. Em vez disso, havia um enorme espigão central, de mais de cinco quilômetros de comprimento, estendendo-se ao longo do eixo. Em volta dele, havia outros seis menores, da metade do tamanho, igualmente espaçados entre si; o conjunto todo parecia um grupo de estalactites notavelmente simétricas, pendendo do teto de uma caverna. Ou, invertendo o ponto de vista, pareciam os pináculos de algum templo cambojano, instalados no fundo de uma cratera...

Ligando essas torres esguias e cônicas, descendo em curva até fundir-se com a planície cilíndrica, havia pilares flutuantes que pareciam maciços o bastante para suportar o peso de um mundo. E esta, talvez, fosse sua função, se de fato fossem os elementos de exóticas unidades de propulsão, como alguns tinham sugerido.

O tenente Pak cautelosamente aproximou-se do espigão central, cessou de pedalar enquanto ainda estava a cem metros de distância e deixou a *Libélula* flutuar até parar. Verificou o nível de radiação e encontrou apenas a baixíssima radiação de fundo de Rama. Poderia haver forças atuando ali que nenhum instrumento humano seria capaz de detectar, mas havia outro risco inevitável.

– O que você está vendo? – perguntou o Controle Central, ansiosamente.

– Apenas o Grande Chifre... é absolutamente liso... sem marcas... e a ponta é tão afiada que parece uma agulha. Dá até medo de chegar perto.

Não estava só brincando. Parecia incrível que um objeto tão grande se afilasse numa ponta tão geometricamente perfeita. Jimmy tinha visto coleções de insetos empalados com alfinetes e não queria que sua *Libélula* tivesse um fim semelhante.

Pedalou lentamente até o espigão alargar-se, medindo vários metros de diâmetro, e então parou novamente. Abrindo um pequeno recipiente, com muita cautela extraiu uma esfera do tamanho de uma bola de beisebol e jogou-a na direção do espigão. À medida que flutuava, a esfera soltava um fio quase invisível.

A bomba adesiva bateu na superfície curva e lisa – e não ricocheteou. Jimmy testou o fio, puxando-o. Então, deu um puxão mais forte. Como um pescador que puxa a sua presa, lentamente enrolou o fio, aproximando a *Libélula* da ponta do espigão, apropriadamente batizado de "Grande Chifre", até conseguir estender a mão e estabelecer contato com ele.

– Suponho que se poderia chamar isso de um tipo de *touchdown* – comunicou ao Controle Central. – Parece vidro... quase sem atrito e ligeiramente morno. A bomba adesiva funcionou bem. Agora estou testando o microfone... Vamos ver se a ventosa aguenta tão bem... Conectando as sondas... Estão ouvindo alguma coisa?

Houve um longo silêncio; então o Controle disse, aborrecido:

– Absolutamente nada, só os ruídos térmicos normais. Você poderia bater nele com um pedaço de metal? Pelo menos saberemos se é oco.

– OK. E agora?

– Gostaríamos que você voasse ao longo do espigão, esquadrinhando cada meio quilômetro, procurando qualquer coisa incomum. Depois, se tiver certeza de que não há perigo, você poderia ir até um dos Pequenos Chifres. Mas só se você tiver certeza de que pode voltar à gravidade zero sem problema nenhum.

– Três quilômetros de distância do eixo... fica um pouco acima da gravidade lunar. A *Libélula* foi projetada para isso. Só terei que fazer mais esforço.

– Jimmy, aqui é o capitão. Reconsiderei isso. A julgar pelas suas fotos, os espigões menores são exatamente iguais ao maior. Obtenha as melhores imagens que puder com o *zoom*. Não quero que você saia da região de baixa gravidade... A menos que veja algo que pareça muito importante. Então conversaremos.

– OK, capitão – disse Jimmy, e talvez houvesse um leve traço de alívio em sua voz. – Vou ficar perto do Grande Chifre. Lá vamos nós de novo.

Sentiu-se como se estivesse em queda livre em direção a um estreito vale entre um conjunto de montanhas incrivelmente altas e esguias. O Grande Chifre agora se elevava a um quilômetro acima de Jimmy, e os seis espigões dos Pequenos Chifres assomavam à sua volta. O complexo de pilares e arcos flutuantes que circundavam as encostas inferiores aproximava-se rapidamente; imaginou se conseguiria pousar em segurança em algum ponto daquela arquitetura ciclópica. Não poderia mais pousar no próprio Grande Chifre, pois a gravidade em suas amplas encostas era agora forte demais para ser neutralizada com a força débil da bomba adesiva.

Ao se aproximar do Polo Sul, começou a se sentir cada vez mais como um pardal voando sob o teto abobadado de alguma grande catedral – embora nenhuma catedral já construída fosse sequer um centésimo do tamanho daquele lugar. Imaginou se aquilo era de fato um templo religioso, ou algo remotamente análogo, mas rapidamente descartou a ideia. Em nenhuma parte de Rama havia qualquer sinal de expressão artística; tudo era puramente funcional. Talvez os ramanos julgassem que já conheciam os últimos segredos do universo e não eram mais assombrados pelos desejos e aspirações que moviam a humanidade.

Era um pensamento assustador, completamente estranho à filosofia habitual, não muito profunda, de Jimmy; sentiu uma necessidade urgente de retomar o contato e comunicou sua situação a seus amigos distantes.

– Repita, *Libélula* – respondeu o Controle Central. – Não conseguimos entendê-lo... Sua transmissão está distorcida.

– Repetindo: estou perto da base do Pequeno Chifre número Seis e estou usando a bomba adesiva para me puxar até ele.

– Entendido só parcialmente. Está me ouvindo?

– Sim, perfeitamente. Repito, perfeitamente.

– Por favor, conte até dez.

– Um, dois, três, quatro...

– Ouvi só uma parte. Sinalize por quinze segundos e depois volte à comunicação por voz.

– Aí vai.

Jimmy ligou o sinalizador de baixa potência, que poderia localizá-lo em qualquer ponto de Rama, e contou os segundos. Quando retornou à voz, perguntou, em tom de queixa:

– O que está acontecendo? Está me ouvindo agora?

Presumivelmente, o Controle Central não o ouvia, pois o controlador pediu quinze segundos de televisão. Só depois de Jimmy repetir a pergunta duas vezes é que a mensagem foi recebida.

– Ainda bem que você consegue nos ouvir perfeitamente, Jimmy. Mas está acontecendo uma coisa muito esquisita aí do seu lado. Ouça.

No rádio, ele ouviu o assobio familiar de seu próprio sinalizador, transmitido de volta para ele. Por um instante, o som era perfeitamente normal; então, uma estranha distorção infiltrou-se nele. O assobio de mil ciclos passou a ser modulado por um pulso muito grave, tão baixo que estava no limiar de audição; era um tipo de tremulação em *basso profundo*, em que se ouvia cada vibração separadamente. E a própria modulação, por sua vez, era modulada; subia e descia a cada cinco segundos, aproximadamente.

Nem por um instante ocorreu a Jimmy que o problema estava em seu transmissor de rádio. Aquilo vinha de fora; mas o que era, e o que significava, estava além de sua imaginação.

O Controle Central não sabia muito mais, mas pelo menos tinha uma teoria.

– Achamos que você deve estar em algum tipo de campo muito intenso, provavelmente magnético, com uma frequência de aproximadamente dez ciclos. Pode ser forte o suficiente para se tornar perigoso. Sugerimos que saia daí agora mesmo. Pode ser apenas local. Ligue o sinalizador de novo, e vamos retransmitir os sinais. Assim você saberá quando estiver se livrando da interferência.

Às pressas, Jimmy soltou a bomba adesiva e abandonou a tentativa de pousar. Descreveu um amplo círculo com a *Libélula*, enquanto prestava atenção no som que ondulava em seu fone de ouvido. Depois de voar apenas alguns metros, percebeu que a intensidade da interferência caía rapidamente; confirmando a suposição do Controle Central, ela era extremamente localizada.

Jimmy deteve-se por um instante no último ponto onde poderia ouvi-la, como um leve pulsar nas profundezas de seu cérebro – do mesmo modo, talvez, que um selvagem primitivo teria ouvido, em apavorada ignorância, o zunido baixo de um gigantesco transformador de energia. E até o selvagem talvez adivinhasse que aquele ruído era apenas o vazamento de energias colossais, plenamente controladas, mas aguardando sua hora...

O que quer que esse som significasse, Jimmy estava feliz por ter se livrado dele. Ali não era lugar, em meio à assombrosa arquitetura do Polo Sul, para um homem sozinho ouvir a voz de Rama.

27

Vento Elétrico

Quando Jimmy deu a volta para retornar, a extremidade norte de Rama parecia incrivelmente distante. Mal se viam as três escadarias gigantescas que formavam um indistinto Y gravado na cúpula daquele mundo fechado. A faixa do Mar Cilíndrico era uma barreira larga e ameaçadora esperando para engoli-lo se, como Ícaro, suas frágeis asas falhassem.

Mas tinha chegado até ali sem problemas e, embora estivesse ligeiramente cansado, sentia que agora não havia nada com que se preocupar. Nem tocara na comida e na água e estivera excitado demais para descansar. No retorno, estaria mais calmo e relaxado. Também o animava a ideia de que a viagem de volta poderia ser vinte quilômetros mais curta do que a de ida, pois, assim que passasse pelo Mar, poderia realizar um pouso de emergência em qualquer lugar no continente norte. Seria um incômodo, pois teria de fazer uma longa caminhada – e, o que é muito pior, teria de abandonar a *Libélula* –, mas isso lhe dava uma margem de segurança bastante confortável.

Agora estava ganhando altura, subindo em direção ao espigão central; a afilada agulha do Grande Chifre ainda se estendia por um quilômetro à sua frente, e às vezes ele tinha a impressão de que este era o eixo em torno do qual girava aquele mundo inteiro.

Tinha quase alcançado a ponta do Grande Chifre quando tomou consciência de uma curiosa sensação; um pressentimento, na verdade um desconforto, tanto físico quanto psicológico, apoderou-se dele. Subitamente se lembrou – e isso não ajudou em absolutamente nada – de uma frase com que tinha deparado certa vez: "*Alguém está pisando na sua sepultura*".

A princípio, deu de ombros e continuou a pedalar com firmeza e regularidade. Certamente não tinha a intenção de comunicar um mal-estar tão tênue e vago ao Controle Central, mas, à medida que a sensação piorava, ficou tentado a fazê-lo. Não poderia ser psicológico; se fosse, sua mente era muito mais poderosa do que imaginava. Pois ele sentia, literalmente, sua pele começar a se arrepiar...

Já seriamente alarmado, parou no ar e passou a considerar a situação. O que a tornava mais estranha era o fato de aquele pesado sentimento depressivo não ser completamente novo; ele já o sentira antes, mas não se lembrava de onde.

Olhou em volta. Nada tinha mudado. A enorme ponta do Grande Chifre estava algumas centenas de metros acima, e o outro lado de Rama se estendia pelo céu além. Oito quilômetros abaixo, desdobrava-se a complicada colcha de retalhos do continente meridional, cheio de maravilhas que nenhum outro homem jamais veria. Em toda aquela paisagem completamente alienígena, mas agora familiar, ele não conseguia encontrar nenhuma causa para o seu desconforto.

Algo lhe fez cócegas no dorso da mão; por um instante, achou que um inseto pousara ali e coçou sem olhar. Mal acabara de completar o rápido movimento quando se deu conta do que estava fazendo, e parou subitamente, sentindo-se ligeiramente ridículo. É claro que ninguém jamais tinha visto um inseto em Rama...

Ergueu a mão e olhou-a, um tanto intrigado, pois a coceira persistia. Só então percebeu que todos os pelos estavam eriçados. Em todo o antebraço, ocorria o mesmo – assim como na cabeça, que ele verificou com a mão.

Então era *esse* o problema. Estava num campo elétrico tremendamente poderoso; a sensação pesada e opressiva que experimentara era a mesma que às vezes precede uma trovoada na Terra.

A repentina compreensão do apuro em que se encontrava levou Jimmy quase ao pânico. Nunca antes em sua vida estivera em real perigo físico. Como todos os espaçonautas, tivera momentos de frustração com equipamentos de difícil manuseio e ocasiões em que, devido a erros ou inexperiência, acreditara erroneamente que estava numa situação perigosa. Mas nenhum desses episódios tinha durado mais do que alguns minutos, e geralmente ele era capaz de rir deles quase no mesmo instante.

Desta vez, não houve saída rápida. Sentiu-se nu e sozinho num céu subitamente hostil, cercado de forças titânicas que poderiam descarregar sua fúria a qualquer momento. A *Libélula* – que já era frágil – agora parecia mais insubstancial do que a teia de aranha mais fina. A primeira explosão da tempestade que se formava iria reduzi-la a fragmentos.

– Controle Central – ele chamou, com urgência. – Há uma carga elétrica se acumulando à minha volta. Acho que vai haver uma trovoada a qualquer momento.

Mal terminara de falar quando uma luz tremeluziu às suas costas; contou até dez, e o primeiro estrondo chegou. Três quilômetros – isso situava o relâmpago em volta dos Pequenos Chifres. Olhou na direção deles e viu que cada uma das seis agulhas parecia em chamas. Descargas luminosas, de centenas de metros de comprimento, dançavam a partir de suas pontas, como se as agulhas fossem gigantescos para-raios.

O que estava acontecendo lá atrás poderia ocorrer, numa escala muito maior, próximo ao afilado espigão do Grande Chifre. A melhor saída seria afastar-se o máximo possível daquela perigosa estrutura e procurar um ar seguro. Começou a pedalar novamente, acelerando o mais rápido que pôde, sem forçar a *Libélula* em demasia. Ao mesmo tempo, começou a perder altitude; embora isso significasse entrar numa região de gravidade mais alta, estava preparado para correr o risco. Oito quilômetros era uma distância grande demais do chão para sua paz de espírito.

O ominoso espigão preto do Grande Chifre ainda estava livre de descargas visíveis, mas Jimmy não duvidava de que potências tremendas estivessem se acumulando ali. De vez em quando, o trovão ainda reverberava às suas costas, circulando em toda a circunferência do mundo. Subitamente ocorreu-lhe quão estranha era uma tempestade num céu perfeitamente claro; então percebeu que não se tratava, em absoluto, de um fenômeno meteorológico. Na verdade, poderia ser apenas um vazamento trivial de energia de alguma fonte oculta, nas profundezas da calota sul de Rama. Mas por que *agora*? E, ainda mais importante – *o que aconteceria em seguida*?

Já se afastara bastante da ponta do Grande Chifre e esperava em breve estar a salvo de quaisquer descargas elétricas. Mas agora tinha outro problema; o ar tornava-se turbulento, e ele tinha dificuldade em controlar a *Libélula*. Um vento pareceu ter surgido do nada e, se as condições piorassem muito, o frágil esqueleto da bicicleta estaria em perigo. Seguia pedalando incessantemente, procurando amortecer as trepidações com variações na força e nos movimentos de seu corpo. Como a *Libélula* era quase uma extensão de si mesmo, ele teve êxito, em parte; mas não gostou dos débeis estalidos de protesto vindos da longarina principal, nem do modo como as asas se torciam a cada lufada.

E havia mais uma coisa que o preocupava: um som fraco e desenfreado, aos poucos ganhando força, que parecia vir da direção do Grande Chifre. Parecia gás escapando de uma válvula sob pressão, e ele imaginou se teria algo a ver com a turbulência com que se debatia. Qualquer que fosse a causa, dava-lhe mais um motivo para inquietação.

De tempos em tempos, relatava esses fenômenos, de modo bastante conciso e ofegante, ao Controle Central. Ninguém de lá lhe dava nenhum conselho, ou mesmo sugeria o que poderia estar acontecendo; mas era reconfortante ouvir a voz de seus amigos, embora começasse a temer que jamais os veria novamente.

A turbulência ainda aumentava. Era quase a mesma sensação de estar entrando numa corrente de jato – o que já fizera uma vez, tentando quebrar um recorde, enquanto pilotava um planador de grande altitude na Terra. Mas o que poderia criar uma corrente de jato no interior de Rama?

Ele se fizera a pergunta certa: assim que a formulou, soube a resposta.

O som que ouvira era o vento elétrico arrastando a tremenda ionização que devia estar se acumulando em torno do Grande Chifre. O ar carregado de eletricidade se pulverizava ao longo do eixo de Rama, e mais ar fluía para a área de baixa pressão que ele deixara para trás. Virou-se para olhar a agulha gigantesca, e agora duplamente ameaçadora, tentando visualizar os limites do vendaval que dali soprava. Talvez a melhor tática fosse voar de ouvido, afastando-se o máximo possível do agourento assobio.

Rama poupou-lhe a necessidade de escolher. Um lençol de chama explodiu às suas costas, preenchendo o céu. Teve tempo de vê-lo dividir-se em três tiras de fogo, estendendo-se da ponta do Grande Chifre para cada um dos Pequenos Chifres. Então o choque o alcançou.

28

Ícaro

Jimmy mal teve tempo de falar pelo rádio: "A asa está vergando... Vou cair... Vou cair!", quando a *Libélula* começou a se dobrar graciosamente em torno dele. A asa esquerda partiu-se ao meio, e a metade exterior flutuou à deriva, como uma folha de árvore caindo delicadamente. A *performance* da asa direita foi mais complicada. Dobrou-se inteira para trás, com tanta força que sua ponta enroscou-se na cauda. Jimmy teve a sensação de estar sentado numa pipa quebrada, lentamente caindo do céu.

Contudo, não estava completamente indefeso; a hélice ainda funcionava e, enquanto tivesse força motriz, haveria certa medida de controle. Teria, talvez, cinco minutos para usá-la.

Havia alguma esperança de alcançar o Mar? Não, estava longe demais. Então lembrou que ainda pensava em termos terrestres; embora fosse bom nadador, levaria horas até ser resgatado, e até lá as águas venenosas sem dúvida já o teriam matado. Sua única esperança era cair em terra firme; quanto ao problema do penhasco vertical, pensaria nisso depois – se houvesse um "depois".

Caía bem devagar, naquela zona de um décimo de gravidade, mas logo começaria a acelerar, à medida que se afastasse do eixo. Entretanto, a resistência do ar complicaria a situação e evitaria uma queda muito rápida. A *Libélula*, mesmo sem força motriz, atuaria como um paraquedas improvisado. Os poucos quilos de propulsão que ele talvez ainda conseguisse fornecer fariam toda a diferença entre a vida e a morte; essa era sua única esperança.

O Eixo parara de falar; seus amigos viam exatamente o que estava acontecendo com ele e sabiam que suas palavras não poderiam ajudar. Jimmy agora realizava o voo mais difícil de sua vida; que pena, pensou ele com humor amargo, que sua plateia era tão pequena e não seria capaz de apreciar os detalhes mais sutis de sua habilidosa *performance*.

Ele caía numa ampla espiral e, enquanto a queda seguisse razoavelmente plana, as chances de sobrevivência eram boas. A força com que pedalava contribuía para manter a *Libélula* no ar, embora temesse exercer força total e as asas quebradas se soltarem completamente. E todas as vezes que se virava para o sul, apreciava o fantástico espetáculo que Rama gentilmente lhe preparara.

As serpentinas de raios ainda relampejavam da ponta do Grande Chifre até os picos menores abaixo, mas agora o conjunto inteiro girava. A coroa de fogo de seis dentes movia-se no sentido contrário da rotação de Rama, completando cada revolução em poucos segundos. Jimmy teve a impressão de estar observando um gigantesco motor elétrico em operação. E talvez isso não estivesse muito longe da verdade.

Estava a meio caminho da planície, ainda orbitando numa espiral plana, quando o show pirotécnico subitamente cessou. Pôde sentir a tensão esvair-se do céu e soube, sem precisar olhar, que os pelos dos braços já não estavam eriçados. Agora não havia mais nada para distraí-lo ou perturbá-lo durante os últimos minutos de sua luta pela vida.

Agora que podia ter certeza da área geral em que devia pousar, começou a estudá-la atentamente. Grande parte daquela região era um tabuleiro de ambientes totalmente conflitantes, como se um paisagista louco tivesse recebido carta branca para exercer sua imaginação ao máximo. As casas desse tabuleiro mediam quase um quilômetro de cada lado e, embora a maioria fosse plana, não tinha certeza se eram sólidas, tamanha era a variedade de cores e texturas. Decidiu esperar até o último minuto possível antes de tomar uma decisão – se de fato tivesse escolha.

Quando faltavam apenas alguns metros, chamou pela última vez o Controle Central pelo rádio:

– Ainda tenho algum controle... Vou cair em meio minuto... Chamo vocês depois.

Eram palavras otimistas, e todos sabiam. Mas ele se recusava a dizer adeus; queria que seus companheiros soubessem que ele caíra lutando, e sem medo.

De fato, sentiu muito pouco medo, e isso o surpreendeu, pois nunca pensara em si mesmo como um homem corajoso. Era quase como se observasse os desafios de um completo estranho e não estivesse envolvido pessoalmente. Ou como se estudasse um problema interessante de aerodinâmica, mudando vários parâmetros para ver o que aconteceria. Quase a única emoção que sentiu foi um remoto lamento por oportunidades perdidas – das quais a mais importante era a próxima Olimpíada Lunar. Um futuro, pelo menos, estava decidido: a *Libélula* jamais mostraria suas qualidades na Lua.

Faltavam cem metros; sua velocidade absoluta parecia aceitável, mas com que rapidez estava caindo? E ele teve sorte: o terreno era completamente plano. Empregaria toda a sua força num ímpeto final de energia, começando... AGORA!

A asa direita, tendo cumprido o seu dever, finalmente soltou-se inteira. A *Libélula* começou a girar, e ele tentou corrigir o movimento jogando o peso de seu corpo no sentido contrário do giro. Estava olhando diretamente para a paisagem em arco a dezesseis quilômetros de distância quando bateu.

Pareceu-lhe totalmente injusto e absurdo que o céu fosse tão duro.

29

Primeiro Contato

Quando Jimmy recobrou a consciência, a primeira coisa que percebeu foi uma lancinante dor de cabeça. Quase lhe deu as boas-vindas; pelo menos provava que ainda estava vivo.

Então tentou se mover, e imediatamente sentiu uma ampla variedade de dores. Mas, tanto quanto poderia dizer, parecia não haver nenhum osso quebrado.

Depois disso, arriscou abrir os olhos, mas fechou-os no mesmo instante, quando descobriu que olhava diretamente para a faixa de luz ao longo do teto do mundo. Como remédio para dor de cabeça, aquela vista não era recomendável.

Ainda estava estirado no chão, recuperando as forças e imaginando quando seria seguro abrir os olhos, quando ouviu um barulho de mastigação bem próximo. Virando a cabeça bem devagar na direção da origem do som, arriscou uma espiada – e quase desmaiou de novo.

A não mais de cinco metros de distância, uma grande criatura semelhante a um caranguejo parecia estar devorando os destroços da pobre *Libélula*. Quando conseguiu pôr as ideias em ordem, Jimmy rolou sobre o próprio corpo, afastando-se lenta e silenciosamente do monstro, na expectativa de, a qualquer momento, ser apanhado por suas garras, quando o bicho descobrisse que um alimento mais apetitoso estava disponível. Entretanto, a criatura não prestou a menor atenção nele; quando a separação entre eles alcançou dez metros, Jimmy cautelosamente sentou-se, apoiando-se nas mãos.

Àquela distância, a coisa não parecia tão temível. Tinha um corpo baixo e chato, com cerca de três metros de comprimento e um de largura, suportado por seis patas triarticuladas. Jimmy viu que estava equivocado ao supor que estava comendo a *Libélula*; de fato, não conseguia ver nenhum sinal de uma boca. Na verdade, a criatura executava um belo trabalho de destruição, utilizando garras semelhantes a tesouras para cortar a bicicleta em pedacinhos. Uma fileira de manipuladores que, estranhamente, pareciam mãos humanas, transferia os fragmentos para uma pilha que crescia cada vez mais no lombo do animal.

Mas aquilo *era* um animal? Embora tivesse sido essa a primeira impressão de Jimmy, ele agora a reconsiderava. Havia um sentido de propósito em seu comportamento, o que sugeria uma inteligência bastante elevada; não via razão para uma criatura guiada por puro instinto juntar cuidadosamente os pedaços espalhados de sua *sky-bike* – a menos, talvez, que estivesse colhendo material para um ninho.

Sempre com os olhos no caranguejo, que ainda o ignorava completamente, Jimmy, com muito custo, pôs-se de pé. Alguns passos vacilantes demonstraram que ele ainda conseguia andar, embora não tivesse certeza se conseguiria deixar para trás aquelas seis patas numa corrida. Ligou o rádio, com a certeza de que ainda funcionava. O choque a que ele sobrevivera nem teria sido notado pelo sólido aparelho eletrônico.

– Controle Central – disse, suavemente. – Estão me ouvindo?

– Graças a Deus! Você está bem?

– Só um pouco abalado. Deem uma olhada nisso.

Virou a câmera na direção do caranguejo, bem a tempo de gravar a destruição final da asa da *Libélula*.

– Que diabo é isso? E por que está mastigando sua bicicleta?

– Quisera eu saber. Ele acabou com a *Libélula*. Vou recuar, caso ele queira fazer o mesmo comigo.

Jimmy retirou-se devagar, sem tirar os olhos do caranguejo, que agora se movia em círculos, dando voltas e mais voltas numa espiral cada vez mais ampla, aparentemente procurando por fragmentos que porventura tivesse negligenciado – e, assim, Jimmy conseguiu, pela primeira vez, vê-lo por inteiro.

Agora que o choque inicial havia passado, conseguiu reconhecer que se tratava de um belo animal. O nome de "caranguejo" que ele automaticamente lhe dera talvez fosse um pouco enganoso; se não fosse tão grande, talvez o tivesse chamado de besouro. Sua carapaça tinha um magnífico brilho metálico; na verdade, quase podia jurar que *era* metal.

Era uma ideia interessante. Poderia ser um robô, não um animal? Olhou atentamente o caranguejo, com esse pensamento em mente, analisando todos os detalhes de sua anatomia. No lugar onde devia estar a boca havia uma coleção de manipuladores, lembrando muito os canivetes de múltiplas utilidades que são o deleite de todo garoto ousado; havia pinças, agulhas, limas e até algo que parecia uma broca. Mas nada disso era decisivo. Na Terra, o mundo dos insetos produzira todas essas ferramentas, e muitas outras. A questão "animal ou robô?" permaneceu em perfeito equilíbrio em sua mente.

Os olhos, que poderiam ter resolvido o assunto, tornaram a questão ainda mais ambígua. Estavam tão profundamente escondidos sob toldos protetores, que era impossível dizer se os cristalinos eram feitos de cristal ou gelatina. Eram olhos completamente destituídos de expressão e de uma cor azul assustadoramente vívida. Embora tivessem se dirigido a Jimmy várias vezes, não mostraram o menor sinal de interesse. Em sua opinião, talvez preconceituosa, isso decidia o nível de inteligência da criatura. Uma entidade – robô ou animal – que conseguia ignorar um ser humano não poderia ser muito esperta.

Tinha parado de dar voltas e ficou imóvel por alguns segundos, como se escutasse alguma mensagem inaudível. Depois partiu, com um curioso passo bamboleante, em direção ao Mar. Movia-se em perfeita linha reta, numa velocidade estável de 4 ou 5 km/h, e já percorrera uns duzentos metros antes de a mente de Jimmy, ainda levemente chocada, registrar o fato de que a criatura levava embora a última e triste relíquia da sua amada *Libélula*. Lançou-se, então, numa indignada e furiosa perseguição.

Seu ato não foi de todo ilógico. O caranguejo rumava para o Mar – e, se algum resgate fosse possível, só poderia vir de lá. Além disso, queria descobrir o que a criatura faria com o seu troféu; isso poderia revelar algo a respeito de sua motivação e inteligência.

Por ainda estar machucado e dolorido, Jimmy levou vários minutos para alcançar o caranguejo, em sua marcha resoluta. Quando o alcançou, passou a segui-lo de uma distância segura, até ter certeza de que ele não se ressentia de sua presença. Foi então que notou seu cantil e sua ração de emergência entre os destroços da *Libélula*, e imediatamente sentiu fome e sede.

Ali, fugindo dele a impiedosos 5 km/h, estava o único alimento e a única água em toda aquela metade do mundo. Tinha de recuperá-los, quaisquer que fossem os riscos.

Cautelosamente, aproximou-se do caranguejo pela traseira direita. Enquanto marcava passo com ele, estudou o complicado ritmo de suas patas, até poder prever onde cada uma estaria em qualquer momento. Quando se sentiu pronto, murmurou um ligeiro "Com licença" e, de modo muito ágil, pegou de volta seus bens. Jimmy nunca sonhou que um dia precisaria exercitar as habilidades de um batedor de carteira e ficou encantado com seu êxito. Em menos de um segundo, afastou-se novamente, e o caranguejo sequer diminuiu a velocidade.

Ficou a uns doze metros na retaguarda, umedeceu os lábios com a água do cantil e começou a mastigar uma barra de concentrado de carne. A pequena vitória o deixou muito mais feliz; agora, podia até arriscar-se a pensar em seu futuro sombrio.

Enquanto houvesse vida, havia esperança; no entanto, não conseguia imaginar um modo de ser resgatado. Mesmo que seus colegas atravessassem o Mar, como poderiam alcançá-lo, meio quilômetro abaixo? "Vamos dar um jeito de você descer", prometera o Controle Central. "Aquele penhasco não pode contornar o mundo sem nenhum intervalo." Ficara tentado a retrucar "Por que não?", mas pensou melhor e não disse nada.

Uma das coisas mais estranhas em se caminhar no interior de Rama era que sempre se podia ver o ponto de destino. Ali, a curvatura do mundo não escondia – *revelava*. Já há algum tempo, Jimmy sabia qual o objetivo do caranguejo; lá em cima, na terra que parecia subir à sua frente, havia um fosso de meio quilômetro de largura. Fazia parte de um grupo de três no continente sul; do Eixo, tinha sido impossível ver sua profundidade. Todos tinham recebido nomes de proeminentes crateras lunares, e ele se aproximava de Copérnico. O nome não era muito apropriado, pois não havia colinas à sua volta, nem picos centrais. Esse Copérnico era apenas um poço fundo, com paredes perfeitamente verticais.

Quando se aproximou o bastante para olhar o fundo, Jimmy viu uma sinistra poça de água cinzenta-esverdeada, a pelo menos meio quilômetro abaixo. Isso a colocava aproximadamente ao nível do Mar, e ele imaginou se haveria alguma comunicação entre ambos.

Uma rampa espiral descia serpenteando pelo interior do poço, completamente embutida na parede vertical, de modo que o efeito parecia bastante com o cano estriado de um imenso rifle. Havia um extraordinário número de voltas; só depois de acompanhar várias delas, ficando cada vez mais confuso, é que Jimmy percebeu que não se tratava de uma única rampa, mas de *três*, totalmente independentes, a 120 graus de distância uma da outra. Se estivesse em qualquer outro lugar, e não em Rama, toda aquela concepção teria sido uma impressionante proeza arquitetônica.

As três rampas conduziam diretamente à poça e desapareciam sob a superfície opaca. Próximo à linha d'água, Jimmy viu um grupo de cavernas ou túneis escuros; eram bastante assustadores, e Jimmy imaginou se seriam habitados. Talvez os ramanos fossem anfíbios...

Quando o caranguejo se aproximou da beira do poço, Jimmy presumiu que ele iria descer uma das rampas – talvez carregando os destroços da *Libélula* a alguma entidade que seria capaz de avaliá-los. Em vez disso, a criatura caminhou direto até a margem, estendeu quase a metade do corpo sobre aquele abismo, sem nenhum sinal de hesitação – embora qualquer erro de poucos centímetros tivesse sido desastroso – e sacudiu vigorosamente os ombros. Os fragmentos da *Libélula* caíram tremulando nas profundezas; os olhos de Jimmy lacrimejaram ao vê-los desaparecer. Eis a inteligência *dessa* criatura, pensou Jimmy, amargamente.

Depois de jogar fora o lixo, o caranguejo virou-se e começou a andar na direção de Jimmy, que estava apenas a uns dez metros de distância. Terei o mesmo tratamento?, perguntou a si mesmo. Esperava que a câmera não estivesse tremendo muito quando mostrou ao Controle Central a rápida aproximação do monstro.

– Qual o conselho de vocês? – sussurrou ansiosamente, sem esperança de obter uma resposta útil. O pequeno consolo era perceber que estava fazendo história, e sua mente percorreu os padrões aprovados para um encontro daquela natureza. Até então, todos tinham sido puramente teóricos. Ele seria o primeiro homem a testá-los na prática.

– Só corra se tiver certeza de que ele é hostil – sussurrou de volta o Controle Central. Correr para onde?, Jimmy se perguntou. Pensou que poderia ganhar daquela coisa numa corrida de cem metros, mas tinha uma mórbida certeza de que ela o venceria pelo cansaço, num percurso mais longo.

Lentamente, Jimmy estendeu os braços, com as mãos abertas. A humanidade vinha discutindo há dois séculos sobre esse gesto; será que todas as criaturas, em todos os lugares do universo, interpretariam isso como "Está vendo? Não tenho armas"? Mas ninguém conseguiu pensar em nada melhor.

O caranguejo não esboçou nenhum tipo de reação, nem diminuiu o passo. Ignorando Jimmy por completo, passou direto por ele e rumou, resoluto, para o sul. Sentindo-se ridículo, o representante interino do *Homo sapiens* observou seu Primeiro Contato afastar-se na planície de Rama, totalmente indiferente à sua presença.

Nunca tinha sido tão humilhado na vida. Então, seu senso de humor veio em seu socorro. Afinal, não era tão importante assim ter sido ignorado por um caminhão de lixo animado. Teria sido pior se a coisa o tivesse cumprimentado como se ele fosse um irmão desaparecido há muitos anos...

Jimmy caminhou de novo até a beira de Copérnico e examinou a água opaca lá do fundo. Pela primeira vez, notou que formas vagas – algumas bem grandes – moviam-se lentamente para lá e para cá abaixo da superfície. Num instante, uma delas dirigiu-se à rampa mais próxima, e algo que parecia um tanque cheio de pernas iniciou a longa subida. Naquela velocidade, calculou Jimmy, aquilo levaria quase uma hora para chegar até ele; se fosse uma ameaça, era uma ameaça bem lerda.

Então percebeu uma vibração de movimentos muito mais rápidos, perto daquelas aberturas semelhantes a cavernas ao nível da água. Alguma coisa se deslocava muito rápido pela rampa, mas ele não conseguia focalizá-la claramente, ou discernir qualquer forma definida. Era como se estivesse olhando um pequeno redemoinho, mais ou menos do tamanho de um homem...

Piscou e balançou a cabeça, mantendo os olhos fechados por vários segundos. Quando tornou a abri-los, a aparição tinha sumido.

Talvez o impacto o tivesse abalado mais do que imaginara; era a primeira vez que sofria de alucinações visuais. Não mencionaria isso ao Controle Central.

Nem se daria ao trabalho de explorar aquelas rampas, como chegou a cogitar. Seria um evidente desperdício de energia.

O espectro rodopiante que ele apenas imaginara ver não tinha nada a ver com sua decisão.

Absolutamente nada; pois, naturalmente, Jimmy não acreditava em fantasmas.

30

A Flor

O esforço de Jimmy o deixara com sede, e ele tinha plena consciência do fato de que, em toda aquela terra, não havia uma gota de água que se pudesse beber. Com o conteúdo do cantil, provavelmente poderia sobreviver por uma semana – mas para quê? Os melhores cérebros da Terra logo se concentrariam em seu problema; sem dúvida o comandante Norton seria bombardeado por sugestões. Mas ele não conseguia imaginar nenhum modo de descer aquele penhasco de meio quilômetro. Mesmo se tivesse uma corda comprida o suficiente, não havia onde amarrá-la.

Não obstante, era uma tolice – e uma fraqueza – desistir sem lutar. Qualquer socorro teria de vir pelo Mar e, enquanto se dirigia para lá, poderia continuar seu trabalho como se nada tivesse acontecido. Nenhuma outra pessoa jamais observaria e fotografaria o variado terreno por onde teria de passar, e isso garantiria imortalidade póstuma. Embora tivesse preferido muitas outras honras, era melhor do que nada.

Se estivesse voando com a pobre *Libélula*, estaria a apenas três quilômetros do Mar, mas era improvável que conseguisse chegar até lá em linha reta; alguns trechos do terreno à sua frente poderiam revelar-se intransponíveis. Isso não era problema, entretanto, já que não faltavam rotas alternativas. Jimmy via todas elas, espalhadas no grande mapa curvo estendido à sua direita e à sua esquerda.

Tinha tempo de sobra; começaria pelo cenário mais interessante, mesmo que isso o desviasse do caminho. A cerca de um quilômetro de distância, à direita, havia um quadrado que cintilava como vidro quebrado – ou como uma gigantesca exibição de joias. Foi provavelmente esse pensamento que desencadeou os passos de Jimmy. É razoável esperar que um homem, mesmo condenado à morte, demonstre um ligeiro interesse por alguns milhares de metros quadrados de pedras preciosas.

Não se decepcionou ao constatar que eram cristais de quartzo, milhões deles, incrustados num banco de areia. O quadrado adjacente do tabuleiro era ainda mais interessante, coberto por colunas metálicas ocas, aparentemente dispostas num padrão aleatório, muito próximas umas das outras, com alturas que variavam entre menos de um metro até mais de cinco metros. Era completamente intransitável; somente um tanque, derrubando tudo, poderia atravessar aquela floresta de tubos.

Jimmy caminhou entre os cristais e as colunas até chegar à primeira encruzilhada. O quadrado à direita era um imenso tapete ou tapeçaria feito de arame trançado; tentou soltar um fio, mas não conseguiu rompê-lo.

À esquerda, havia um mosaico de ladrilhos hexagonais, tão bem assentados que não se viam as juntas. Teria parecido uma superfície contínua, se os ladrilhos não tivessem todas as cores do arco-íris. Jimmy passou vários minutos tentando encontrar dois ladrilhos contíguos da mesma cor, para ver se conseguiria distinguir os seus limites, mas não encontrou sequer um único exemplo de tal coincidência.

Enquanto gravava uma lenta panorâmica em volta da encruzilhada, disse ao Controle Central, em tom de lamento:

– O que vocês acham que é isso? Parece que estou preso num

gigantesco quebra-cabeça. Ou será que é a Galeria de Arte de Rama?

– Estamos tão perplexos quanto você, Jimmy. Mas nunca se viu nenhum sinal de que os ramanos se dedicassem à arte. Vamos esperar até termos mais exemplos, antes de tirar conclusões precipitadas.

Os dois exemplos que encontrou nas duas encruzilhadas seguintes não ajudaram muito. Um era completamente vazio – um cinza liso e neutro, duro, mas escorregadio ao tato. O outro era uma esponja macia, perfurada com bilhões e bilhões de buraquinhos. Experimentou com o pé, e a superfície inteira ondulou de maneira nauseante debaixo dele, como uma areia movediça com quase nenhuma estabilidade.

Na encruzilhada seguinte, encontrou algo incrivelmente parecido com um campo lavrado – só que os sulcos tinham todos um metro de profundidade, e o material de que eram feitos possuía a textura de uma lima ou grosa. Mas deu pouca atenção a ele, pois o quadrado adjacente era o mais intrigante de todos os que tinha visto até então. Finalmente, havia algo que conseguia entender; e era bastante perturbador.

O quadrado inteiro era cercado, tão convencional que não teria olhado duas vezes para ele na Terra. Tinha mourões – aparentemente de metal – espaçados entre si a cada cinco metros, com seis fios de arame bastante esticados entre eles.

Além dessa cerca havia outra, idêntica – e, além desta, uma terceira. Era mais um típico exemplo da redundância ramana. O que quer que estivesse preso dentro desse cercado não tinha chance nenhuma de escapar. Não havia nenhuma entrada – nenhum portão que se pudesse abrir para introduzir o animal – ou animais – que, presumivelmente, era mantido ali. Em vez disso, havia um único poço, como uma versão reduzida de Copérnico, no centro do quadrado.

Mesmo em outras circunstâncias, Jimmy provavelmente não teria hesitado, mas agora não tinha nada a perder. Rapidamente escalou as três cercas, caminhou até o poço e examinou seu interior.

Diferentemente de Copérnico, aquele poço tinha apenas cinquenta metros de profundidade. Havia três bocas de túneis no fundo, cada uma grande o suficiente para deixar passar um elefante. E era tudo.

Após olhar por algum tempo, Jimmy concluiu que a única coisa que poderia fazer sentido naquele arranjo seria o fundo do poço ser um elevador. Mas *o que* esse elevador transportava, ele talvez nunca saberia; só podia imaginar que era bem grande, e possivelmente bem perigoso.

Durante as horas seguintes, andou mais de dez quilômetros na beira do Mar, e os quadrados do tabuleiro começaram a se embaralhar em sua memória. Tinha visto alguns totalmente fechados por estruturas semelhantes a barracas feitas de tela de arame, como se fossem gigantescas gaiolas. Outros pareciam poças de líquido congelado, cheios de marcas em forma de turbilhão; entretanto, quando os testara com cautela, eram completamente sólidos. E havia um tão absolutamente negro que ele nem conseguia vê-lo com clareza; apenas o tato lhe dizia que havia alguma coisa ali.

No entanto, todos eles modularam sutilmente para algo que ele conseguia entender. Sucedendo-se uns aos outros em direção ao sul, havia uma série de – nenhuma outra palavra servia – *campos*. Era como se estivesse passando por uma fazenda experimental na Terra; cada quadrado era um espaço liso de terra cuidadosamente nivelada, a primeira terra que tinha visto nas paisagens metálicas de Rama.

Os extensos campos eram virgens, sem vida – à espera de cultivos que nunca foram plantados. Jimmy imaginou qual seria seu objetivo, já que era inacreditável que criaturas avançadas como os ramanos se dedicassem a qualquer forma de agricultura; até mesmo na Terra, a agricultura não passava de um *hobby* e de fonte de luxuosos alimentos exóticos. Mas ele podia jurar que aquilo eram fazendas em potencial, imaculadamente preparadas. Nunca tinha visto terras de aparência tão limpa; cada quadrado era recoberto com um lençol de plástico duro e transparente. Tentou cortá-lo para obter uma amostra, mas sua faca mal arranhou a superfície.

Mais para o interior, havia outros campos, e em muitos deles havia complexas construções de varas de arame, presumivelmente destinadas a apoiar plantas trepadeiras. Pareciam desertas e desoladas, como árvores sem folhas em pleno inverno. O inverno deles deve ter sido de fato longo e terrível, e aquelas poucas semanas de luz e calor talvez fossem apenas um breve interlúdio até que o frio voltasse.

Jimmy nunca soube o que o fez parar e olhar mais de perto o labirinto metálico. Inconscientemente, seu cérebro devia estar verificando cada detalhe à sua volta, pois notou, naquela paisagem fantasticamente alienígena, algo ainda mais anômalo.

A cerca de um quarto de quilômetro de distância, no meio de uma latada de arames e varas, brilhava um único ponto de cor. Era tão pequeno e imperceptível que estava quase no limite da visibilidade; na Terra, ninguém o teria olhado duas vezes. No entanto, indubitavelmente, um dos motivos que o fizeram notá-lo agora foi que ele lhe lembrou a Terra...

Não comunicou o Controle Central até ter certeza de que não havia engano e que não estava iludindo a si mesmo. Não até estar a apenas alguns metros de distância e ter a absoluta certeza de que a vida, tal como a conhecia, havia se introduzido no mundo asséptico e estéril de Rama. Pois ali, em solitário esplendor à beira do continente sul, desabrochava uma flor.

À medida que se aproximava, tornou-se óbvio para Jimmy que algo tinha dado errado. Havia um buraco no revestimento que, presumivelmente, protegia aquela camada de terra contra a contaminação por formas de vida indesejadas. Através dessa brecha, saía um caule verde, da grossura do dedo mínimo de um homem, que se estendia e se enroscava nos arames da latada. A um metro do chão, o caule explodia numa florescência de folhas azuladas que mais pareciam plumas do que folhagens de qualquer planta conhecida por Jimmy. O caule terminava, ao nível do olho, no que ele, a princípio, tomara por uma única flor. Agora via, sem nenhuma surpresa, que eram na verdade três flores muito juntas.

As pétalas eram tubos de cor viva, com uns cinco centímetros de comprimento; havia pelo menos cinquenta em cada flor e brilhavam em azuis, violetas e verdes tão metálicos que mais pareciam asas de borboleta do que qualquer coisa do reino vegetal. Jimmy não sabia praticamente nada de botânica, mas intrigou-lhe a ausência de qualquer estrutura que se parecesse com pétalas ou estames. Imaginou se a semelhança com flores terrestres era mera coincidência; talvez aquilo tivesse mais afinidade com um pólipo de coral. De qualquer modo, parecia implicar a existência de pequenas criaturas voadoras que serviam como agentes fertilizantes – ou como alimento.

Na verdade, isso não tinha importância. Qualquer que fosse a definição científica, para Jimmy aquilo era uma flor. O estranho milagre, o acidente tão insólito de sua existência ali em Rama o fez lembrar-se de tudo o que jamais veria novamente; e determinou-se a possuí-la.

Não seria fácil. A flor estava a mais de dez metros de distância, separada dele por uma treliça feita de finas varetas que formavam um padrão cúbico, repetido diversas vezes, com menos de quarenta centímetros de cada lado. Jimmy não sairia voando em *sky-bikes* se não fosse esguio, portanto sabia que conseguiria se meter pelos interstícios da grade. Mas sair de lá de dentro era outra história; com certeza, seria impossível virar-se, então teria de se retirar de costas.

O Controle Central ficou encantado com sua descoberta, quando ele descreveu a flor e filmou-a de todos os ângulos possíveis.

Não houve objeção quando ele disse: – Vou buscá-la. – Nem esperava que houvesse; sua vida lhe pertencia agora, e podia fazer dela o que quisesse.

Tirou toda a roupa, segurou as varetas lisas de metal e começou a se infiltrar na armação. Eram firmes e apertadas; ele se sentiu um prisioneiro fugindo pelas barras da cela. Depois de se introduzir completamente na latada, tentou sair de novo, só para ver se não havia nenhum problema. Foi muito mais difícil, já que agora tinha de usar os braços estendidos para empurrar, em vez de puxar, mas não viu razão para sentir-se irremediavelmente preso.

Jimmy era um homem de ação e impulso, não de introspecção. Enquanto se retorcia desconfortavelmente pelo estreito corredor de varetas, não perdeu tempo se perguntando por que, exatamente, realizava uma façanha tão quixotesca. Em toda a sua vida, jamais se interessara por flores, mas agora desperdiçava suas últimas energias para colher uma.

É verdade que aquele era um espécime único, e de enorme valor científico. Mas ele a queria, na verdade, porque era seu derradeiro elo com a vida e com seu planeta natal.

No entanto, quando a flor estava ao seu alcance, teve um escrúpulo repentino. Talvez fosse a única flor existente em Rama; era justo que a apanhasse?

Se precisasse de uma desculpa, poderia consolar-se com a ideia de que os próprios ramanos não a tinham incluído em seus planos. Era obviamente uma aberração, crescendo milênios atrasada – ou adiantada. Mas ele não precisava realmente de uma desculpa, e sua hesitação foi apenas momentânea. Estendeu a mão, agarrou o caule e deu um puxão forte.

A flor desprendeu-se com muita facilidade; ele colheu também duas folhas, e então começou a recuar lentamente pela treliça. Agora que tinha só uma das mãos livre, o deslocamento tornou-se extremamente difícil, doloroso até, e ele logo teve de parar e tomar fôlego. Foi então que percebeu que as folhas plumosas estavam se fechando, e a haste decapitada lentamente se desprendia de seus suportes. Enquanto a observava com um misto de fascínio e espanto, viu que a planta inteira se retirava para o solo, como uma cobra mortalmente ferida arrastando-se de volta à toca.

Matei algo tão lindo, Jimmy disse a si mesmo. Mas Rama também o matara. Ele apenas colhia o que lhe era de direito.

31

Velocidade Terminal

O comandante Norton nunca perdera um homem e não tinha intenção alguma de começar agora. Mesmo antes de Jimmy partir para o Polo Sul, ele já vinha considerando maneiras de resgatá-lo em caso de acidente; o problema, entretanto, se revelara tão difícil que ele não tinha encontrado uma resposta. Só o que conseguiu fazer foi eliminar todas as soluções óbvias.

Como escalar um penhasco vertical de meio quilômetro de altura, mesmo em gravidade reduzida? Com o equipamento adequado – e treinamento –, seria bastante fácil. Mas não havia lança-arpões a bordo da *Endeavour*, e ninguém conseguia imaginar um modo mais prático de cravar as centenas de pregões necessários naquela superfície dura e espelhada.

Tinha dado uma olhada rápida nas soluções mais exóticas, algumas francamente malucas. Talvez um simp, equipado com ventosas, pudesse fazer a escalada. Mas, mesmo que esse esquema fosse prático, quanto tempo levaria para manufaturar e testar o equipamento – e treinar o simp para usá-lo? Norton duvidava que um homem tivesse a força necessária para realizar a façanha.

Havia uma tecnologia mais avançada. As unidades propulsoras de AEV eram tentadoras, mas seu impulso era muito fraco, pois tinham sido projetadas para operações em gravidade zero. Não seriam capazes de levantar o peso de um homem, mesmo na modesta gravidade de Rama.

Seria possível enviar um propulsor de AEV em controle automático, carregando apenas uma corda de salvação? Experimentara essa ideia com o sargento Myron, que prontamente abatera a tiros o propulsor em chamas. Havia, segundo explicou o engenheiro, sérios problemas de estabilidade; poderiam ser resolvidos, mas levaria muito tempo – muito mais tempo do que dispunham.

E balões? Parecia haver uma pequena possibilidade aqui, se conseguissem arranjar um invólucro e uma fonte de calor suficientemente compacta. Foi a única abordagem que Norton não descartara, quando o problema subitamente deixou de ser teoria e se tornou questão de vida ou morte, dominando o noticiário em todos os mundos habitados.

Enquanto Jimmy fazia sua jornada pela beira do Mar, metade dos malucos do Sistema Solar tentava salvá-lo. No quartel-general da Frota, todas as sugestões eram consideradas, e cerca de mil delas foram enviadas à *Endeavour*. A do dr. Carlisle Perera chegou duas vezes – uma pela própria rede da Observação Solar e outra pela PLANETCOM, PRIORIDADE RAMA. A ideia tomara cinco minutos de reflexão do cientista e um milissegundo de tempo do computador.

A princípio, o comandante Norton pensou tratar-se de uma piada de mau gosto. Então, viu o nome do remetente, bem como os cálculos anexos, e rapidamente reexaminou a sugestão.

Entregou a mensagem a Karl Mercer.

– O que acha disso? – perguntou, no tom de voz mais neutro possível.

Karl leu tudo no mesmo instante e disse:

– Caramba! Ele está certo, claro.

– Tem *certeza*?

– Ele acertou sobre a tempestade, não foi? Deveríamos ter pensado nisso. Me sinto um idiota.

– Você não é o único. O problema agora é... Como dar a notícia a Jimmy?

– Acho que não deveríamos contar a ele... Até o último minuto. É como eu iria preferir se estivesse no lugar dele. Só diga que estamos a caminho.

Embora pudesse enxergar toda a largura do Mar Cilíndrico e soubesse a direção geral de onde viria a *Resolution*, Jimmy só avistou a pequena jangada depois que ela já tinha passado por Nova York. Parecia incrível que pudesse transportar seis homens – e todo o equipamento necessário para resgatá-lo.

Quando a pequena embarcação estava a um quilômetro de distância, reconheceu o comandante Norton e começou a acenar. Pouco depois, o capitão o localizou e acenou de volta.

– Estou contente em vê-lo tão bem, Jimmy – falou pelo rádio. – Prometi que não iria deixá-lo para trás. Acredita em mim agora?

Não completamente, pensou Jimmy; até aquele momento, ainda se perguntava se aquilo tudo não seria uma bondosa trama para levantar seu moral. Mas o comandante não teria atravessado o Mar apenas para dizer adeus; ele deve ter elaborado algum plano.

– Vou acreditar no senhor, capitão – respondeu –, quando eu estiver aí embaixo, no convés. Agora, pode me dizer como farei isso?

A *Resolution* diminuía a velocidade, a cem metros da base do penhasco; pelo que pôde observar, o barco não trazia nenhum equipamento incomum – embora não tivesse certeza do que esperava ver.

– Desculpe, Jimmy... Mas não queríamos lhe preocupar ainda mais.

Ora, *isso* sim deixou Jimmy preocupado. Que diabo o capitão quis dizer?

A *Resolution* parou a cinquenta metros da base, quinhentos metros abaixo. Jimmy quase viu o comandante lá de cima, quando ele falou ao microfone.

– É isso aí, Jimmy. Você não vai correr nenhum perigo, mas será preciso ter coragem. *Você vai pular*.

– Quinhentos metros?!

– Sim, mas em meia gravidade apenas.

– E daí? O senhor já saltou duzentos e cinquenta metros na Terra?

– Cale a boca, ou cancelo sua próxima licença. Você mesmo deveria ter feito o cálculo... É só uma questão de velocidade terminal. Nesta atmosfera, você não pode atingir mais de 90 km/h, seja caindo de duzentos ou dois mil metros. Noventa é uma velocidade meio alta para uma descida confortável, mas podemos reduzi-la um pouco. Preste atenção no que você deve fazer...

– Estou ouvindo – disse Jimmy. – Tomara que seja uma boa ideia.

Não tornou a interromper o comandante e não fez nenhum comentário depois que Norton terminou. Sim, fazia sentido, e era tão absurdamente simples que só um gênio poderia ter tido a ideia. E, talvez, alguém que não esperava pô-la em prática pessoalmente...

Jimmy nunca experimentara saltos de plataforma ou de paraquedas, o que lhe teria proporcionado um preparo psicológico para a façanha. Podia-se explicar a um homem que era perfeitamente seguro atravessar um abismo caminhando sobre uma prancha – contudo, mesmo que os cálculos estruturais fossem impecáveis, ainda assim ele poderia ser incapaz de fazê-lo. Agora entendia por que o comandante tinha sido tão evasivo sobre os detalhes de seu resgate. Não lhe deram tempo para refletir, nem para pensar em objeções.

– Não quero apressá-lo – disse a voz persuasiva de Norton, meio quilômetro abaixo. – Mas quanto antes, melhor.

Jimmy olhou para o seu precioso *souvenir*, a única flor em Rama. Embrulhou-a com todo o cuidado em seu lenço sujo, deu um nó no tecido e jogou-a do penhasco.

Ela flutuou com uma lentidão reconfortante, mas também levou um bom tempo para diminuir de tamanho, e foi diminuindo, diminuindo, até que ele não pôde mais vê-la. Mas a *Resolution* oscilou para a frente, e ele compreendeu que a flor tinha sido avistada.

– Linda! – exclamou o comandante, com entusiasmo. – Tenho certeza que darão o seu nome a ela. Muito bem, estamos esperando...

Jimmy tirou a camisa – a única peça de roupa superior que se usava naquele clima agora tropical – e esticou-a, pensativo. Por várias vezes, em sua jornada, quase a descartara; agora, ela poderia salvar sua vida.

Pela última vez, virou-se para olhar o mundo oco que explorara sozinho, e os distantes e sinistros pináculos do Grande Chifre e dos Pequenos Chifres. Depois, segurando a camisa firmemente com a mão direita, correu e saltou o mais longe possível da beira do penhasco.

Agora, não havia mais pressa; tinha longos vinte segundos para desfrutar a experiência. Mas não perdeu tempo, à medida que o vento ficava mais forte à sua volta e a *Resolution* lentamente se expandia em seu campo de visão. Segurando a camisa com ambas as mãos, esticou os braços acima da cabeça, para que o ar em movimento preenchesse o tecido e o transformasse num tubo oco.

Como paraquedas, não era exatamente um sucesso; os poucos quilômetros por hora que subtraía de sua velocidade eram úteis, mas não vitais. A tarefa mais importante que cumpria era manter seu corpo na vertical, de modo que pudesse mergulhar diretamente no Mar, como uma flecha.

Ainda tinha a impressão de estar absolutamente parado, e a água é que subia depressa em sua direção. Depois de se comprometer consigo mesmo, não teve mais a sensação de medo; na verdade, sentiu certa indignação contra o capitão, por não lhe ter dito nada. Ele realmente pensou que Jimmy ficaria com medo de pular, se tivesse tido muito tempo para refletir sobre o assunto?

No último instante, soltou a camisa, encheu os pulmões e apertou a boca e o nariz com as mãos. Seguindo as instruções que recebera, endureceu o corpo até torná-lo uma barra rígida e travou os pés bem juntos. Entraria na água como uma lança...

– Vai ser o mesmo – prometera o comandante – que pular de um trampolim na Terra. Sem problema... Se entrar bem na água.

– E se eu não entrar? – ele perguntara.

– Aí você vai ter que voltar e tentar de novo.

Algo bateu em seus pés – com força, mas sem violência. Um milhão de mãos viscosas beliscaram seu corpo com força; um trovão retumbou em seus ouvidos, e a pressão aumentou – e, embora seus olhos estivessem firmemente fechados, podia perceber que escurecia, à medida que mergulhava nas profundezas do Mar Cilíndrico.

Com toda a sua força, começou a nadar para cima, em direção à luz esmaecida. Não podia abrir os olhos por mais tempo do que uma única piscadela; sentia a água venenosa como ácido quando os abria. Parecia estar lutando há milênios, e mais de uma vez temeu, como num pesadelo, ter perdido a orientação e estar, na verdade, nadando para baixo. Arriscava, então, mais uma olhadela, e a cada vez a luz era mais forte.

Estava ainda com os olhos fortemente cerrados quando saiu da água. Engoliu um precioso bocado de ar, boiou de costas e olhou em volta.

A *Resolution* vinha em sua direção a toda a velocidade; em poucos segundos, mãos ávidas o agarraram e o arrastaram para bordo.

– Você engoliu água? – foi a pergunta ansiosa do comandante.

– Acho que não.

– Enxágue a boca com isso, em todo caso. Ótimo. Como se sente?

– Não tenho certeza. Aviso num minuto. Ah... Obrigado a todos. – Mal acabou o minuto, e Jimmy já tinha certeza de como se sentia.

– Vou vomitar – confessou, com desagrado. Seus salvadores ficaram incrédulos.

– Num mar calmo e plano como esse? – protestou a sargento Barnes, que parecia considerar a indisposição de Jimmy uma crítica direta à sua habilidade.

– Eu não chamaria isso de *plano* – disse o comandante, fazendo um gesto com o braço em volta da faixa de água que circundava o céu. – Mas não se envergonhe, Jimmy... Você pode ter engolido um pouco dessa coisa. Ponha para fora o mais rápido possível.

Jimmy ainda se contorcia, sem heroísmo e sem êxito, quando houve uma súbita cintilação de luz no céu às costas do grupo. Todos os olhares se voltaram para o Polo Sul, e Jimmy imediatamente esqueceu a náusea. Os Chifres tinham recomeçado o show pirotécnico.

Lá estavam as quilométricas serpentinas de fogo, dançando do espigão central para seus companheiros menores. Mais uma vez, começaram sua majestosa rotação, como se dançarinos invisíveis estivessem enrolando suas fitas num mastro elétrico. Mas agora começaram a acelerar, movendo-se cada vez mais rápido, até se fundirem num cintilante cone de luz.

Era um espetáculo ainda mais impressionante do que qualquer coisa que tinham visto ali até então, e vinha acompanhado de um longínquo estrondo crepitante que aumentava a impressão de uma força avassaladora. A exibição durou cerca de cinco minutos; então parou abruptamente, como se alguém tivesse desligado um interruptor.

– Eu queria saber o que o Comitê de Rama acha *disso* – murmurou Norton, sem se dirigir a ninguém em particular. – Alguém tem alguma teoria?

Não houve tempo para resposta, pois nesse momento o Controle Central chamou, com grande excitação.

– *Resolution*! Vocês estão bem? Sentiram isso?

– Sentimos *o quê*?

– Achamos que foi um terremoto... Deve ter acontecido no momento em que aqueles fogos pararam.

– Algum dano?

– Acho que não. Não chegou a ser violento... Mas nos sacudiu um pouco.

– Não sentimos absolutamente nada. Mas não sentiríamos, aqui no Mar.

– Claro, que tolice a minha. Parece que tudo está tranquilo agora... Até a próxima vez.

– Sim, até a próxima vez – Norton ecoou. O mistério de Rama aumentava cada vez mais; quanto mais descobriam sobre ele, menos compreendiam.

Houve um grito repentino da timoneira.

– Capitão! Olhe! Lá em cima, no céu!

Norton ergueu os olhos, rapidamente percorrendo o circuito do Mar. Não viu nada, até quase alcançar o zênite, olhando para o outro lado do mundo.

– Meu Deus – sussurrou devagar, quando percebeu que a "próxima vez" já estava quase ali.

Uma onda gigantesca corria na direção deles, descendo a curva eterna do Mar Cilíndrico.

32

A Onda

No entanto, mesmo nesse momento de choque, a primeira preocupação de Norton foi sua nave.

– *Endeavour*! – gritou. – Relatório da situação!

– Tudo bem, capitão – foi a resposta tranquilizadora do imediato. – Sentimos um ligeiro tremor, mas nada que pudesse causar danos. Houve uma pequena mudança de atitude... A ponte diz que foi de aproximadamente 0,2 grau. Eles também acham que a velocidade de rotação se alterou levemente... Teremos uma leitura exata em dois minutos.

Então já começou, Norton disse a si mesmo, e bem mais cedo do que esperávamos; ainda estamos longe do periélio e do momento lógico para uma mudança de órbita. Mas, sem dúvida, estava ocorrendo algum tipo de mudança de posição – e poderia haver outros choques a caminho.

Por enquanto, os efeitos do primeiro choque eram bem evidentes, lá em cima no lençol curvo de água que parecia cair perpetuamente do céu. A onda ainda estava a cerca de dez quilômetros de distância e se estendia por toda a largura do Mar, da margem norte à margem sul. Nas laterais, era uma espumante parede branca, mas nas águas mais profundas era uma linha azul quase invisível, movendo-se muito mais rápido do que o vagalhão em cada um dos flancos. A resistência dos baixios já começava a curvá-la em arco, com a parte central ganhando cada vez mais dianteira.

– Sargento – disse Norton, com urgência na voz. – Isso é tarefa sua. O que podemos fazer?

A sargento Barnes imobilizara completamente a jangada e estudava a situação atentamente. Sua expressão, para alívio de Norton, não mostrava nenhum sinal de alarme – mas sim de certa empolgação, como um atleta habilidoso prestes a aceitar um desafio.

– Gostaria que tivéssemos algumas sondagens – ela disse. – Se estivermos em águas profundas, não há com que se preocupar.

– Então está tudo bem. Estamos ainda a quatro quilômetros da praia.

– Espero que sim, mas quero estudar a situação.

Tornou a acionar o motor e balançou a *Resolution* até colocá-la em marcha, rumando diretamente em direção à onda que se aproximava. Norton calculou que a parte central, em seu rápido movimento, os alcançaria em menos de cinco minutos, mas também percebeu que ela não representava um sério perigo. Era apenas uma ondulação veloz com uma fração de metro de altura, e mal sacudiria o barco. As paredes de espuma que avançavam lentamente, muito atrás, é que constituíam a verdadeira ameaça.

De repente, bem no centro do Mar, surgiu a linha de um vagalhão. A onda claramente se chocara contra uma muralha submersa, de vários quilômetros de extensão, não muito longe da superfície. Ao mesmo tempo, os vagalhões nos dois flancos desmoronaram ao depararem com águas mais profundas.

Placas antiespirros d'água, pensou Norton. Exatamente as mesmas dos tanques propulsores da *Endeavour* – mas numa escala mil vezes maior. Deve haver um complexo sistema dessas placas em toda a volta do Mar, para amortecer qualquer onda o mais rápido possível. A única coisa que importa agora é: estamos bem em cima de uma delas?

A sargento Barnes estava um passo à sua frente. Fez uma parada total da *Resolution* e lançou a âncora. Ela bateu no fundo em apenas cinco metros.

– Levantar âncora! – gritou aos tripulantes. – Temos que sair daqui!

Norton concordou entusiasticamente; mas em qual direção? A sargento rumava a toda a velocidade em direção à onda, que estava agora a apenas cinco quilômetros de distância. Pela primeira vez, conseguiu ouvir o som de sua aproximação – um distante e inconfundível rugido que ele nunca esperara ouvir dentro de Rama. Então, a intensidade da onda mudou; a parte central desmoronava mais uma vez – e os flancos tornavam a aumentar.

Tentou estimar a distância entre as placas defletoras submersas, presumindo que estavam separadas por intervalos iguais. Se estivesse correto, deveria haver mais uma; se conseguissem imobilizar a jangada nas águas profundas entre elas, estariam perfeitamente a salvo.

A sargento Barnes desligou o motor e lançou a âncora novamente. Desceu trinta metros sem bater no fundo.

– Estamos fora de perigo – ela disse, com um suspiro de alívio. – Mas vou manter o motor funcionando.

Só restavam, agora, as paredes retardadas de espuma ao longo da costa; lá adiante, no centro do Mar, estava tudo calmo novamente, com exceção da discreta ondulação azul que ainda corria na direção deles. A sargento apenas mantinha a *Resolution* na rota, em direção à turbulência, pronta para aplicar toda a força a qualquer momento.

Foi então que, a apenas dois quilômetros adiante, o Mar começou a espumar outra vez. Em fúria, formou uma corcova de juba branca, e agora o rugido parecia encher o mundo inteiro. Acima da onda de dezesseis quilômetros de altura do Mar Cilíndrico, sobrepunha-se uma ondulação menor, como uma avalanche retumbando montanha abaixo. E essa ondulação era grande o bastante para matá-los.

A sargento Barnes deve ter visto a expressão nos rostos de seus colegas tripulantes. Gritou mais alto que o rugir das ondas:

– Estão com medo de quê? Já enfrentei ondas maiores que essa.

Não era bem verdade; e ela tampouco acrescentou que sua experiência anterior tinha sido num barco bem construído, não numa jangada improvisada.

– Mas, se tivermos que saltar, esperem até eu dar o sinal. Verifiquem o colete salva-vidas.

Ela é magnífica, pensou o comandante, obviamente desfrutando cada minuto, como um guerreiro viking a caminho da batalha. E ela provavelmente tem razão... A menos que tenhamos cometido um grave erro de cálculo.

A onda começava a subir, curvando-se no alto, preparando-se para rebentar. A inclinação acima deles provavelmente exagerava sua altura, mas ela parecia enorme – uma força irresistível da natureza que esmagaria tudo o que encontrasse pela frente.

Então, em segundos, a onda desmoronou, como se suas fundações tivessem sido arrancadas por baixo. Estava sobre a barreira submersa, em águas profundas novamente. Quando os alcançou, um minuto depois, a *Resolution* apenas balançou para cima e para baixo algumas vezes, antes de a sargento Barnes dar meia-volta e partir a toda velocidade para o norte.

– Obrigado, Ruby. Foi esplêndido. Mas vamos chegar em casa antes que ela apareça pela segunda vez?

– Provavelmente não. Ela vai voltar daqui a uns vinte minutos. Mas, até lá, terá perdido toda a sua força. Mal iremos notá-la.

Agora que a onda tinha passado, podiam relaxar e desfrutar a viagem – se bem que ninguém estaria completamente tranquilo até retornarem a terra firme. A turbulência deixara redemoinhos errantes na água e também provocara um cheiro ácido muito peculiar

– "como formigas esmagadas", na acertada comparação de Jimmy. Embora desagradável, o odor não provocou nenhum dos ataques de enjoo que se poderiam esperar; era algo tão estranho que a fisiologia humana não conseguia reagir.

Um minuto depois, a onda bateu de frente com a próxima barreira submersa. Desta vez, visto de trás, o espetáculo não impressionou, e os viajantes se envergonharam de seu medo anterior. Começaram a se sentir os mestres do Mar Cilíndrico.

Por isso, tanto maior foi o choque quando, a não mais de cem metros de distância, algo como uma roda girando devagar começou a subir à tona. Reluzentes raios metálicos de cinco metros de comprimento emergiram pingando do Mar, giraram por um instante na claridade feérica de Rama e depois se espatifaram na água. Era como se uma gigantesca estrela-do-mar com braços tubulares tivesse aparecido na superfície.

À primeira vista, era impossível dizer se se tratava de um animal ou de uma máquina. Então, tombou e ficou parcialmente inundada, balançando para cima e para baixo nos delicados efeitos remanescentes da onda.

Agora viam que havia nove braços, aparentemente articulados, irradiando de um disco central. Dois deles estavam quebrados, mutilados na junta externa. Os outros terminavam numa complicada coleção de manipuladores que lembraram fortemente a Jimmy o caranguejo que tinha encontrado. As duas criaturas provinham da mesma linha evolutiva – ou da mesma prancheta de desenho.

No meio do disco havia uma pequena torre em que se alojavam três grandes olhos. Dois estavam fechados e um aberto – e mesmo este parecia inexpressivo e cego. Ninguém duvidou que estavam observando os estertores de um estranho monstro, trazido à tona pela turbulência submarina que acabara de passar.

Então, viram que ele não estava só. Nadando à sua volta, e beliscando-lhe os membros que se moviam debilmente, havia dois pequenos animais que pareciam duas lagostas crescidas. Estavam despedaçando o monstro com bastante eficiência, e ele não fazia nada para resistir, embora suas próprias garras parecessem plenamente capazes de lidar com os atacantes.

Mais uma vez, Jimmy lembrou-se do caranguejo que destruíra a *Libélula*. Observou atentamente o conflito unilateral que prosseguia e rapidamente confirmou sua impressão.

– Olhe, capitão – sussurrou. – Está vendo? Não estão comendo nada. Eles nem têm boca. *Só estão cortando em pedaços*. Foi exatamente o que aconteceu com a *Libélula*.

– Tem razão. Estão desmontando a coisa... Como... como uma máquina quebrada. – Norton franziu o nariz. – Mas jamais uma máquina morta cheirou assim!

De repente, veio-lhe mais um pensamento.

– Meu Deus! E se eles vierem atrás de nós? Ruby, nos leve de volta à praia o mais depressa possível!

A *Resolution* deu uma arrancada para a frente, com temerária desconsideração pela vida de suas baterias. Atrás deles, os nove raios da grande estrela-do-mar – não conseguiram pensar num nome melhor – iam sendo cortados, encurtando cada vez mais, e num instante os protagonistas daquele estranho espetáculo mergulharam de volta às profundezas do Mar.

Não houve perseguição, mas só respiraram tranquilos quando a *Resolution* encostou-se ao cais e eles pisaram, agradecidos, em terra firme. Ao olhar de novo aquela misteriosa, e agora subitamente sinistra, faixa de água, o comandante Norton decidiu, de uma vez por todas, que ninguém jamais voltaria a navegá-la. Havia muitas incógnitas, muitos perigos...

Voltou os olhos para as torres e os baluartes de Nova York, e para o escuro penhasco do continente mais além. Estavam a salvo, agora, da curiosidade humana.

Ele não voltaria a desafiar os deuses de Rama.

33

Aranha

De agora em diante, decretara Norton, sempre haveria pelo menos três pessoas no acampamento Alfa, e uma delas sempre estaria acordada. Além disso, todos os grupos exploratórios seguiriam a mesma rotina. Criaturas potencialmente perigosas estavam à solta em Rama e, embora nenhuma tenha demonstrado hostilidade, um comandante prudente não correria riscos.

Como segurança adicional, haveria sempre um observador no Eixo, vigiando através de um poderoso telescópio. Daquele ponto, todo o interior de Rama poderia ser esquadrinhado, e até o Polo Sul parecia estar a apenas algumas centenas de metros de distância. O território em torno de qualquer grupo de exploradores deveria ficar sob constante observação; deste modo, esperava-se eliminar qualquer possibilidade de surpresa. Era um bom plano – e fracassou completamente.

Após a última refeição do dia, e pouco antes do período de repouso das 22h, Norton, Rodrigo, Calvert e Laura Ernst assistiam ao telenoticiário noturno transmitido especialmente para eles, a partir da estação transmissora em Inferno, Mercúrio. Estavam particularmente interessados no filme de Jimmy sobre o continente sul e o retorno pelo Mar Cilíndrico – episódio que emocionara todos os espectadores. Cientistas, comentaristas e membros do Comitê de Rama tinham dado suas opiniões, quase todas contraditórias. Ninguém chegou a um acordo sobre se a criatura semelhante a um caranguejo que Jimmy encontrara era um animal, uma máquina, um legítimo ramano – ou algo que não se encaixava em nenhuma dessas categorias.

Tinham acabado de assistir, com uma clara sensação de náusea, à estrela-do-mar gigante ser destruída por seus predadores, quando descobriram que não estavam mais sozinhos. Havia um intruso no acampamento.

Laura Ernst foi a primeira a notar. Ficou paralisada pelo choque repentino, e então disse:

– Não se mexa, Bill. Agora, olhe devagar para a direita.

Norton virou a cabeça. A dez metros de distância, havia um tripé de pernas esguias, coroado por um corpo esférico do tamanho de uma bola de futebol. Fixados em volta dessa esfera, havia três olhos grandes e inexpressivos, aparentemente com uma visão de 360 graus, e, abaixo da esfera, pendiam três apêndices que lembravam chicotes. A criatura não tinha a estatura de um homem e parecia frágil demais para ser perigosa, mas isso não desculpava o descuido deles ao deixá-la esgueirar-se ali de surpresa. Para Norton, a criatura lembrava uma aranha de três pernas, ou um mosquito, e ele imaginou como ela tinha resolvido o problema – desafio jamais enfrentado por qualquer animal terrestre – da locomoção sobre três patas.

– O que acha, doutora? – sussurrou, tirando o som da TV.

– A usual simetria tríplice ramana. Não vejo como ela poderia nos ferir, embora alguns chicotes sejam desagradáveis... e podem ser venenosos, como os dos celenterados. Vamos manter posição e ver o que ela vai fazer.

Depois de olhá-los, impassível, por vários minutos, a criatura subitamente se moveu – e então puderam entender por que não haviam percebido sua aproximação. Ela era rápida e deslocava-se com um movimento rotativo tão extraordinário que o olho e a mente humanos tinham grande dificuldade de acompanhar.

Tanto quanto Norton pôde discernir – e somente uma câmera de alta velocidade poderia resolver a questão –, cada pata funcionava como um pivô em torno do qual a criatura rodopiava o corpo. E, ele não tinha certeza, mas também lhe pareceu que a cada poucos "passos" ela invertia o sentido da rotação, enquanto os três chicotes vibravam sobre o chão como um relâmpago, à medida que ela se movia. Sua velocidade máxima – embora também fosse difícil estimá-la – era de pelo menos 30 km/h.

Rapidamente, deu uma volta pelo acampamento, examinando cada equipamento, delicadamente tocando as camas, cadeiras e mesas improvisadas, os aparelhos de comunicação, recipientes de alimentos, banheiros Electrosan, câmeras, tanques de água, ferramentas – parecia não ignorar nada, exceto os quatro observadores. Claramente, tinha inteligência suficiente para fazer uma distinção entre os seres humanos e seus bens inanimados; suas ações davam a nítida impressão de uma curiosidade extremamente metódica.

– Quem me dera poder examiná-la! – Laura exclamou, frustrada, enquanto a criatura continuava suas rápidas piruetas. – Vamos tentar capturá-la?

– De que jeito? – foi a sensata pergunta de Calvert.

– Do mesmo jeito que os caçadores primitivos derrubam animais velozes: dois pesos rodopiando nas pontas de uma corda. Isso nem os machuca.

– Disso eu duvido – disse Norton. – Mas, mesmo que funcionasse, não podemos arriscar. Não sabemos até onde vai a inteligência dessa criatura, e um truque desses poderia facilmente quebrar as pernas dela. Aí estaríamos em sérios apuros... com Rama, com a Terra e com todo mundo.

– Mas tenho que obter um espécime!

– Vai ter que se contentar com a flor de Jimmy... A menos que uma dessas criaturas coopere com você. O uso da força está fora de cogitação. Que tal se alguma coisa pousasse na Terra e decidisse que *você* daria um belo espécime para dissecção?

– Não quero dissecá-la – disse Laura, de modo algum convincente. – Só quero examiná-la.

– Pois visitantes alienígenas poderiam ter a mesma atitude em relação a você, mas isso não impediria que você passasse por um período de desconforto antes de acreditar neles. Não devemos fazer nada que possa ser interpretado como ameaça.

Norton citava o Regulamento da Nave, naturalmente, e Laura sabia disso. Os interesses da ciência eram menos prioritários que os da diplomacia espacial.

Na verdade, não havia necessidade de invocar considerações tão elevadas; era simplesmente uma questão de bons modos. Todos eram visitantes ali, que nunca tinham pedido permissão para entrar...

A criatura parecia ter terminado a inspeção. Fez mais um circuito em alta velocidade pelo acampamento e então disparou para uma tangente – em direção à escadaria.

– Como será que ela vai lidar com os degraus? – Laura ponderou. A pergunta foi logo respondida; a aranha ignorou-os completamente e foi subindo a rampa suavemente curva sem diminuir a velocidade.

– Controle Central – disse Norton. – Vocês poderão receber uma visita daqui a pouco; deem uma olhada da escadaria Alfa, seção seis. E, a propósito, muito obrigado pelo ótimo serviço de vigilância que vocês nos prestaram.

Levou um minuto para o sarcasmo ser percebido; então o observador do Eixo começou a balbuciar desculpas.

– Hã... Estou vendo *alguma coisa*, capitão, agora que o senhor disse que ela está lá. Mas o que é?

– Sei tanto quanto você – respondeu Norton, enquanto apertava o botão de *Alerta Geral*. – Acampamento Alfa chamando todos os postos. Acabamos de receber a visita de uma criatura parecida com uma aranha de três pernas muito finas, com cerca de dois metros de altura, pequeno corpo esférico, que se desloca muito rápido num movimento giratório. Parece inofensiva, mas é curiosa. Pode esgueirar-se sem que vocês percebam. Por favor, respondam.

A primeira resposta veio de Londres, quinze quilômetros a leste.

– Nada incomum aqui, capitão.

Da mesma distância, a oeste, Roma respondeu, numa suspeita voz sonolenta.

– O mesmo aqui, capitão. Ah, um momento...

– O que é?

– Larguei minha caneta aqui há um minuto... Desapareceu! O que... Ah!

– Fale coisa com coisa!

– Não vai acreditar, capitão. Estava fazendo algumas anotações... o senhor sabe, gosto de escrever, isso não perturba ninguém... Estava usando minha esferográfica preferida, de quase duzentos anos... Pois agora ela está no chão, a cinco metros daqui! Peguei... Graças a Deus não está danificada.

– E como acha que ela foi parar lá?

– Hã... Posso ter cochilado por alguns minutos. Foi um dia difícil.

Norton suspirou, mas absteve-se de comentários; eram tão poucos, e tinham tão pouco tempo para explorar um mundo! Nem sempre o entusiasmo superava a exaustão, e ele se perguntou se estariam correndo riscos desnecessários. Talvez não devesse dividir seus homens em grupos tão pequenos, nem tentar cobrir tanto território. Mas estava sempre ciente da rápida passagem dos dias e dos mistérios não resolvidos à sua volta. Tinha cada vez mais certeza de que algo estava prestes a acontecer, e que seriam forçados a abandonar Rama mesmo antes de ele alcançar o periélio – a hora da verdade em que a forçosa mudança de órbita teria de ocorrer.

– Ouçam com atenção, Eixo, Roma, Londres... todo mundo – ele disse. – Quero um relatório a cada meia hora durante toda a noite. Devemos presumir que, de agora em diante, podemos ter visitas a qualquer momento. Algumas podem ser perigosas, mas temos que evitar incidentes a todo custo. Todos conhecem as diretrizes sobre o assunto.

Isso era verdade; fazia parte do treinamento – contudo, talvez nenhum deles tivesse realmente acreditado que o tantas vezes debatido "contato físico com alienígenas inteligentes" ocorreria no seu tempo – muito menos que eles próprios o experimentariam.

Treinamento era uma coisa, realidade era outra; e ninguém podia ter certeza de que os antigos instintos humanos de autopreservação não dominariam durante uma emergência. No entanto, era essencial conceder o benefício da dúvida a cada entidade que encontrassem em Rama, até o último minuto possível, e até além disso.

O comandante Norton não queria ser lembrado pela História como o homem que provocou a primeira guerra interplanetária.

Em algumas horas, havia centenas de aranhas espalhadas por toda a planície. Através do telescópio, via-se que o continente sul também estava infestado delas – mas não, ao que parecia, a ilha de Nova York.

Já não prestavam atenção nos exploradores e, depois de algum tempo, os exploradores já não prestavam atenção nelas – embora, de vez em quando, Norton ainda detectasse um brilho predador nos olhos da comandante médica. Tinha certeza de que nada lhe agradaria mais do que uma daquelas aranhas sofrer um infeliz acidente, e ela era bem capaz de forjar um, no interesse da ciência.

Parecia virtualmente certo que as aranhas não eram inteligentes; os corpos eram demasiado pequenos para conter muita coisa, no que diz respeito a cérebros, e, de fato, era difícil entender onde estocavam toda a energia para se moverem. Contudo, seu comportamento era curiosamente intencional e coordenado; pareciam estar em toda a parte, mas nunca visitavam o mesmo lugar duas vezes. Norton às vezes tinha a impressão de que procuravam alguma coisa. O que quer que fosse, aparentemente não tinha sido encontrado.

Subiram até o Eixo Central, ainda desprezando as três grandes escadarias. Não ficou claro como conseguiram escalar as partes verticais, mesmo em gravidade quase zero; Laura especulou que eram equipadas com ventosas.

E então, com evidente deleite, ela conseguiu o tão desejado espécime. O Controle Central comunicou que uma aranha caíra da superfície vertical e jazia, morta ou incapacitada, na primeira plataforma. O tempo que Laura levou para subir da planície até lá foi um recorde que jamais seria superado.

Quando chegou à plataforma, descobriu que, apesar da baixa velocidade de impacto, a criatura tinha quebrado todas as pernas. Os olhos ainda estavam abertos, mas não mostraram reação a nenhum exame externo. Até mesmo um cadáver humano fresco teria mais vida, pensou Laura; assim que levou o prêmio até a *Endeavour*, começou a preparar seu *kit* de dissecação.

A aranha era tão frágil que quase se despedaçou sem sua ajuda. Laura desarticulou as pernas, e então passou a trabalhar na delicada carapaça, que se dividia em três círculos e se abria como uma laranja descascada.

Após alguns momentos de absoluta incredulidade – pois não havia nada que ela pudesse reconhecer ou identificar –, tirou uma série de cuidadosas fotografias. Por fim, apanhou seu escalpelo.

Por onde começar? Sentiu vontade de fechar os olhos e esfaqueá-la aleatoriamente, mas isso não seria muito científico.

A lâmina penetrou praticamente sem resistência. Um segundo depois, o grito indecoroso da comandante médica ecoou em cada canto da *Endeavour*.

Irritado, o sargento McAndrews levou uns vinte minutos para acalmar os assustados simps.

34

Sua Excelência Lamenta...

– Como todos os senhores sabem – disse o Embaixador de Marte –, muita coisa aconteceu desde nossa última reunião. Temos muito a discutir... e decidir. Por isso, lamento particularmente que nosso colega de Mercúrio não esteja aqui.

Esta última afirmação não era totalmente exata. O dr. Bose não lamentava particularmente que ELE, o embaixador mercuriano, estivesse ausente. Teria sido muito mais sincero dizer que estava preocupado. Todos os seus instintos diplomáticos lhe diziam que alguma coisa estava acontecendo e, embora suas fontes de informação fossem excelentes, não tinha nenhum indício do que poderia ser.

A carta em que o embaixador se desculpava era cortês e muito pouco comunicativa. Sua Excelência lamentava que negócios urgentes e inevitáveis o tivessem impedido de comparecer à reunião, pessoalmente ou por vídeo. O dr. Bose achava muito difícil imaginar qualquer coisa mais urgente – ou mais importante – do que Rama.

– Dois de nossos membros têm declarações a fazer. Gostaria de começar dando a palavra ao professor Davidson.

Houve um sussurro alvoroçado entre os outros cientistas do Comitê. A maioria achava que o astrônomo, com seu conhecido ponto de vista cósmico, não era a pessoa indicada para ser presidente do Conselho Consultivo Espacial. Às vezes, ele dava a impressão de que as atividades da vida inteligente eram uma infeliz irrelevância no majestoso universo de estrelas e galáxias, e que não era de bom-tom dar-lhes muita atenção. Isso não atraía a simpatia de exobiólogos como o dr. Perera, que assumia uma perspectiva exatamente oposta. Para eles, o único propósito do universo era a produção de inteligência, e tendiam a tratar com desdém fenômenos puramente astronômicos. "Mera matéria morta" era uma de suas frases favoritas.

– Sr. Embaixador – começou o cientista –, estive analisando o curioso comportamento de Rama nos últimos dias e gostaria de apresentar minhas conclusões. Algumas delas são espantosas.

O dr. Perera pareceu surpreso, depois satisfeito consigo mesmo. Aprovava firmemente tudo o que espantasse o professor Davidson.

– Em primeiro lugar, houve a notável série de eventos quando aquele jovem tenente sobrevoou o hemisfério sul. As descargas elétricas em si, embora espetaculares, não são importantes; é fácil demonstrar que continham relativamente pouca energia. Mas coincidiram com a mudança na velocidade de rotação de Rama e em sua atitude... ou seja, sua orientação no espaço. Isso deve ter envolvido uma enorme quantidade de energia; as descargas que quase custaram a vida do sr. ... hã... Pak não passaram de um subproduto... talvez um incômodo que teve de ser minimizado por aqueles gigantescos para-raios no Polo Sul...

... Tirei duas conclusões disso. Quando uma espaçonave – e devemos nos referir a Rama como uma espaçonave, apesar de suas fantásticas dimensões – realiza uma mudança de atitude, geralmente significa que está prestes a mudar de órbita. Portanto, devemos levar a sério as opiniões dos que acreditam que Rama pode estar se preparando para se tornar mais um planeta de nosso Sistema Solar, em vez de retornar às estrelas...

... Se for este o caso, a *Endeavour*, evidentemente, precisa estar preparada para desatracar – é isso o que as espaçonaves fazem? – a qualquer momento. Ela pode estar correndo sério perigo enquanto estiver fisicamente ligada a Rama. Imagino que o comandante Norton já esteja ciente dessa possibilidade, mas acho que devemos enviar-lhe um aviso adicional.

– Muito obrigado, professor Davidson. Pois não, dr. Solomons?

– Gostaria de fazer um comentário – disse o historiador da Ciência. – Rama parece ter feito uma mudança na rotação *sem* usar jatos ou dispositivos de reação. Isso deixa apenas duas possibilidades, ao que me parece.

... A primeira é que Rama tem giroscópios internos, ou algo equivalente. Devem ser enormes; onde estão?...

... A segunda possibilidade, que subverteria toda a nossa Física, é que ele tem um sistema de propulsão não reativo. A chamada propulsão espacial, na qual o professor Davidson não acredita. Se assim for, Rama pode ser capaz de fazer praticamente qualquer coisa. Seremos completamente incapazes de prever seu comportamento, mesmo no nível físico mais evidente.

Os diplomatas, obviamente, ficaram um tanto aturdidos com essa conversa, e o astrônomo recusou-se a ser arrastado para a discussão. Já se aventurara o bastante por um dia.

– Fico com as leis da Física, se não se importam, até que eu seja forçado a abandoná-las. Se não encontramos nenhum giroscópio em Rama, pode ser que não tenhamos procurado o suficiente, ou pelo menos não no lugar certo.

O Embaixador Bose percebeu que o dr. Perera estava ficando impaciente. Normalmente o exobiólogo gostava, como qualquer outro, de entrar em especulações; mas agora, pela primeira vez, tinha alguns fatos sólidos. Sua ciência, há tanto tempo empobrecida, enriquecera da noite para o dia.

– Muito bem... Se não houver mais comentários... creio que o dr. Perera tem informações importantes para nós.

– Obrigado, senhor Embaixador. Como todos vimos, finalmente obtivemos um espécime da forma de vida ramana e observamos vários outros de perto. A dra. Ernst, comandante médica da *Endeavour*, nos enviou um relatório completo da criatura semelhante a uma aranha que ela dissecou...

... Devo dizer, de antemão, que alguns resultados são espantosos e, em quaisquer outras circunstâncias, eu teria me recusado a acreditar neles...

... A aranha é definitivamente orgânica, embora sua química seja diferente da nossa em muitos aspectos, contendo quantidades consideráveis de metais leves. No entanto, hesito em qualificá-la de animal, por várias razões fundamentais...

... Em primeiro lugar, parece não ter boca, estômago ou intestinos... nenhum método de ingerir alimento! Não tem vias de entrada de ar, pulmões, sangue, sistema reprodutor...

... Talvez os senhores estejam se perguntando o que é que ela *tem*. Bem, existe uma musculatura simples que controla as três pernas e os três apêndices que parecem chicotes ou tentáculos. Existe um cérebro, bastante complexo, quase todo voltado ao controle da visão triocular notavelmente desenvolvida da criatura. Mas oitenta por cento do corpo consiste em um favo de grandes células, e foi isso que causou uma surpresa tão desagradável à dra. Ernst, quando ela iniciou a dissecação. Se ela tivesse tido mais sorte, poderia tê-lo reconhecido a tempo, pois é a única estrutura ramana que existe também na Terra – embora apenas num punhado de animais marinhos...

... Em sua maior parte, a aranha é apenas uma bateria, muito parecida com a que se encontra em raias e células elétricas. Mas, neste caso, aparentemente, ela não é usada como arma de defesa. *É a fonte de energia da criatura*. E é por isso que não há aparelho digestivo ou respiratório; ela não precisa de sistemas tão primitivos. E, diga-se de passagem, isso significa que ela ficaria perfeitamente à vontade no vácuo...

... Portanto, temos uma criatura que, para todos os efeitos, nada mais é do que um olho móvel. Ela não tem nenhum órgão de manipulação; aqueles tentáculos são frágeis demais. Se eu recebesse tais especificações, diria que se trata de um simples dispositivo de reconhecimento...

... O comportamento delas certamente se encaixa nessa descrição. Tudo o que as aranhas fazem é correr de um lado para o outro e olhar coisas. É tudo o que *podem* fazer...

... Mas os outros animais são diferentes. O caranguejo, a estrela-do-mar, os tubarões – por falta de melhores termos – obviamente são capazes de manipular o ambiente e parecem ser especializados em diversas funções. Presumo que também sejam movidos a eletricidade, já que, como a aranha, parecem não ter boca...

... Tenho certeza de que os senhores conseguem avaliar os problemas biológicos suscitados por tudo isso. Tais criaturas poderiam evoluir naturalmente? Creio que não. Elas parecem ter sido projetadas como máquinas, para trabalhos específicos. Se eu tivesse que descrevê-las, diria que são robôs... robôs biológicos... algo sem análogos na Terra...

... Se Rama é uma espaçonave, talvez elas sejam parte da tripulação. Quanto a como nascem... ou como são criadas... isso não sei dizer. Mas imagino que a resposta esteja lá em Nova York. Se o comandante Norton e seus homens puderem esperar o suficiente, talvez encontrem criaturas cada vez mais complexas, com comportamento imprevisível. Em algum ponto do caminho, é possível que encontrem os próprios ramanos... os verdadeiros construtores daquele mundo...

... E, quando isso acontecer, cavalheiros, não haverá absolutamente nenhuma dúvida...

35

Entrega Especial

O comandante Norton dormia profundamente quando seu comunicador pessoal o arrancou de seus bons sonhos. Estava de férias com a família em Marte, sobrevoando o impressionante pico nevado de Nix Olímpica – o maior vulcão do Sistema Solar. O pequeno Billie começava a lhe dizer algo; agora ele nunca saberá o que era.

O sonho desapareceu; a realidade era o subcomandante da nave.

– Desculpe acordá-lo, capitão – disse o tenente-comandante Kirchoff. – Mensagem com prioridade 3-A do Quartel-General.

– Vamos ouvir – respondeu Norton, sonolento.

– Não posso. Está classificada como exclusiva para o comandante.

Norton acordou no mesmo instante. Recebera tal mensagem apenas três vezes em toda a sua carreira e, em cada uma das ocasiões, era sinônimo de problema.

– Caramba! – ele disse. – O que vamos fazer agora?

O subcomandante não se deu ao trabalho de responder. Ambos entendiam o problema perfeitamente; era um caso que o Regulamento da Nave jamais previra. Normalmente, um comandante nunca estava a mais de cinco minutos de seu gabinete, e do livro de código no cofre particular. Se saísse naquele momento, Norton talvez chegasse à nave – exausto – em quatro ou cinco horas. Não era o melhor modo de lidar com uma prioridade AAA.

– Jerry – ele disse, por fim. – Quem está no painel de comunicações?

– Ninguém. Eu mesmo estou fazendo a ligação.

– O gravador está desligado?

– Sim, por uma estranha infração do regulamento.

Norton sorriu. Jerry era o melhor subcomandante com quem trabalhara. Ele pensava em tudo.

– Certo. Você sabe onde está minha chave. Me ligue de volta.

Esperou, com o máximo de paciência que pôde, pelos dez minutos seguintes, tentando – sem muito sucesso – pensar em outros problemas. Detestava desperdiçar esforço mental; era muito improvável que conseguisse adivinhar a mensagem que estava para chegar, e logo tomaria conhecimento do conteúdo. Só então começaria a se preocupar efetivamente.

Quando o subcomandante o chamou de volta, a considerável tensão em sua voz era evidente.

– Não é realmente *urgente*, capitão... Uma hora não fará nenhuma diferença. Mas prefiro evitar o rádio. Vou enviar por um mensageiro.

– Mas *por que*...OK, tudo bem. Confio em seu julgamento. Quem vai trazer a mensagem pelas câmaras pressurizadas?

– Eu mesmo. Chamarei o senhor quando eu chegar ao Eixo.

– O que deixa Laura no comando.

– Por uma hora, no máximo. Volto para a nave em seguida.

Um médico comandante não tinha o treinamento especializado para ser comandante interino, assim como não se podia esperar que um comandante realizasse uma cirurgia. Em situações de emergência, os dois serviços já tinham sido trocados, com êxito; mas não era recomendável. Bem, uma ordem já tinha sido infringida essa noite...

– Oficialmente, você não saiu da nave. Você acordou Laura?

– Sim. Ela está encantada com a oportunidade.

– Por sorte, médicos estão acostumados a guardar segredos. Ah, você acusou o recebimento da mensagem?

– Claro, em seu nome.

– Então, estarei aguardando.

Agora era quase impossível evitar a ansiedade. "Não é urgente... mas prefiro evitar o rádio..."

Uma coisa era certa. O comandante não iria dormir muito essa noite.

36

Observador de Biômatos

O sargento Pieter Rousseau sabia por que tinha se voluntariado para aquele serviço; em muitos aspectos, era a realização de um sonho de infância. Tornara-se fascinado por telescópios quando tinha apenas seis ou sete anos, e passou boa parte da juventude colecionando lentes de todas as formas e tamanhos. Ele as montava em tubos de papelão, fazendo instrumentos de potência cada vez maior, até se familiarizar com a Lua e os planetas, com as estações espaciais mais próximas e toda a paisagem no raio de trinta quilômetros de sua casa.

Tivera a sorte nascer em meio às montanhas do Colorado; em quase todas as direções, a vista era espetacular e inesgotável. Passara horas explorando, em perfeita segurança, os picos que todos os anos ceifavam a vida de alpinistas desatentos. Embora tivesse visto muita coisa, imaginara muito mais; gostava de fingir que atrás de cada topo rochoso, além do alcance do telescópio, havia reinos mágicos repletos de criaturas maravilhosas. E, assim, durante anos evitou visitar os lugares que suas lentes lhe traziam, pois sabia que a realidade não poderia estar à altura de seu sonho.

Agora, no eixo central de Rama, podia explorar maravilhas que superavam as fantasias mais loucas da juventude. Um mundo inteiro se espalhava diante de seus olhos – um mundo pequeno, é verdade, mas um homem poderia passar a vida toda explorando seus quatro mil quilômetros quadrados, mesmo que fosse um território morto e imutável.

Agora, porém, a vida, com todas as suas infinitas possibilidades, chegara a Rama. Se os robôs biológicos não eram criaturas vivas, certamente eram excelentes imitações.

Ninguém sabia quem tinha inventado a palavra "biômato"; pareceu ter entrado imediatamente em uso, num tipo de geração espontânea. De seu posto privilegiado no Eixo, Pieter era o observador-chefe dos biômatos e estava começando – segundo acreditava – a compreender alguns padrões de comportamento daqueles seres.

As aranhas eram sensores móveis, utilizando a visão – e provavelmente o tato – para examinar todo o interior de Rama. Em dado momento, tinha havido centenas delas correndo de lá para cá em alta velocidade, mas, em menos de dois dias, tinham desaparecido; agora, era muito incomum ver sequer uma.

Foram substituídas por um verdadeiro jardim zoológico de criaturas muito mais impressionantes; não foi tarefa fácil pensar em nomes adequados para elas. Havia os Limpadores de Vidraças, com grandes pés almofadados, que pareciam polir, à medida que caminhavam, toda a extensão dos seis sóis artificiais de Rama. Suas enormes sombras, projetadas em todo o diâmetro do mundo, às vezes provocavam eclipses temporários do outro lado.

O caranguejo que destruíra a *Libélula* parecia ser um Lixeiro. Uma cadeia de revezamento formada por criaturas idênticas se aproximara do acampamento Alfa e recolhera os destroços que tinham sido impecavelmente empilhados nos arredores; teriam levado tudo, se Norton e Mercer não tivessem resistido firmemente. A confrontação fora tensa, mas breve; daí em diante, os Lixeiros pareceram entender que não lhes era permitido tocar em nada, e chegavam em intervalos regulares para ver se seus serviços eram necessários. Era um arranjo muito conveniente e indicava um alto grau de inteligência – seja da parte dos próprios Lixeiros ou de alguma entidade controladora em outro lugar.

A remoção do lixo em Rama era muito simples; todo o lixo era jogado no Mar, onde, presumivelmente, era decomposto em formas que pudessem ser reutilizadas. O processo era rápido; a *Resolution* desaparecera da noite para o dia, para grande aborrecimento de Ruby Barnes. Norton a consolara observando que a jangada desempenhara seu trabalho magnificamente – e que ele jamais teria permitido que alguém a usasse de novo. Talvez os tubarões fossem menos perspicazes que os Lixeiros.

Um astrônomo que descobrisse um planeta desconhecido não teria ficado mais feliz do que Pieter, quando ele avistava um novo tipo de biômato e conseguia uma boa foto através de seu telescópio. Infelizmente, todas as espécies interessantes pareciam estar lá no Polo Sul, onde executavam tarefas misteriosas em volta dos Chifres. Alguma coisa semelhante a uma centopeia com ventosas era vista de tempos em tempos explorando o próprio Grande Chifre, enquanto nos picos mais baixos Pieter vislumbrara uma corpulenta criatura, que poderia ser um cruzamento entre um hipopótamo e uma escavadeira. E havia até uma girafa de dois pescoços, que, aparentemente, agia como um guindaste móvel.

Presumivelmente, Rama, como qualquer nave, exigia testes, verificações e reparos após a sua imensa viagem. A tripulação já estava empenhada no trabalho; quando apareceriam os passageiros?

Classificar biômatos não era a tarefa principal de Pieter; suas ordens eram monitorar os dois ou três grupos exploratórios que estavam sempre em atividade, para evitar que tivessem problemas e alertá-los se qualquer coisa se aproximasse. Revezava-se a cada seis horas com quem quer que estivesse disponível, embora, mais de uma vez, estivera de serviço por doze horas seguidas. O resultado era que, agora, conhecia a geografia de Rama melhor do que qualquer pessoa jamais conheceria. Aquele mundo lhe era tão familiar quanto as montanhas do Colorado em sua juventude.

Quando Jerry Kirchoff emergiu da câmara pressurizada Alfa, Pieter percebeu na hora que algo incomum estava acontecendo. Transferências de pessoal nunca ocorriam durante o período de sono, e já passava da meia-noite, de acordo com o Horário da Missão. Então Pieter se lembrou de como a mão de obra era escassa e ficou chocado com uma irregularidade mais assustadora.

– Jerry... Quem está no comando da nave?

– Eu – disse o subcomandante, com frieza, enquanto abria o capacete. – Você não acha que eu deixaria a ponte durante o meu turno, não é?

Enfiou a mão na bolsa de seu traje e tirou dali uma pequena lata com o rótulo: SUCO DE LARANJA CONCENTRADO – PARA FAZER CINCO LITROS.

– Você é bom nisso, Pieter. O capitão está esperando.

Pieter avaliou o peso da lata e disse:

– Espero que tenha colocado bastante peso aqui dentro... Às vezes as coisas ficam presas na primeira plataforma.

– Bem, você é o perito no assunto.

E era verdade. Os observadores do Eixo tinham adquirido muita prática em jogar lá para baixo pequenos objetos que tinham sido esquecidos ou eram necessários com urgência. O truque era fazer com que atravessassem em segurança a zona de baixa gravidade e garantir que o Efeito Coriolis não os carregasse para muito longe do acampamento, durante a descida de oito quilômetros.

Pieter plantou firmemente os pés no chão, segurou a lata e lançou-a na superfície do penhasco. Não mirou diretamente o acampamento Alfa, mas um ponto a 30 graus de distância.

Quase imediatamente, a resistência do ar privou-a de sua velocidade inicial, mas então a pseudogravidade de Rama assumiu o controle, e a lata começou a se mover para baixo numa velocidade constante. Bateu uma vez perto da base da escada e saltou em câmera lenta, o que a livrou da primeira plataforma.

– Agora está tudo bem – disse Pieter. – Quer apostar?

– Não – foi a pronta resposta. – Você sabe das probabilidades.

– Você não tem espírito esportivo. Mas afirmo: ela vai parar a trezentos metros do acampamento.

– Não parece muito perto.

– Você deveria tentar. Uma vez vi o Joe errar por dois quilômetros.

A lata já não saltava; a gravidade se tornara forte o bastante para aderi-la à superfície curva da cúpula norte. Quando alcançou a segunda plataforma, ela rolava a 20 ou 30 km/h e alcançara a velocidade máxima permitida pelo atrito.

– Agora temos que esperar – disse Pieter, sentando-se ao telescópio para não perder de vista a mensageira. – Vai chegar lá em dez minutos. Ah, lá vem o capitão... Já me acostumei a reconhecer as pessoas deste ângulo... Agora ele está olhando para nós.

– Creio que esse telescópio lhe dê uma sensação de poder.

– Ah, dá, sim. Sou a única pessoa que sabe tudo o que está acontecendo em Rama. Pelo menos, pensava que sabia – acrescentou, melancolicamente, lançando a Kirchoff um olhar de repreensão.

– Se isso vai deixá-lo feliz, o capitão descobriu que estava sem creme dental.

Depois disso, a conversa esmoreceu; mas, por fim, Pieter disse:

– É pena você não ter feito a aposta... Ele teve que andar só cinquenta metros... Agora ele viu a lata... Missão cumprida.

– Obrigado, Pieter... Excelente trabalho. Pode voltar a dormir.

– Dormir! Estou de plantão até às 4h.

– Desculpe... Você deve ter dormido. Senão, como teria sonhado tudo isso?

QG DA OBSERVAÇÃO ESPACIAL PARA COMANDANTE DA SS ENDEAVOUR, PRIORIDADE AAA. CLASSIFICAÇÃO: EXCLUSIVA PARA O COMANDANTE. SEM REGISTRO PERMANENTE.

SPACEGUARD RELATA VEÍCULO DE ALTA VELOCIDADE APARENTEMENTE LANÇADO DE MERCÚRIO HÁ 10 OU 12 DIAS PARA INTERCEPTAR RAMA. SE NÃO HOUVER MUDANÇA DE ÓRBITA, CHEGADA PREVISTA PARA AS 15H DO DIA 322. TALVEZ SEJA NECESSÁRIO EVACUAR ANTES. AGUARDE NOVO AVISO.
C. C.

Norton leu a mensagem meia dúzia de vezes para memorizar a data. Era difícil acompanhar o tempo dentro de Rama; teve de olhar o calendário de seu relógio para ver que estavam no dia 315. Talvez tivessem apenas uma semana...

A mensagem era assustadora, não apenas pelo que dizia, mas pelo que insinuava. Os mercurianos tinham realizado um lançamento clandestino – isso, em si, já era uma infração da Lei Espacial. A conclusão era óbvia; seu "veículo" só poderia ser um míssil.

Mas *por quê*? Era inconcebível – bem, quase inconcebível – que se arriscassem a pôr a *Endeavour* em perigo; portanto, presumivelmente, ele receberia amplos alertas dos próprios mercurianos. Numa emergência, poderia partir em poucas horas, mas o faria sob veementes protestos, e apenas por ordem do comandante em chefe.

Devagar, e muito pensativo, atravessou o complexo improvisado de suporte de vida e jogou a mensagem num Electrosan. O brilho da luz do laser irrompendo através da fenda sob o assento informou que as exigências de segurança tinham sido satisfeitas. Pena que nem todos os problemas, disse a si mesmo, pudessem ser resolvidos de maneira tão rápida e higiênica.

37

Míssil

O míssil ainda estava a cinco milhões de quilômetros de distância quando o clarão dos jatos-freios de plasma tornou-se nitidamente visível no telescópio principal da *Endeavour*. Àquela altura, o segredo já se espalhara, e Norton relutantemente ordenara a segunda e talvez última evacuação de Rama; mas só partiria se os eventos não lhe dessem outra alternativa.

Quando concluiu a manobra de frenagem, o visitante indesejável de Mercúrio estava a apenas cinquenta quilômetros de Rama e, aparentemente, realizava uma sondagem através de suas câmeras de TV. Elas estavam claramente visíveis – uma na proa e outra na popa –, assim como várias pequenas antenas e uma grande parabólica apontada constantemente para a distante estrela de Mercúrio. Norton imaginou quais instruções vinham por aquele feixe, e que informações voltavam por ele.

No entanto, os mercurianos não poderiam aprender nada que já não soubessem; tudo o que a *Endeavour* descobrira fora transmitido para todo o Sistema Solar. Aquele míssil – que quebrara todos os recordes de velocidade para chegar até ali – só poderia ser uma extensão da vontade de seus construtores, um instrumento de seu objetivo. Esse objetivo em breve seria conhecido, pois em três horas o embaixador mercuriano nos Planetas Unidos falaria à Assembleia Geral.

Oficialmente, o míssil não existia. Não trazia nenhuma marca de identificação, nem transmitia em qualquer frequência padrão. Era uma grave infração da lei, mas nem a própria SPACEGUARD protestara formalmente. Todos aguardavam, impacientes e nervosos, para ver o que Mercúrio faria.

Fazia três dias que a existência do míssil – e sua origem – fora anunciada; em todo esse tempo, os mercurianos permaneceram teimosamente calados. Eram muito bons nisso, quando lhes convinha.

Alguns psicólogos alegaram ser quase impossível entender plenamente a mentalidade de qualquer pessoa nascida e criada em Mercúrio. Para sempre exilados da Terra, por conta de sua gravidade três vezes mais forte, os mercurianos podiam descer na Lua e contemplar a pequena distância até o planeta de seus ancestrais – ou mesmo de seus próprios pais –, mas jamais poderiam visitá-lo. Assim, inevitavelmente, alegavam que não visitavam a Terra porque não queriam.

Fingiam desprezar as chuvas delicadas, as planícies, os lagos e mares, o céu azul – todas as coisas que só podiam conhecer através de gravações. Como seu planeta era banhado por tanta energia solar que a temperatura diurna muitas vezes atingia 600 graus, afetavam uma arrogância áspera que não resistia nem por um instante a um exame mais atento. Na verdade, tendiam a ser fisicamente fracos, já que só podiam sobreviver mantendo-se totalmente isolados de seu ambiente. Mesmo se tolerasse a gravidade, um mercuriano sucumbiria rapidamente a um dia de calor em qualquer país equatorial da Terra.

Contudo, em questões que realmente importavam, eles *eram* resistentes. A pressão psicológica exercida por aquela estrela voraz tão próxima, os problemas de engenharia para alcançar as entranhas de um planeta renitente e arrancar de lá todas as necessidades da vida – tudo isso tinha criado uma cultura espartana e, em muitos aspectos, altamente admirável. Podia-se confiar neles; se prometiam algo, cumpriam –, mas a conta poderia ser alta. Os próprios mercurianos brincavam que, se o Sol um dia emitisse sinais de que iria explodir em nova, eles assumiriam o compromisso de controlar o processo – mas só depois de acertarem os honorários. Uma piada não mercuriana dizia que qualquer criança que demonstrasse interesse em arte, filosofia ou matemática abstrata era imediatamente condenada a trabalhos forçados nas fazendas hidropônicas. No caso de criminosos e psicopatas, isso não era piada. Crime era um dos luxos a que Mercúrio não podia se permitir.

O comandante Norton estivera em Mercúrio uma vez, ficara enormemente impressionado – como todos os visitantes – e fizera muitos amigos mercurianos. Apaixonara-se por uma moça em Porto Lúcifer e até pensara em assinar um contrato de três anos, mas a desaprovação dos pais a qualquer um oriundo além da órbita de Vênus tinha sido forte demais. Foi melhor assim.

– Mensagem prioridade 3-A da Terra, capitão – disse a ponte. – Voz e texto confirmatório do comandante em chefe. Pronto para receber?

– Verifique e arquive o texto; envie a mensagem de voz.

– Aí vai.

O almirante Hendrix parecia calmo e prosaico, como se estivesse emitindo uma ordem de rotina à frota, e não lidando com uma situação única na história do espaço. Por outro lado, não era ele que estava a apenas dez quilômetros da bomba.

Comandante em chefe para comandante, Endeavour. *Este é um breve resumo da situação tal qual a vemos agora. O senhor sabe que a Assembleia Geral irá se reunir às 14h e o senhor ouvirá os trabalhos. É possível que tenha de agir imediatamente, sem consulta; daí as presentes instruções.*

Analisamos as fotos que o senhor nos enviou; o veículo é uma sonda espacial padrão, modificada para alto impulso e provavelmen-

te transportada em laser, para ganhar velocidade inicial. Tamanho e massa condizem com uma bomba de fusão na faixa de 500 a 1.000 megatons; os mercurianos utilizam, rotineiramente, até 100 megatons em suas atividades de mineração, portanto não teriam dificuldade alguma em montar essa ogiva.

Nossos peritos também calculam que esse seria o tamanho mínimo necessário para garantir a destruição de Rama. Se fosse detonada contra a parte mais fina do casco – abaixo do Mar Cilíndrico –, ele se romperia e a rotação de Rama completaria a sua desintegração.

Presumimos que os mercurianos, se realmente estão planejando tal ato, lhe darão tempo suficiente para evacuar. Para sua informação, os raios gama emitidos nessa explosão podem ser perigosos a vocês até um raio de mil quilômetros.

Mas esse não é o maior perigo. Os fragmentos de Rama, pesando toneladas e girando a quase 1.000 km/h, poderiam destruí-los a uma distância ilimitada. *Portanto, recomendamos que se afastem ao longo do eixo de rotação, já que nenhum fragmento será arremessado a partir dessa direção. Dez mil quilômetros devem proporcionar uma margem de segurança adequada.*

Esta mensagem não pode ser interceptada; está sendo transmitida por um roteador múltiplo pseudoaleatório, para que eu possa falar em inglês claro. Sua resposta pode não ser segura, então fale com discrição e utilize códigos, se necessário. Tornarei a chamá-lo imediatamente após a discussão da Assembleia Geral. Mensagem concluída. Comandante em chefe desliga.

38

Assembleia Geral

Segundo os livros de História – embora ninguém realmente acreditasse –, houve um tempo em que a antiga Organização das Nações Unidas tinha 172 membros. Os Planetas Unidos tinham apenas sete; e isso às vezes já era ruim o bastante. Em ordem de distância do Sol, eram eles Mercúrio, Terra, Luna, Marte, Ganimedes, Titã e Tritão.

A lista continha inúmeras omissões e ambiguidades, que, presumivelmente, o futuro iria retificar. Os críticos não se cansavam de observar que a maior parte dos membros dos Planetas Unidos nem era constituída de planetas, mas de satélites. Fora o ridículo de os quatro gigantes, Júpiter, Saturno, Urano e Netuno, não estarem incluídos...

Mas ninguém vivia nos gigantes gasosos e, muito possivelmente, jamais viveria. Podia-se dizer o mesmo de outra ausência importante, Vênus. Até os engenheiros planetários mais entusiastas concordavam que levaria séculos para domar Vênus; enquanto isso, os mercurianos não tiravam os olhos dele e, sem dúvida, remoíam planos de longo prazo.

A representação separada da Terra e de Luna também tinha sido um pomo da discórdia; os outros membros argumentaram que isso concentrava poder demais num canto do Sistema Solar. Mas havia mais gente na Lua do que em todos os outros mundos, exceto a própria Terra – e era *ali* o ponto de encontro dos PU. Além disso, Terra e Lua quase nunca estavam de acordo sobre nada, portanto não era provável que constituíssem um bloco perigoso.

Marte tinha a custódia dos asteroides – exceto o grupo de Ícaro (supervisionado por Mercúrio) e um punhado com o periélio além de Saturno – e, portanto, reivindicados por Titã. Um dia os asteroides maiores, como Palas, Vesta, Juno e Ceres, seriam importantes o suficiente para possuírem os próprios embaixadores e, então, o número de membros dos PU atingiria dois dígitos.

Ganimedes representava não apenas Júpiter – e, portanto, mais massa do que todo o restante do Sistema Solar reunido –, mas também os outros cinquenta e poucos satélites jupterianos, incluídos aí os cativos temporários do cinturão de asteroides (os advogados ainda discutiam este ponto). Do mesmo modo, Titã cuidava de Saturno, seus anéis e os demais trinta e tantos satélites.

A situação de Tritão era ainda mais complicada. A grande lua de Netuno era o corpo mais distante do Sistema Solar com habitantes permanentes; em consequência, seu embaixador acumulava inúmeras funções. Ele representava Urano e suas oito luas (nenhuma ainda ocupada); Netuno e seus outros três satélites; Plutão e sua lua solitária; e a isolada Perséfone, sem luas. Se houvesse planetas além de Perséfone, eles também estariam sob a responsabilidade de Tritão. E, como se não bastasse, o Embaixador da Escuridão Distante, como às vezes era chamado, já tinha se queixado: "E os cometas?" A sensação geral era que a solução desse problema poderia ser deixada para o futuro.

No entanto, num sentido muito real, esse futuro já havia chegado. Segundo algumas definições, Rama era um cometa, os outros únicos visitantes das profundezas do espaço, e muitos tinham viajado em órbitas hiperbólicas até mais próximas do Sol do que a de Rama; qualquer advogado espacial poderia ganhar a causa com base nesses fatos – e o embaixador mercuriano era um dos melhores.

* * *

– Saudamos Sua Excelência, o Embaixador de Mercúrio.

Como os delegados estavam dispostos no sentido anti-horário, em ordem de distância do Sol, o mercuriano estava à extrema direita do presidente. Até o último minuto, estivera confabulando com seu computador; agora, removera os óculos sincronizadores, impedindo que os demais lessem a mensagem exibida na tela. Apanhou a pilha de anotações e pôs-se vivamente de pé.

– Senhor presidente, ilustres colegas, gostaria de iniciar com um breve resumo da situação com que nos defrontamos neste momento.

Vinda de alguns delegados, a frase "um breve resumo" teria provocado silenciosos gemidos entre todos os ouvintes; mas todos sabiam que os mercurianos cumpriam exatamente o que diziam.

– A gigantesca espaçonave, ou asteroide artificial batizado de Rama, foi detectada há um ano, na região além de Júpiter. A princípio, acreditava-se que era um corpo celeste natural, movendo-se numa órbita hiperbólica que o levaria a uma volta em torno do Sol e depois às estrelas...

... Quando se descobriu sua verdadeira natureza, a nave *Endeavour*, do serviço de Observação Solar, recebeu ordens de ir ao seu encontro. Tenho certeza de que todos nós parabenizamos o comandante Norton e sua tripulação pela eficiência com que realizaram uma tarefa tão singular...

... A princípio, acreditava-se que Rama estava morto... congelado há tantos milênios que não havia possibilidade de revivificação. Isso ainda pode ser verdade, num sentido estritamente biológico. Parece haver um consenso geral, entre os que estudaram o assunto, de que nenhum organismo vivo de qualquer complexidade consegue sobreviver mais do que alguns séculos em animação suspensa. Mesmo em zero absoluto, efeitos quânticos residuais apagam tantas informações celulares que a revivificação se torna impossível. Parecia então que, embora Rama tivesse enorme importância arqueológica, não apresentava maiores problemas astropolíticos...

... Hoje, é evidente que essa atitude foi ingênua, embora, desde o início, não tenha faltado quem salientasse que a trajetória de Rama, apontada para o Sol, era exata demais para ser fruto de mero acaso...

... Mesmo assim, poderia ter-se argumentado, como de fato aconteceu, que se tratava de uma experiência fracassada. Rama atingira o alvo planejado, mas a inteligência controladora não sobrevivera. Essa opinião também parece simplista demais; com certeza, subestima as entidades com as quais estamos lidando...

... O que deixamos de levar em consideração foi a possibilidade de sobrevivência não biológica. Se aceitarmos a teoria muito plausível do dr. Perera, e que certamente se encaixa em todos os fatos, as criaturas observadas no interior de Rama não existiam até há bem pouco tempo. Seus padrões, ou modelos, estavam guardados em algum banco central de informações e, no tempo propício, foram manufaturados a partir da matéria-prima disponível – presumivelmente, a sopa metalorgânica do Mar Cilíndrico. Tal façanha ainda está além de nossa capacidade, mas não apresenta nenhum problema teórico. Sabemos que circuitos em estado sólido, ao contrário da matéria viva, conseguem armazenar informações sem perda, por períodos de tempo indefinidos...

... Portanto, Rama está agora em plenas condições operacionais, servindo aos propósitos de seus construtores – sejam eles quem forem. Do nosso ponto de vista, não importa se os ramanos em si tenham morrido há milhões de anos, ou se eles também serão recriados a qualquer momento, para fazer companhia aos seus servos. Com ou sem eles, sua vontade está sendo feita, e continuará a ser feita...

... Rama já deu provas de que seu sistema de propulsão ainda está funcionando. Em alguns dias, estará no periélio, onde, pela lógica, fará qualquer mudança de órbita importante. Portanto, em breve poderemos ter um novo planeta... movendo-se em espaço solar sobre o qual meu governo tem jurisdição. Ou, naturalmente, pode efetuar mudanças adicionais e ocupar uma órbita final a qualquer distância do Sol. Pode até se tornar um satélite de um planeta importante... como a Terra...

... Portanto, caros colegas, estamos diante de todo um espectro de possibilidades, algumas delas realmente sérias. É tolice fingir que essas criaturas *devem* ser benévolas e não irão interferir em nossos assuntos. Se vieram até o Sistema Solar é porque precisam de alguma coisa aqui. Mesmo que seja apenas conhecimento científico, pensem em como esse conhecimento poderá ser usado...

... Estamos diante de uma tecnologia centenas, talvez milhares de anos à frente da nossa, e de uma *cultura* com a qual talvez não tenhamos absolutamente nenhum ponto de contato. Estivemos estudando o comportamento dos robôs biológicos, os biômatos, dentro de Rama, conforme mostrados nos filmes transmitidos pelo comandante Norton, e chegamos a certas conclusões que desejo comunicar aos senhores...

... Em Mercúrio, infelizmente, não temos formas de vida nativas para observar. Mas, naturalmente, temos um registro completo da zoologia terrestre, e nele encontramos um notável paralelo com Rama...

... Trata-se da colônia de cupins. Como Rama, a colônia é um mundo artificial com um ambiente controlado. Como Rama, seu funcionamento depende de toda uma série de máquinas biológicas especializadas: operários, construtores, agricultores, *guerreiros*. E, embora não saibamos se Rama possui uma rainha, sugiro que a ilha conhecida como Nova York desempenhe uma função semelhante...

... Ora, seria obviamente absurdo levar essa analogia longe demais, pois ela falha em muitos pontos. Mas eu a proponho pelo seguinte: que grau de cooperação ou compreensão seria possível entre seres humanos e cupins? Quando não há conflito de interesses, existe tolerância mútua. Mas quando um dos dois precisa do território ou dos recursos do outro, a guerra é total...

... Graças à nossa tecnologia e à nossa inteligência, sempre poderemos vencer, se estivermos determinados o suficiente. Mas, às vezes, a longo prazo, a vitória ainda pode ser dos cupins...

... Com isso em mente, considerem agora a pavorosa ameaça que Rama talvez – notem que digo *talvez* – seja para a civilização humana. Que medidas tomamos para combatê-la, caso ocorra o pior? Absolutamente nenhuma; apenas conversamos, especulamos e escrevemos artigos eruditos...

... Bem, meus caros colegas, Mercúrio fez mais do que isso. Agindo de acordo com as disposições da Cláusula 34 do Tratado Espacial de 2057, que nos dão o direito de tomar as medidas necessárias para proteger a integridade de nosso espaço solar, despachamos um dispositivo nuclear de alta energia para Rama. Ficaremos muito felizes se nunca tivermos que utilizá-lo. Mas agora, pelo menos, não estamos indefesos... como estávamos antes...

... Pode-se argumentar que agimos de forma unilateral, sem consulta prévia. Admitimos isso. Mas alguém aqui imagina – com todo o respeito, senhor presidente – que teríamos chegado a tal acordo no tempo disponível? Consideramos que não estamos agindo apenas no interesse próprio, mas no interesse de toda a raça humana. Todas as futuras gerações poderão um dia nos agradecer por nossa providência...

... Reconhecemos que seria uma tragédia, até mesmo um crime, destruir um artefato artificial tão maravilhoso como Rama. Se houver um modo de evitar isso, *sem risco para a humanidade*, estamos prontos a ouvir as sugestões. Ainda não encontramos nenhum, e o tempo está se esgotando...

... Nos próximos dias, antes que Rama alcance o periélio, teremos que tomar uma decisão. É claro que avisaremos a *Endeavour* com toda a antecedência, mas recomendamos que o comandante Norton esteja sempre pronto para partir no prazo de uma hora. É concebível que Rama venha a sofrer novas transformações drásticas a qualquer momento...

... Isso é tudo, sr. presidente, caros colegas. Obrigado pela atenção. Conto com sua colaboração.

39

Decisão de Comando

– Bem, Rod, como os mercurianos se encaixam na sua teologia?

– Se encaixam bem até demais, comandante – respondeu Rodrigo, com um sorriso sem graça. – É o antigo conflito entre as forças do bem e do mal. E há momentos em que os homens têm que tomar partido nesse conflito.

Já sabia que seria algo assim, Norton disse a si mesmo. A situação deve ter sido um choque para Boris, mas ele não teria se resignado a uma aquiescência passiva. Os cosmo-cristeiros eram uma gente muito dinâmica e competente. De fato, em certos aspectos se pareciam notavelmente com os mercurianos.

– Imagino que tenha um plano, Rod.

– Sim, comandante. E é bem simples. Só temos que desativar a bomba.

– Ah! E como sugere que se faça isso?

– Com um pequeno alicate.

Se fosse qualquer outra pessoa, Norton teria presumido que estivesse brincando. Mas não Boris Rodrigo.

– Espere aí! O lugar está cheio de câmeras. Acha mesmo que os mercurianos vão ficar lá sentados, só observando você?

– Claro, é a única coisa que poderão fazer. Quando o sinal chegar até eles, será tarde demais. Posso facilmente terminar o serviço em dez minutos.

– Entendo. Com certeza, eles ficarão *furiosos*. Mas, e se a bomba estiver armada para detonar em caso de interferência?

– Isso parece muito improvável; qual seria o objetivo? Essa bomba foi construída para uma missão específica em espaço profundo e deve estar equipada com todo tipo de dispositivos de segurança para *evitar* uma detonação, salvo em caso de uma ordem direta. Mas esse é um risco que estou preparado para correr... E pode ser feito sem colocar a nave em perigo. Já planejei tudo.

– Quanto a isso, não tenho a menor dúvida – disse Norton. A ideia era fascinante, quase sedutora em seu apelo; gostou especialmente da ideia dos mercurianos frustrados e daria tudo para ver a reação deles quando percebessem – tarde demais – o que estava acontecendo com seu brinquedo mortífero.

Mas havia outras complicações, e elas pareciam multiplicar-se à medida que Norton avaliava o problema. Estava diante da decisão mais difícil e crucial de toda a sua carreira.

E essa, aliás, era uma ridícula meia verdade. Estava diante da decisão mais difícil que *qualquer* comandante já precisou tomar; o futuro de toda a humanidade poderia estar dependendo dela. Pois suponhamos que os mercurianos tivessem razão...

Depois que Rodrigo saiu, Norton ligou o NÃO PERTURBE; não se lembrava da última vez que tinha usado o aviso e ficou um pouco surpreso ao ver que ainda funcionava. Agora, no coração da sua apinhada e movimentada nave, ele estava completamente sozinho – exceto pelo retrato do capitão James Cook, que o contemplava lá de longe, dos corredores do tempo.

Era impossível consultar a Terra; ele já fora alertado que qualquer mensagem poderia ser interceptada – talvez por dispositivos de transmissão na própria bomba. Isso deixava toda a responsabilidade em suas mãos.

Certa vez ouvira uma história em algum lugar sobre um presidente dos Estados Unidos – era Roosevelt ou Perez? – que tinha uma placa sobre a mesa com os dizeres: "O jogo de empurra sempre termina aqui". Norton não conhecia muito bem a expressão, mas sabia quando um problema era empurrado para a sua mesa.

Poderia não fazer nada, à espera do aviso dos mercurianos para sair. Que impressão isso causaria nos registros históricos do futuro? Norton não se preocupava muito com fama ou infâmia póstuma, mas não gostaria de ser lembrado para sempre como o cúmplice de um crime cósmico que ele poderia ter evitado.

E o plano era perfeito. Como já esperava, Rodrigo planejara cada detalhe, previra cada possibilidade, até a de que a bomba poderia ser detonada caso fosse adulterada. Se isso ocorresse, a *Endeavour* ainda poderia ser salva, usando Rama como escudo. Quanto ao próprio tenente Rodrigo, ele parecia encarar com completa serenidade a possibilidade de uma apoteose instantânea.

No entanto, mesmo que a bomba fosse desarmada com sucesso, isso estaria longe de ser o fim da questão. Os mercurianos poderiam fazer nova tentativa – a não ser que se descobrisse um meio de detê-los. Mas pelo menos ganhariam algumas semanas; Rama já estaria muito além do periélio antes que outro míssil pudesse alcançá-lo. Até lá, esperava-se que os piores temores dos alarmistas já tivessem sido refutados. Ou o contrário...

Agir ou não agir, eis a questão. Nunca antes Norton sentira tanta afinidade com o príncipe da Dinamarca. O que quer que fizesse, as possibilidades do bem e do mal pareciam em perfeito equilíbrio. Estava diante da mais moralmente difícil das decisões. Se sua escolha estivesse errada, logo saberia. Mas se estivesse certa... talvez nunca fosse capaz de prová-lo...

De nada adiantava recorrer a outros argumentos lógicos e a intermináveis mapeamentos de futuros alternativos. Por esse caminho, poderia andar em círculos para sempre. Chegara o momento de escutar suas vozes internas.

Fitou os olhos calmos e firmes que o contemplavam através dos séculos.

– Concordo com o senhor, capitão – Norton sussurrou. – A raça humana tem que viver com sua consciência. O que quer que os mercurianos aleguem, a sobrevivência não é tudo.

Apertou o botão que chamava a ponte de comando e disse, com a voz pausada:

– Tenente Rodrigo... Gostaria de falar com o senhor.

Então fechou os olhos, enganchou os polegares nos cintos de segurança de sua cadeira e preparou-se para desfrutar alguns momentos de total relaxamento.

40

Sabotador

A motoneta tinha sido despida de todos os equipamentos desnecessários e fora reduzida a uma simples armação aberta que sustentava os sistemas de propulsão, direção e suporte de vida. Até o assento do segundo piloto tinha sido removido, pois cada quilo extra de massa tinha de ser compensado em tempo de missão.

Este foi um dos motivos, mas não o mais importante, por que Rodrigo insistiu em ir sozinho. Era um trabalho tão simples que não havia necessidade de assessores, e a massa de um passageiro custaria vários minutos de tempo de voo. Agora, a motoneta despida poderia acelerar para mais de um terço da gravidade; faria a viagem entre a *Endeavour* e a bomba em quatro minutos. Assim, sobrariam quatro minutos. Isso bastaria.

Rodrigo olhou para trás apenas uma vez, depois de deixar a nave; viu que, conforme planejado, ela havia se levantado do eixo central e delicadamente atravessava o disco rotativo da Face Norte. Quando ele alcançasse a bomba, estaria separado da nave por toda a espessura de Rama.

Sobrevoou tranquilamente a planície polar. Não havia pressa, pois as câmeras da bomba ainda não podiam vê-lo e, portanto, era possível economizar combustível. Então flutuou até contornar a borda curva do mundo – e lá estava o míssil, cintilando à luz de um Sol ainda mais ardente do que o que brilhava em seu planeta natal.

Rodrigo já programara as instruções de direção. Deu início à sequência; a motoneta rodou sobre os giroscópios e atingiu propulsão total em questão de segundos. A princípio, a sensação de peso pareceu esmagadora, mas Rodrigo logo se ajustou a ela. Afinal, já tinha suportado, confortavelmente, o dobro dentro de Rama – e tinha nascido sob o triplo na Terra.

A imensa parede curva do cilindro de cinquenta quilômetros movia-se lentamente abaixo dele, à medida que a motoneta rumava diretamente para a bomba. Contudo, era impossível avaliar o tamanho de Rama, pois ele era completamente liso e uniforme – tão uniforme, na verdade, que era difícil perceber que estava girando.

Cem segundos de missão haviam se passado; ele se aproximava do ponto mediano. A bomba ainda estava longe demais para revelar quaisquer detalhes, mas brilhava com muito mais intensidade contra o breu do céu. Era estranho não ver nenhuma estrela – nem mesmo a brilhante Terra ou o ofuscante Vênus; os filtros escuros que protegiam seus olhos contra a claridade mortífera tornavam essa visão impossível. Rodrigo desconfiava estar batendo um recorde; provavelmente nenhum outro homem havia realizado uma missão extraveicular tão perto do Sol. Por sorte, o nível de atividade solar estava baixo.

Aos dois minutos e dez segundos, a luz de manobra começou a piscar, a propulsão caiu a zero e a motoneta girou 180 graus. A propulsão voltou com toda força um instante depois, mas agora ele estava desacelerando à mesma louca proporção de três metros por segundo ao quadrado – bem melhor do que isso, na verdade, já que perdera quase metade de sua massa de combustível. A bomba estava a vinte e cinco quilômetros de distância; ele chegaria lá em mais dois minutos. Atingira a velocidade máxima de 1.500 km/h – que, para uma motoneta espacial, era uma completa insanidade e, provavelmente, mais um recorde. Mas aquela não era uma AEV de rotina, e ele sabia exatamente o que estava fazendo.

A bomba crescia; e agora ele via a antena principal, firmemente apontada para a estrela invisível de Mercúrio. Ao longo daquele feixe, a imagem da motoneta que se aproximava estava viajando na velocidade da luz pelos últimos três minutos. Ainda faltavam dois minutos para a imagem chegar até Mercúrio.

O que os mercurianos fariam quando o vissem? Haveria consternação, é claro; perceberiam imediatamente que Rodrigo tinha entrado em contato com a bomba vários minutos antes de eles sequer saberem que ele estava a caminho. Provavelmente o observador de plantão chamaria uma autoridade superior – o que tomaria mais tempo. Mas mesmo na pior das hipóteses – mesmo que o oficial de serviço tivesse autoridade para detonar a bomba e apertasse o botão imediatamente –, levaria mais cinco minutos para o sinal chegar.

Embora Rodrigo não estivesse apostando nisso – cosmo-cristeiros jamais apostavam –, ele tinha certeza absoluta de que não haveria tal reação imediata. Os mercurianos hesitariam em destruir um veículo de reconhecimento da *Endeavour*, mesmo que desconfiassem de suas motivações. Certamente tentariam primeiro alguma forma de comunicação – e isso significava mais demora.

E havia uma razão ainda melhor: eles não iriam desperdiçar uma bomba de um gigaton numa simples motoneta. Pois seria, sim, um desperdício detoná-la a vinte quilômetros do alvo. Teriam de movê-la primeiro. Ah, tinha tempo de sobra... mas, ainda assim, suporia a pior hipótese de todas.

Agiria como se o impulso detonador fosse chegar no menor tempo possível: apenas cinco minutos.

Enquanto a motoneta percorria as últimas centenas de metros, Rodrigo rapidamente comparava os detalhes que agora via com aqueles que estudara nas fotografias tiradas a longa distância. O que tinha sido apenas uma coleção de imagens converteu-se em metal sólido e plástico liso – não mais abstratos, mas uma realidade mortífera.

A bomba era um cilindro com cerca de dez metros de comprimento e três de diâmetro – por uma estranha coincidência, quase as mesmas proporções do próprio Rama. Estava ligada à estrutura do veículo portador por uma malha metálica. Por alguma razão, provavelmente relacionada à localização do centro da massa, a bomba era sustentada *em ângulos retos* com o eixo do portador, dando assim a impressão apropriadamente sinistra da cabeça de um martelo. Era de fato um martelo, poderoso o bastante para esmagar um mundo.

De cada extremidade da bomba, um feixe de fios trançados percorria o flanco cilíndrico e sumia através da malha para o interior do veículo. Toda a comunicação e o controle estavam ali; não havia antena de nenhum tipo na bomba em si. Rodrigo tinha apenas de cortar aqueles dois conjuntos de fios e nada restaria senão metal inerte e inofensivo.

Embora fosse exatamente o que esperava, ainda parecia fácil demais. Olhou de relance o seu relógio; faltavam trinta segundos para os mercurianos tomarem conhecimento de sua existência, mesmo que estivessem observando desde o instante que contornara a borda de Rama. Era absolutamente certo que tinha cinco minutos para trabalho ininterrupto – e noventa e nove por cento de probabilidade de um tempo muito mais longo.

Assim que a motoneta parou de flutuar e imobilizou-se por completo, Rodrigo engatou-a à armação do míssil, para que os dois formassem uma rígida estrutura. Isso levou apenas alguns segundos; ele já selecionara as ferramentas e num instante saiu do assento do piloto, apenas ligeiramente dificultado pela inflexibilidade de seu pesado traje espacial.

A primeira coisa que inspecionou foi uma pequena placa de metal, com a seguinte inscrição:

DEPARTAMENTO DE ENGENHARIA ELÉTRICA

Seção D,

47, Sunset Boulevard,

Vulcanópolis, 17464

Para mais informações, contatar o sr. Henry K. Jones

Rodrigo desconfiou que, em poucos minutos, o sr. Jones estaria bem ocupado.

O pesado alicate cortou facilmente os fios. Enquanto os primeiros filamentos se rompiam, Rodrigo mal pensou nos fogos infernais contidos a poucos centímetros dele; se suas ações os ativassem, ele nunca saberia.

Olhou seu relógio mais uma vez; levara menos de um minuto, o que significava que estava dentro do horário programado. Agora, os fios secundários – e então ele poderia voltar para casa, bem à vista dos furiosos e frustrados mercurianos.

Estava prestes a cortar o segundo feixe de fios quando sentiu uma leve vibração no metal em que estava tocando. Assustado, virou-se e olhou o corpo do míssil.

O característico brilho azul-violeta de um propulsor de plasma em ação pairava sobre um dos jatos de controle de atitude. A bomba preparava-se para se mover.

A mensagem de Mercúrio era breve, e devastadora. Chegou dois minutos após Rodrigo desaparecer atrás da borda de Rama.

COMANDANTE ENDEAVOUR, DO CONTROLE ESPACIAL DE MERCÚRIO, INFERNO OESTE. O SENHOR TEM UMA HORA A PARTIR DO RECEBIMENTO DESTA MENSAGEM PARA DEIXAR AS IMEDIAÇÕES DE RAMA. SUGERIMOS QUE SE RETIRE EM ACELERAÇÃO MÁXIMA AO LONGO DO EIXO ROTATIVO. FAVOR ACUSAR RECEBIMENTO. FIM DA MENSAGEM.

Norton leu a mensagem com absoluta incredulidade, depois com raiva. Teve um impulso infantil de responder pelo rádio que toda a tripulação estava dentro de Rama, e levaria horas para retirar todo mundo. Mas isso não levaria a nada – exceto, talvez, a testar a força de vontade e a audácia dos mercurianos.

E por que, vários dias antes do periélio, eles tinham decidido agir? Imaginou que a pressão crescente da opinião pública estava se tornando forte demais, e eles decidiram apresentar à raça humana um fato consumado. Parecia uma explicação improvável; tal sensibilidade não era característica dos mercurianos.

Não havia como chamar Rodrigo de volta, pois a motoneta se encontrava agora atrás da parede de Rama, e a comunicação por rádio estaria bloqueada até retornarem à linha de visão. E isso só ocorreria depois que a missão fosse cumprida – ou fracassasse.

Teria de esperar até lá; ainda havia tempo de sobra – cinquenta minutos inteiros. Enquanto isso, já decidira qual seria a melhor maneira de responder a Mercúrio.

Iria ignorar completamente a mensagem e aguardar o próximo passo dos mercurianos.

A primeira sensação de Rodrigo, quando a bomba começou a se mover, não foi de medo físico; era algo muito mais devastador. Ele acreditava que o universo funcionava de acordo com leis rígidas que nem o próprio Deus poderia desobedecer – muito menos os mercurianos. Nenhuma mensagem viajava mais rápido que a luz; ele estava cinco minutos à frente de qualquer coisa que Mercúrio pudesse fazer.

Poderia ser apenas uma coincidência – fantástica e mortal, porém nada mais que uma coincidência. Por acaso, um sinal de controle deve ter sido enviado à bomba mais ou menos no mesmo instante em que ele deixava a *Endeavour*; enquanto viajava cinquenta quilômetros, a mensagem percorrera oitenta milhões.

Ou talvez fosse apenas uma mudança automática de atitude, para neutralizar o superaquecimento em alguma parte do veículo. Havia pontos em que a temperatura superficial se aproximava de 1.500 graus, e Rodrigo tomara o cuidado de permanecer tanto quanto possível na sombra.

Um segundo propulsor começou a se ativar, controlando o giro provocado pelo primeiro. Não, não era apenas um ajuste térmico. A bomba estava se reorientando e apontando para Rama...

Era inútil perguntar-se *por que* aquilo estava acontecendo naquele exato momento. Havia uma coisa a seu favor: o míssil era um dispositivo de aceleração lenta. Um décimo de gravidade era o máximo que poderia alcançar. Havia tempo.

Verificou os ganchos que prendiam a motoneta à armação da bomba e tornou a verificar o cabo de segurança em seu traje espacial. Uma cólera fria crescia em sua mente, contribuindo para sua determinação. Essa manobra significaria que os mercurianos explodiriam a bomba sem aviso, sem dar à *Endeavour* uma chance de escapar? Isso parecia incrível – um ato não só de brutalidade, mas de loucura, calculado para voltar todo o restante do Sistema Solar contra eles. E o que os teria feito ignorar a promessa solene de seu próprio embaixador?

Qualquer que fosse o plano, os mercurianos não iriam sair impunes.

A segunda mensagem de Mercúrio era idêntica à primeira e chegou dez minutos depois. Portanto, tinham estendido o prazo – Norton ainda tinha uma hora. E, obviamente, aguardaram o tempo necessário para uma resposta da *Endeavour* alcançá-los, antes de contatá-lo novamente.

Agora, havia outro fator: a essa altura, já deviam ter visto Rodrigo e tido vários minutos para agir. Suas instruções já poderiam estar a caminho. Poderiam chegar a qualquer instante.

Deveria estar se preparando para partir. A qualquer momento, a enorme massa de Rama, que preenchia o céu, poderia se tornar incandescente ao longo das bordas e arder com um esplendor que excederia o brilho do Sol.

Quando veio o impulso mais forte, Rodrigo estava firmemente ancorado. Apenas vinte segundos depois, desligou outra vez. Fez um rápido cálculo mental; o delta-v não poderia ter sido superior a uns 15 km/h. A bomba levaria mais de uma hora para atingir Rama; talvez estivesse se aproximando apenas para obter uma reação mais rápida. Neste caso, era uma sábia precaução; mas os mercurianos a tinham tomado tarde demais.

Rodrigo olhou seu relógio, se bem que agora quase sabia a hora sem ter de verificar. Em Mercúrio, nesse momento, eles o estariam vendo dirigir-se resolutamente para a bomba, a menos de dois quilômetros dela. Não teriam dúvidas quanto às suas intenções e estariam se perguntando se ele já as executara.

O segundo feixe de fios foi cortado com a mesma facilidade do primeiro; como todo bom trabalhador, Rodrigo escolhera bem suas ferramentas. A bomba estava desarmada; ou, para ser mais exato, não poderia mais ser detonada por comando remoto.

No entanto, havia outra possibilidade, e ele não poderia se permitir ignorá-la. Não havia detonadores externos, mas poderia haver internos, armados para serem acionados por choque de impacto. Os mercurianos ainda controlavam os movimentos do veículo e poderiam arremessá-lo contra Rama quando desejassem. O trabalho de Rodrigo ainda não terminara.

Dentro de cinco minutos, naquela sala de controle em algum lugar de Mercúrio, eles o veriam engatinhando sobre o exterior do míssil, carregando o modesto alicate que tinha neutralizado a mais poderosa arma já construída pelo homem. Quase teve vontade de acenar para a câmera, mas concluiu que o gesto pareceria indigno; afinal, ele estava fazendo História, e milhões de pessoas assistiriam à cena por muitos e muitos anos. A menos, é claro, que os mercurianos destruíssem a gravação num acesso de raiva; e ele não os culparia por isso.

Alcançou o suporte da antena de longo alcance e flutuou, escalando com as mãos, até o grande disco. O fiel alicate inutilizou sem esforço o sistema de alimentação multiplex, mastigando tanto os fios quanto os guias de raios laser. Quando fez o último corte, a antena começou a girar lentamente; o movimento inesperado o pegou de surpresa, mas logo percebeu que tinha destruído a trava automática em Mercúrio. Em apenas cinco minutos, os mercurianos perderiam todo o contato com seu servo, que agora não só estava impotente, mas cego e surdo.

Rodrigo voltou devagar à motoneta, soltou-a e girou-a até o para-choque dianteiro pressionar o míssil, o mais próximo possível de seu centro de massa. Acionou o impulso em força total, mantendo-o assim por vinte segundos.

A motoneta, que empurrava um corpo muitas vezes maior que sua própria massa, respondeu com muita morosidade. Quando Rodrigo retornou a impulso zero, fez uma cuidadosa leitura do novo vetor de velocidade da bomba.

O míssil erraria o alvo por ampla margem, passando longe de Rama – e poderia ser localizado com precisão a qualquer momento no futuro. Afinal, era um equipamento muito valioso.

O tenente Rodrigo era de uma honestidade quase patológica. Não gostaria que os mercurianos o acusassem de ter extraviado um bem de sua propriedade.

41

Herói

Querida, começou Norton, *esse absurdo nos custou mais de um dia, mas pelo menos me deu a chance de falar com você.*

Continuo na nave, que está retornando ao seu posto no eixo polar. Recolhemos Rod uma hora atrás, com ar de quem sai do serviço após um turno tranquilo. Suponho que nenhum de nós jamais poderá visitar Mercúrio outra vez, e me pergunto se seremos tratados como heróis ou vilões quando retornarmos à Terra. Mas minha consciência está tranquila; tenho certeza de que fizemos a coisa certa. Será que algum dia os ramanos irão nos agradecer?

Só podemos ficar aqui mais dois dias; ao contrário de Rama, não temos um revestimento de um quilômetro de espessura para nos proteger do Sol. O casco já está começando a desenvolver perigosos pontos quentes e tivemos de efetuar algumas blindagens localizadas. Desculpe, não queria aborrecê-la com meus problemas...

Assim, temos tempo para apenas mais uma viagem ao interior de Rama, e pretendo aproveitá-la ao máximo. Mas não se preocupe... Não vou correr nenhum risco.

Parou a gravação. A última frase era, para dizer o mínimo, uma distorção da verdade. Havia perigo e incerteza em cada momento dentro de Rama; ninguém jamais poderia sentir-se realmente à vontade lá, na presença de forças além da compreensão. E, nessa incursão final, agora que ele sabia que jamais retornariam e que nenhuma operação futura seria prejudicada, pretendia insistir um pouco mais na sorte.

Então, em quarenta e oito horas teremos completado a missão. O que vai acontecer depois ainda é incerto; como sabe, usamos praticamente todo o combustível para entrar nesta órbita. Ainda estou esperando informações sobre se uma nave-tanque irá nos encontrar a tempo de voltarmos à Terra, ou se teremos que fazer uma parada em Marte. De todo modo, devo estar em casa no Natal. Diga ao Junior que sinto muito, mas não posso levar um filhote de biômato; tal animal não existe...

Estamos todos bem, mas muito cansados. Mereço uma longa licença depois de tudo isso, e vamos compensar o tempo perdido. O que quer que se diga sobre mim, você pode se gabar que se casou com um herói. Quantas esposas têm um marido que salvou um mundo?

Como sempre, ele ouviu a fita com cuidado antes de duplicá-la, para ter certeza de que se aplicava a ambas as famílias. Era estranho não saber qual das duas ele veria primeiro; geralmente, sua agenda era determinada com pelo menos um ano de antecedência, pelos próprios movimentos inexoráveis dos planetas.

Mas isso era nos tempos antes de Rama; agora, as coisas jamais voltariam a ser as mesmas.

42

Templo de Vidro

– Se tentarmos – disse Karl Mercer –, o senhor acha que os biômatos vão nos deter?

– Pode ser. Essa é uma das coisas que quero descobrir. Por que está me olhando assim?

Mercer deu aquele seu sorriso irônico, lento e enigmático, sujeito a ser deflagrado a qualquer momento por uma piada particular, que ele podia ou não compartilhar com seus colegas de bordo.

– Eu estava imaginando, capitão, se o senhor pensa que é dono de Rama. Até agora, o senhor tinha vetado qualquer tentativa de se penetrar à força nos edifícios. Por que mudou de ideia? Influência dos mercurianos?

Norton riu, mas depois, de repente, se conteve. Era uma pergunta perspicaz, e ele não tinha certeza se as respostas óbvias eram as corretas.

– Talvez eu tenha tido excesso de cautela... Tentei evitar problemas. Mas esta é a nossa última chance; se formos obrigados a nos retirar, a perda não será grande.

– Desde que nos retiremos em ordem.

– Claro. Mas os biômatos nunca demonstraram hostilidade; e, com exceção das aranhas, acredito que nenhum deles seja capaz de nos alcançar... se realmente tivermos que fugir.

– *O senhor* pode fugir, capitão, mas eu pretendo sair daqui com dignidade. A propósito, acho que descobri por que os biômatos são tão educados conosco.

– É um pouco tarde para uma nova teoria.

– Em todo caso, aqui vai ela. Eles pensam que somos ramanos. Não sabem distinguir entre um e outro consumidor de oxigênio.

– Não acredito que sejam tão burros.

– Não é questão de burrice. Eles foram programados para suas tarefas particulares, e nós simplesmente não entramos em seu quadro de referências.

– Talvez você tenha razão. E talvez possamos descobrir... assim que começarmos a trabalhar em Londres.

Joe Calvert sempre gostara daqueles velhos filmes sobre assaltos a banco, mas nunca imaginou que se envolveria num deles. No entanto, era isso que, no fundo, estava fazendo agora.

As ruas desertas de "Londres" pareciam ameaçadoras, embora soubesse que era apenas a sua consciência culpada. Não acreditava *realmente* que as estruturas hermeticamente vedadas e sem janelas estivessem repletas de habitantes à espreita, esperando para emergir em hordas furiosas assim que os invasores pusessem as mãos em sua propriedade. Na verdade, tinha certeza absoluta de que todo esse complexo – como todas as outras cidades – era meramente algum tipo de área de depósitos.

No entanto, um segundo temor, também baseado em inúmeros dramas antigos sobre crimes, tinha mais fundamento. Talvez não houvesse o ressoar de campainhas e sirenes estridentes, mas era razoável supor que Rama tivesse algum sistema de alarme. Senão, como os biômatos saberiam quando e onde seus serviços eram necessários?

– Os que estão sem óculos protetores, virem de costas – ordenou o sargento Myron. Sentiu-se um cheiro de óxidos nítricos quando o próprio ar começou a queimar no feixe de raio laser, e ouviu-se um chiado uniforme, à medida que a faca de fogo abria caminho para os segredos escondidos desde o nascimento do homem.

Nenhuma matéria podia resistir àquela concentração de energia, e o corte prosseguia num ritmo tranquilo de vários metros por minuto. Num tempo notavelmente curto, tinha sido recortada uma seção grande o suficiente para a passagem de um homem.

Como a parte seccionada não mostrava sinais de movimento, Myron bateu nela de leve – depois mais forte – e então deu um pontapé com toda a força. A placa caiu para dentro com um estampido oco e reverberante.

Mais uma vez, como acontecera durante a primeira entrada em Rama, Norton lembrou-se do arqueólogo que tinha aberto a velha tumba egípcia. Não esperava ver o brilho do ouro; na verdade, não tinha absolutamente nenhuma ideia preconcebida quando se enfiou pela abertura, segurando sua lanterna.

Um templo grego feito de vidro – esta foi sua primeira impressão. O edifício estava cheio de fileiras e fileiras de colunas verticais cristalinas, com cerca de um metro de largura, estendendo-se do chão até o teto. Eram centenas, distanciando-se na escuridão além do alcance da luz da lanterna.

Norton caminhou até a coluna mais próxima e direcionou o feixe de luz para seu interior. Como que refratada por uma lente cilíndrica, a luz abriu-se em leque do outro lado da coluna, focalizada e refocalizada na série de pilares além, ficando mais fraca a cada repetição. Norton sentiu-se em meio a uma complicada demonstração de ótica.

– Muito bonito – disse o prático Mercer –, mas o que significa? Para que serve uma floresta de pilares de vidro?

Norton bateu delicadamente na coluna. Soou sólida, embora mais metálica que cristalina. Ficou totalmente confuso, então seguiu um conselho útil que ouvira há muito tempo: "Quando em dúvida, não diga nada e siga em frente".

Quando alcançou a coluna seguinte, que parecia exatamente igual à primeira, ouviu uma exclamação de surpresa de Mercer.

– Eu podia jurar que esse pilar estava vazio! Agora há alguma coisa dentro dele.

Norton olhou rapidamente para trás.

– Onde? – perguntou. – Não estou vendo nada.

Seguiu a direção apontada pelo dedo de Mercer. Mas ele não apontava para nada; as colunas ainda estavam completamente transparentes.

– Não está vendo? – disse Mercer, incrédulo. – Dê a volta e venha olhar deste lado. Droga... Agora perdi!

– O que está acontecendo aqui? – indagou Calvert. Passaram-se vários minutos antes que ele obtivesse algo próximo de uma resposta.

As colunas não eram transparentes de todos os ângulos ou sob qualquer iluminação. Ao contorná-las, subitamente se avistavam objetos, aparentemente incrustados em suas profundezas – como moscas em âmbar –, que logo tornavam a desaparecer. Eram dúzias, todos diferentes. Pareciam absolutamente reais e sólidos, mas muitos davam a impressão de ocupar exatamente o mesmo espaço.

– Hologramas – disse Calvert. – Exatamente como um museu na Terra.

Essa era a explicação óbvia e, portanto, Norton a encarava com desconfiança. Suas dúvidas aumentavam à medida que examinava as outras colunas e fazia aparecer as imagens guardadas em seus interiores.

Ferramentas manuais (para mãos enormes e peculiares), recipientes, pequenas máquinas com teclados que pareciam ter sido feitas para mais de cinco dedos, instrumentos científicos, utensílios domésticos surpreendentemente convencionais, inclusive facas e pratos que, fora o tamanho, não atrairiam a atenção em nenhuma mesa terrestre... estavam todos ali, com centenas de objetos menos identificáveis, muitas vezes misturados no mesmo pilar. Um museu, seguramente, teria um arranjo mais lógico, alguma separação por itens relacionados. Aquilo parecia uma coleção aleatória de objetos.

Já tinham fotografado as imagens fugidias dentro de vários pilares cristalinos quando a própria variedade dos itens forneceu uma pista a Norton. Talvez aquilo não fosse uma coleção, mas um *catálogo*, organizado de acordo com algum sistema arbitrário, mas perfeitamente lógico. Pensou nas estranhas justaposições existentes em qualquer dicionário ou lista em ordem alfabética e experimentou a ideia com seus companheiros.

– Entendo o que quer dizer – falou Mercer. – Os ramanos ficariam igualmente surpresos se nos vissem colocar... hã... câmeras junto com canecas.

– Ou botas ao lado de botões – acrescentou Calvert, após vários segundos de reflexão. Esse jogo poderia durar horas, concluiu, com graus de disparate cada vez maiores.

– A ideia é essa – respondeu Norton. – Isso pode ser o índice de um catálogo com imagens em 3-D... modelos... diagramas sólidos, se preferirem chamá-los assim.

– Com que propósito?

– Bem, você conhece a teoria sobre os biômatos... a ideia de que não existem até que se precise deles, e então eles são criados... sintetizados... a partir de padrões armazenados em algum lugar?

– Entendo – disse Mercer, lento e pensativo. – Então, quando um ramano precisa de uma coisa, ele digita o código numérico correto e uma cópia é fabricada a partir do modelo que está aqui.

– Algo assim. Mas, por favor, não me peça detalhes práticos.

Os pilares em meio aos quais andavam aumentaram regularmente de tamanho e agora tinham mais de dois metros de diâmetro. As imagens também estavam maiores, na mesma proporção; era evidente que, sem dúvida por ótimos motivos, os ramanos utilizavam a escala de um por um. Neste caso, Norton imaginou como guardariam os modelos de coisas *realmente* grandes.

A fim de acelerar os registros, os quatro exploradores agora estavam espalhados pelas colunas cristalinas e tiravam fotografias tão rápido quanto a focalização das fugazes imagens lhes permitia. Era uma sorte incrível, disse Norton a si mesmo, embora sentisse que a merecera; não poderiam ter feito escolha melhor do que aquele Catálogo Ilustrado de Artefatos Ramanos. No entanto, sob outro ponto de vista, não poderia ser mais frustrante. Na verdade, não havia nada *ali*, exceto padrões impalpáveis de claros e escuros; aqueles objetos aparentemente sólidos não existiam de fato.

Mesmo sabendo disso, mais de uma vez Norton sentiu uma tentação quase irresistível de abrir um daqueles pilares com o laser, para poder levar à Terra algo material. Era o mesmo impulso, disse a si mesmo ironicamente, que induziria um macaco a agarrar o reflexo de uma banana no espelho.

Estava fotografando o que parecia ser um tipo de dispositivo ótico, quando o grito de Calvert o fez correr em meio aos pilares.

– Capitão... Karl... Will... vejam *isto*!

Joe era dado a entusiasmos repentinos, mas o que encontrara era suficiente para justificar qualquer alvoroço.

Dentro de uma das colunas de dois metros de largura, havia uma elaborada armadura, ou uniforme, obviamente feita para uma criatura que ficava verticalmente em pé, muito mais alta que um homem. Uma faixa metálica central, muito estreita, parecia circundar a cintura, tórax ou alguma divisão desconhecida da zoologia terrestre. Dela erguiam-se três colunas esguias, afilando-se para fora e terminando num perfeito cinturão circular, com um impressionante metro de diâmetro. Argolas dispostas ao longo do cinturão, igualmente espaçadas, só podiam servir para contornar membros superiores, ou braços. *Três* braços...

Havia inúmeras cartucheiras, fivelas e bandoleiras de onde saíam ferramentas (ou armas?), canos e fios elétricos, e até mesmo caixinhas pretas que pareceriam perfeitamente em casa num laboratório eletrônico na Terra. O arranjo todo era quase tão complexo quanto um traje espacial, embora obviamente só fornecesse cobertura parcial para a criatura que o usasse.

E essa criatura era um ramano?, perguntou-se Norton. Provavelmente, nunca saberemos; mas deve ter sido inteligente – nenhum simples animal saberia lidar com todo aquele sofisticado equipamento.

– Cerca de dois metros e meio de altura – disse Mercer, pensativo –, sem contar a cabeça... sabe-se lá como era.

– Com três braços... e, presumivelmente, três pernas. O mesmo projeto das aranhas, mas numa escala muito maior. Acha que é coincidência?

– Provavelmente não. Desenhamos robôs à nossa própria imagem; podemos esperar que os ramanos façam o mesmo.

Joe Calvert, excepcionalmente calado, contemplava aquela exposição com uma espécie de assombro.

– Vocês acham que eles sabem que estamos aqui? – falou, quase sussurrando.

– Duvido – disse Mercer. – Nem sequer alcançamos o limiar da consciência deles... Embora os mercurianos tenham feito uma bela tentativa.

Continuavam parados ali, incapazes de se afastar, quando Pieter chamou do Eixo Central, com a voz cheia de urgência e preocupação.

– Capitão! É melhor vocês saírem.

– O que foi? Biômatos vindo para cá?

– Não... algo muito mais sério. *As luzes estão se apagando.*

43

Retirada

Quando saiu apressadamente pelo buraco que tinham aberto com o laser, pareceu a Norton que os seis sóis de Rama brilhavam tanto quanto antes. Certamente, pensou, Pieter deve ter cometido um erro... e isso não é, absolutamente, de seu feitio...

Mas Pieter tinha previsto essa reação.

– Aconteceu tão devagar – explicou, se desculpando –, que levei um bom tempo para perceber a diferença. Mas não há dúvida: medi com o fotômetro. O nível da luz caiu quarenta por cento.

Agora, à medida que os olhos se readaptavam após a penumbra do templo de vidro, Norton pôde acreditar nele. O longo dia de Rama estava chegando ao fim.

Ainda fazia calor como sempre, no entanto Norton sentiu um arrepio. Já tivera a mesma sensação antes, durante um lindo dia de verão na Terra. A luz enfraquecera inexplicavelmente, como se uma escuridão caísse do ar, ou o Sol tivesse perdido a força – embora não houvesse sequer uma nuvem no céu. Então se lembrou: um eclipse parcial estava ocorrendo.

– É isso aí – ele disse, com ar sombrio. – Vamos para casa. Abandonem todo o equipamento... Não vamos precisar mais dele.

Agora, esperava ele, um detalhe do planejamento estava prestes a provar o seu valor. Havia escolhido Londres para essa incursão porque nenhuma outra cidade era tão próxima a uma escadaria; o pé de Beta estava a apenas quatro quilômetros de distância.

Partiram trotando a passos largos, o modo mais confortável de marchar em meia gravidade. Norton imprimiu um ritmo que, segundo sua estimativa, os levaria até a borda da planície sem provocar exaustão, e no mínimo de tempo. Tinha plena consciência dos oito quilômetros que ainda teriam de escalar quando chegassem a Beta, mas iria se sentir muito mais seguro quando iniciassem a subida.

O primeiro tremor ocorreu quando estavam quase alcançando a escadaria. Foi muito leve e, instintivamente, Norton virou-se para o sul, esperando ver mais uma exibição pirotécnica em torno dos Chifres. Mas Rama parecia nunca se repetir de modo exato; se havia qualquer descarga elétrica acima daquelas montanhas pontiagudas, eram fracas demais para serem vistas.

– Ponte – ele chamou –, perceberam isso?

– Sim, capitão. Um impacto muito pequeno. Pode ser mais uma mudança de atitude. Estamos observando o nível do giroscópio... nada ainda. Espere um pouco! Leitura positiva! Quase não se detecta... menos de um microrrad por segundo, mas se mantendo.

Então, Rama estava começando a virar, embora com uma lentidão quase imperceptível. Aqueles impactos anteriores devem ter sido alarme falso... mas este, com certeza, era para valer.

– Nível aumentando... cinco microrrads. Alô, sentiram *esse* impacto agora?

– Sentimos, sim. Acionem todos os sistemas da nave. Talvez tenhamos que partir às pressas.

– O senhor já esperava uma mudança de órbita? Ainda estamos longe do periélio.

– Acho que Rama não segue nossos manuais. Estamos quase em Beta. Descansaremos lá por cinco minutos.

Um descanso de cinco minutos era totalmente inadequado, mas parecia uma eternidade. Pois agora não havia dúvida: a luz estava se apagando, e se apagando depressa.

Embora todos estivessem equipados com lanternas, a ideia da escuridão ali se tornara intolerável; tinham se acostumado tanto, psicologicamente, ao dia interminável, que era difícil lembrar as condições sob as quais exploraram aquele mundo pela primeira vez. Sentiam uma necessidade urgente de fugir – de sair para a luz do Sol, a um quilômetro de distância, no outro lado daquelas espessas paredes cilíndricas.

– Controle Central! – chamou Norton. – O holofote está funcionando? Podemos precisar dele a qualquer momento.

– Sim, capitão. Aí está ele.

Um clarão tranquilizador começou a brilhar oito quilômetros acima de suas cabeças. Mesmo contra o agora agonizante dia de Rama, o facho de luz pareceu surpreendentemente fraco; mas ele lhes servira antes, e os guiaria mais uma vez, se fosse necessário.

Norton estava soturnamente ciente de que aquela seria a escalada mais longa e torturante que já tinham feito. O que quer que acontecesse, seria impossível se apressarem; se exagerassem no esforço, simplesmente desabariam, extenuados, em algum ponto daquela rampa vertiginosa, e teriam de esperar até que seus músculos doloridos lhes permitissem continuar. Àquela altura, deviam ser uma das tripulações mais em forma que já realizaram uma missão espacial; mas havia limites para o que o corpo humano era capaz de fazer.

Após uma hora de subida lenta e constante, chegaram à quarta seção da escadaria, a cerca de três quilômetros da planície. Dali em diante, seria bem mais fácil; a gravidade já se reduzira a um terço do valor da Terra. Embora tivesse havido alguns pequenos choques esporádicos, não ocorrera nenhum outro fenômeno incomum, e ainda havia luz de sobra. Começaram a ficar mais otimistas e até a pensar se não estariam partindo cedo demais. Entretanto, uma coisa era certa: não havia mais volta. Tinham caminhado pela última vez sobre a planície de Rama.

Foi durante o descanso de dez minutos na quarta plataforma que Joe Calvert subitamente exclamou:

– Que barulho é esse, capitão?

– Barulho?... Não estou ouvindo nada.

– Um apito agudo... baixando de frequência. Não é possível que o senhor não esteja ouvindo!

– Seu ouvido é mais jovem que o meu... ah, agora sim.

O apito parecia vir de todas as direções. Logo ficou alto, quase estridente, e caindo rapidamente de tom. De repente, parou.

Alguns segundos depois, recomeçou, repetindo a mesma sequência. Tinha o som lúgubre e insistente da sirene de um farol a enviar alertas através do nevoeiro na noite. Havia uma mensagem ali, e uma mensagem urgente. Não fora feita para ouvidos humanos, mas eles a compreenderam. E, como garantia dupla, a mensagem foi reforçada pelas próprias luzes.

Baixaram até quase se apagarem, e então começaram a piscar. Esferas brilhantes, como relâmpagos globulares, corriam pelos seis vales estreitos que antes iluminavam aquele mundo. Moviam-se de ambos os polos em direção ao Mar, num ritmo sincronizado e hipnótico, que só podia significar uma coisa: "Ao Mar!", gritavam as luzes, "Ao Mar!". E era difícil resistir ao chamado; não houve um só homem que não sentisse a impulso de voltar atrás e buscar o total esquecimento nas águas de Rama.

– Controle Central! – chamou Norton, com urgência. – Estão vendo o que está acontecendo?

A voz de Pieter respondeu; ele parecia assombrado, e bastante assustado.

– Sim, capitão. Estou olhando o continente sul. Ainda há alguns biômatos lá... inclusive alguns dos grandes. Guindastes, Escavadeiras... muitos Lixeiros. E estão todos correndo para o Mar numa velocidade que eu nunca tinha visto antes. Lá vai um Guindaste... acabou de pular! Igual ao Jimmy, só que caindo muito mais rápido...

se despedaçou quando bateu na água... e lá vêm os tubarões... abocanharam... Argh! Não é uma visão agradável...

– Agora estou olhando a planície. Há uma Escavadeira que parece quebrada... está girando sem parar. Dois caranguejos a estão mastigando, arrancando pedaços... Capitão, é melhor vocês voltarem imediatamente.

– Acredite – disse Norton, do fundo da alma –, estamos subindo o mais rápido possível.

Rama parecia um navio trancando as escotilhas, preparando-se para uma tormenta. Era a impressão avassaladora de Norton, embora não pudesse assentá-la numa base sólida. Já não se sentia completamente racional; duas compulsões se debatiam em sua mente: a necessidade de fugir e o desejo de obedecer àqueles relâmpagos, que ainda piscavam pelo céu, ordenando-o a unir-se aos biômatos em sua marcha para o mar.

Mais uma seção da escadaria... mais dez minutos de descanso, para deixar escoar de seus músculos os venenos da fadiga. Depois, continuar a escalada... ainda faltavam dois quilômetros, mas vamos tentar não pensar nisso...

A enlouquecedora sequência de apitos descendentes cessou abruptamente. No mesmo instante, as bolas de fogo que corriam pelas fendas dos Vales Retos pararam seu movimento estroboscópico em direção ao mar; os seis sóis lineares de Rama tornaram a ser faixas contínuas de luz.

Porém, estavam se apagando depressa, e às vezes bruxuleavam, como se tremendos impulsos de energia estivessem sendo drenados de suas fontes em declínio. De vez em quando, sentiam-se leves tremores sob os pés; a ponte informou que Rama ainda oscilava com uma lentidão imperceptível, como a agulha de uma bússola reagindo a um campo magnético. Talvez isso fosse tranquilizador; quando Rama parasse de mudar de posição é que Norton realmente começaria a se preocupar.

Todos os biômatos tinham desaparecido, segundo informou Pieter. Em todo o interior de Rama, o único movimento era o de seres humanos, escalando com dolorosa lentidão a superfície curva da cúpula norte.

Norton há muito superara a vertigem que sentira naquela primeira subida, mas agora um novo temor começava a insinuar-se em sua mente. Estavam muito vulneráveis ali, naquela interminável ascensão da planície até o Eixo. E se, quando completasse a mudança de atitude, Rama começasse a acelerar?

Presumivelmente, o impulso se daria ao longo do eixo. Se fosse na direção norte, não haveria problema; seriam empurrados com um pouco mais de força contra a rampa que agora subiam. Mas se fosse em direção ao sul, poderiam ser arremessados para o espaço, indo cair na planície quilômetros abaixo.

Tentou tranquilizar-se com a ideia de que qualquer aceleração seria muito fraca. Os cálculos do dr. Perera eram muito convincentes; não era possível Rama acelerar a mais de um cinquenta avos da gravidade, ou o Mar Cilíndrico subiria o penhasco sul e inundaria todo o continente. Mas o dr. Perera estava num confortável gabinete lá na Terra, e não com uma cúpula metálica de quilômetros de extensão aparentemente prestes a desabar sobre sua cabeça. E talvez Rama tenha sido projetada para inundações periódicas...

Não, a ideia era ridícula. Absurdo imaginar que todos aqueles trilhões de toneladas de repente começariam a se mover com aceleração suficiente para derrubá-lo. Apesar disso, durante todo o restante da subida, Norton não se afastou um só instante do corrimão.

Uma eternidade depois, a escadaria terminou; só faltavam algumas centenas de metros na escada vertical embutida. Não era mais necessário escalar esta seção, já que um homem no Eixo, puxando um cabo, podia facilmente içar uma pessoa, na gravidade que diminuía rapidamente. Mesmo no pé da escada, um homem pesava menos de cinco quilos; no topo, praticamente nada.

Assim, Norton relaxou no cinturão, segurando-se de vez em quando num degrau para neutralizar a tênue força Coriolis, que ainda tentava arrancá-lo da escada. Quase esqueceu as dores musculares, enquanto contemplava pela última vez a paisagem de Rama.

A claridade, agora, assemelhava-se a uma noite de Lua cheia na Terra; o cenário geral era perfeitamente nítido, mas ele já não conseguia distinguir os pequenos detalhes. O Polo Sul estava agora parcialmente coberto por uma névoa incandescente; somente o pico do Grande Chifre se projetava através dela – um pequeno ponto preto, visto exatamente de frente.

O continente além-mar cuidadosamente mapeado, mas ainda desconhecido, era a mesma colcha de retalhos de sempre. Estava reduzido demais e cheio de detalhes complexos para o exame visual, e Norton limitou-se a perscrutá-lo brevemente.

Percorreu os olhos pela faixa circular do Mar Cilíndrico e notou pela primeira vez um padrão regular de águas agitadas, como se as ondas estivessem quebrando em recifes dispostos em intervalos geometricamente precisos. A manobra de Rama estava produzindo algum efeito, mas muito leve. Tinha certeza de que a sargento Barnes teria alegremente navegado naquelas condições, se ele lhe pedisse para atravessar o Mar na perdida *Resolution*.

Nova York, Londres, Paris, Moscou, Roma... Disse adeus a todas as cidades do continente norte e esperou que os ramanos o perdoassem por quaisquer danos que tivesse causado. Talvez compreendessem que tudo fora feito no interesse da ciência.

Então, de repente, estava no Eixo, e mãos ávidas se estenderam para agarrá-lo e apressá-lo para as câmaras de pressurização. Suas pernas e seus braços extenuados tremiam de modo tão incontrolável que ele quase não podia se mover, e então deixou-se manusear como um inválido semiparalisado.

O céu de Rama contraiu-se acima dele, enquanto descia pela cratera central do Eixo. Quando a porta da câmara pressurizada interna fechou para sempre a vista, ele pensou: "Que estranho estar anoitecendo, agora que Rama chegou mais perto do Sol!".

44

Propulsão Espacial

Cem quilômetros davam uma margem de segurança suficiente, concluíra Norton. Rama era agora um enorme retângulo preto, exatamente de costado, eclipsando o Sol. O comandante usara essa oportunidade para colocar a *Endeavour* completamente à sombra, a fim de aliviar a sobrecarga nos sistemas de refrigeração da nave e realizar algumas operações de manutenção que estavam atrasadas. O cone protetor de escuridão de Rama poderia desaparecer a qualquer momento, e ele pretendia aproveitá-lo ao máximo.

Rama ainda virava; tinha inclinado quase 15 graus, e era impossível não acreditar na iminência de alguma importante mudança de órbita. Nos Planetas Unidos, a excitação atingira um nível de histeria, mas apenas um eco disso tudo chegava até a *Endeavour*. A tripulação estava exausta, física e emocionalmente; com exceção de um turno reduzido, todos dormiram por doze horas, após a decolagem da Base Polar Norte. Por ordens médicas, o próprio Norton utilizara eletrossedação; mesmo assim, sonhara que estava subindo uma escadaria infinita.

No segundo dia a bordo da nave, quase tudo tinha voltado ao normal; a exploração de Rama já parecia parte de uma outra vida. Norton começou a lidar com o trabalho de gabinete acumulado e a fazer planos para o futuro; mas recusava os pedidos de entrevistas que de algum modo tinham conseguido se insinuar nos circuitos de rádio da Observação Solar e até da SPACEGUARD. Nenhuma mensagem vinha de Mercúrio, e a Assembleia Geral dos PU tinha encerrado a sessão, embora estivesse pronta a se reunir novamente com uma hora de aviso prévio.

Norton estava tendo a primeira boa noite de sono, trinta horas após a partida de Rama, quando uma brusca sacudida o trouxe de volta à consciência. Praguejou, grogue, abriu os olhos injetados para Karl Mercer – e então, como todo bom comandante, despertou instantaneamente.

– Rama parou de virar?

– Sim. Está firme como uma rocha.

– Vamos para a ponte.

A nave inteira estava acordada; até os simps sabiam que havia alguma coisa acontecendo e emitiram barulhos ansiosos e estridentes; o sargento McAndrews teve de tranquilizá-los, fazendo rápidos sinais com a mão. No entanto, ao deslizar em sua cadeira e apertar os cintos de segurança em volta da cintura, Norton perguntou-se se aquele não seria mais um alarme falso.

Rama agora se reduzira a um cilindro atarracado, e a borda causticante do Sol espreitava-se por um dos cantos. Norton delicadamente conduziu a *Endeavour* de volta à sombra do eclipse artificial e viu o esplendor perolado da coroa reaparecer sobre o fundo das estrelas mais brilhantes. Uma enorme proeminência solar, de pelo menos meio milhão de quilômetros de altura, subira a tal ponto que seus ramos superiores pareciam uma árvore de fogo vermelho.

Agora temos de esperar, disse Norton a si mesmo. O importante é não se entediar, é estar pronto a reagir de imediato e manter todos os instrumentos alinhados e registrando, não importa o quanto demore...

Era estranho. O campo de estrelas se deslocava, quase como se ele tivesse acionado os propulsores de rolamento. Mas não tocara nos controles, e se tivesse havido qualquer movimento real, ele o teria sentido no mesmo instante.

– Capitão! – disse Calvert, com urgência, do posto de navegação –, estamos rodando... veja as estrelas! *Mas os instrumentos não indicam nada!*

– O giroscópio está funcionando?

– Perfeitamente normal... estou vendo as flutuações do indicador em cima do zero. Mas estamos rodando vários graus por segundo!

– Impossível!

– Claro que é... mas veja o senhor mesmo...

Quando tudo o mais falhava, só se podia confiar no olhômetro. Norton não duvidava que o campo de estrelas estivesse de fato girando lentamente – lá ia Sirius, atravessando no canto a bombordo. Ou o Universo, numa reversão à cosmologia pré-copernicana, tinha subitamente decidido orbitar a *Endeavour*, ou as estrelas estavam paradas e a nave girava.

A segunda explicação parecia muito mais provável, mas envolvia paradoxos aparentemente insolúveis. Se a nave estivesse realmente girando com essa velocidade, ele teria sentido literalmente na pele, como diz a expressão. E não era possível que todos os giroscópios tivessem falhado simultaneamente, de maneira independente.

Só restava uma resposta. Todos os átomos da *Endeavour* deviam estar presos por alguma força – e só um poderoso campo gravitacional poderia produzir esse efeito. Pelo menos, nenhum outro campo *conhecido*...

De repente, as estrelas sumiram. O disco flamejante do Sol emergira de trás do escudo de Rama, e seu brilho as expulsara do céu.

– Está conseguindo uma leitura do radar? Qual o Doppler?

Norton estava totalmente preparado para ouvir que isso também estava inoperante, mas se enganou.

Rama finalmente se moveu, acelerando à modesta velocidade de 0,015 gravidade. O dr. Perera, Norton pensou, ficaria satisfeito;

ele previra um máximo de 0,02. E a *Endeavour* foi de algum modo apanhada em seu rastro, como o fragmento de um naufrágio, rolando e rolando na superfície da água atrás de um navio que acelera...

Hora após hora, a aceleração se manteve constante; Rama se afastava da *Endeavour* a uma velocidade cada vez maior. À medida que a distância aumentava, o comportamento anômalo da nave cessava lentamente; as leis normais da inércia tornaram a operar. Tudo o que podiam fazer era conjecturar sobre as energias em cujo fluxo tinham sido apanhados por breves momentos, e Norton agradeceu por ter posicionado a *Endeavour* a uma distância segura antes de Rama acionar a sua propulsão.

Quanto à natureza dessa propulsão, uma coisa era certa, mesmo que todo o resto fosse um mistério: não houve nenhum jato de gás, nenhum feixe iônico ou de plasma empurrando Rama para a sua nova órbita. Ninguém expressou melhor a situação do que o sargento-professor Myron, quando disse, chocado e incrédulo: "Lá se vai a Terceira Lei de Newton".

Entretanto, foi na Terceira Lei de Newton que a *Endeavour* teve de confiar no dia seguinte, quando utilizou as últimas reservas de combustível para afastar a sua órbita do Sol. O desvio foi pequeno, mas aumentaria em dez milhões de quilômetros a distância do periélio. Era a diferença entre operar os sistemas de refrigeração da nave a noventa e cinco por cento de sua capacidade e morrer queimado.

Quando completaram a própria manobra, Rama estava a duzentos mil quilômetros de distância e difícil de ver, contra o brilho do Sol. Mas ainda obtinham medições precisas do radar sobre sua órbita; e quanto mais observavam, mais perplexos ficavam.

Conferiram os números diversas vezes, até não haver mais como escapar da inacreditável conclusão. Parecia que os temores dos mercurianos, o heroísmo de Rodrigo e a retórica da Assembleia Geral tinham sido completamente em vão.

Que ironia cósmica, disse Norton, enquanto olhava os números finais, se, após um milhão de anos de orientação segura, os computadores de Rama tivessem cometido um errinho qualquer – talvez trocando o sinal de uma equação de mais para menos.

Todos tinham certeza de que Rama perderia velocidade a fim de poder ser capturado pela gravidade do Sol e, assim, tornar-se um novo planeta do Sistema Solar. Pois ele fazia exatamente o oposto.

Estava ganhando velocidade – e na pior direção possível.

Rama seguia cada vez mais rápido diretamente para o Sol.

45

Fênix

À medida que os detalhes da nova órbita iam se definindo cada vez mais claramente, era difícil imaginar como Rama poderia escapar ao desastre. Apenas um punhado de cometas havia passado tão perto do Sol; no periélio, ele estaria a menos de meio milhão de quilômetros acima daquele inferno de hidrogênio em fusão. Nenhum material resistiria à temperatura de tal aproximação; a sólida liga da qual era feito o casco de Rama começaria a derreter a uma distância dez vezes maior.

A *Endeavour* já havia ultrapassado o próprio periélio, para alívio de todos, e lentamente aumentava a sua distância do Sol. Rama ia muito adiante, em sua órbita mais fechada e mais veloz, e já parecia estar dentro da orla exterior da coroa. A nave iria assistir de camarote ao ato final do drama.

Então, a cinco milhões de quilômetros do Sol, e ainda acelerando, Rama começou a tecer seu casulo. Até agora, Rama estivera visível, sob a máxima potência dos telescópios da *Endeavour*, como uma pequena barra luminosa; de repente, começou a cintilar, como uma estrela vista através das névoas do horizonte. Quase parecia estar se desintegrando; ao ver a imagem se dissolvendo, Norton teve uma comovente sensação de tristeza pela perda de tantas maravilhas. Então percebeu que Rama ainda estava lá, mas envolta em uma bruma tremeluzente.

E depois desapareceu. Em seu lugar ficou um objeto brilhante, semelhante a uma estrela, sem nenhum disco aparente – como se Rama tivesse subitamente se contraído numa pequena bola.

Somente depois de um tempo perceberam o que havia acontecido. Rama de fato desaparecera: estava agora envolta numa esfera perfeitamente refletora, com cerca de cem quilômetros de diâmetro. Tudo o que viam agora era o reflexo do próprio Sol na parte curva voltada para eles. Dentro dessa bolha protetora, Rama presumivelmente estava a salvo do inferno solar.

Com o passar das horas, a bolha mudou de forma. A imagem do Sol tornou-se alongada, distorcida. A esfera transformava-se numa elipsoide, com seu longo eixo apontado na direção do voo de Rama. Foi então que os primeiros registros anômalos começaram a chegar dos observatórios automáticos que há quase duzentos anos mantinham o Sol sob vigilância permanente.

Alguma coisa estava acontecendo ao campo magnético solar, na região de Rama. As linhas de energia de milhões de quilômetros de extensão que teciam a coroa, e soltavam mechas de gás intensamente ionizado a velocidades que às vezes desafiavam até a gravidade esmagadora do Sol, estavam envolvendo a elipsoide reluzente. Nada era visível aos olhos ainda, mas os instrumentos orbitais registravam cada mudança no fluxo magnético e na radiação ultravioleta.

E pouco depois, até os olhos podiam ver as mudanças na coroa. Um tubo ou túnel fracamente incandescente, com centenas de quilômetros de comprimento, surgira no alto da atmosfera exterior do Sol. Era ligeiramente curvo, inclinando-se ao longo da órbita traçada por Rama, e o próprio Rama – ou o casulo protetor à sua volta – era visível como uma esfera luminosa correndo cada vez mais rápido por aquele tubo fantasmagórico formado pela coroa.

Pois Rama ainda acelerava; agora se movia a mais de dois mil quilômetros por segundo, e não havia dúvida de que jamais seria capturado pelo Sol. Agora, finalmente, a estratégia dos ramanos era óbvia: tinham se aproximado tanto do Sol apenas para aproveitar sua energia na fonte e para ganhar velocidade rumo ao seu derradeiro e desconhecido destino...

E, pouco depois, pareciam aproveitar mais do que energia. Nunca se teve certeza disso, pois os instrumentos de observação mais próximos estavam a trinta milhões de quilômetros de distância, mas houve claros indícios de que fluiu matéria do Sol *para dentro de Rama*, como se estivesse substituindo os vazamentos e perdas de dez mil séculos no espaço.

Cada vez mais rápido, Rama contornou o Sol com uma velocidade jamais alcançada por qualquer objeto que já tenha viajado pelo Sistema Solar. Em menos de duas horas, a direção de seu movimento desviara mais de 90 graus, e ele provou, quase com desdém, sua total falta de interesse por todos aqueles mundos cuja paz de espírito havia tão grosseiramente perturbado.

Estava saindo da eclíptica e entrando no céu meridional, muito abaixo do plano em que se movem todos os planetas. Embora certamente não fosse seu destino final, rumava diretamente para a Grande Nuvem de Magalhães, e para os ermos abismos além da Via Láctea.

46

Interlúdio

– Entre – disse o comandante Norton distraidamente, ao ouvir baterem na sua porta.

– Tenho uma notícia para você, Bill. Queria lhe dar logo, antes que a tripulação começasse a comentar. De qualquer modo, é o meu departamento.

Norton ainda parecia distante. Estava deitado, com a cabeça sobre as mãos entrelaçadas, olhos semifechados, as luzes da cabine baixas – não exatamente cochilando, mas perdido em algum devaneio ou sonho particular.

Piscou uma ou duas vezes, e de repente voltou ao próprio corpo.

– Desculpe, Laura... Não estou entendendo. Do que se trata?

– Não me diga que você esqueceu!

– Pare de provocar, mulher malvada. Tenho andado com a cabeça um pouco ocupada ultimamente.

A comandante médica Ernst empurrou uma cadeira deslizante e sentou-se ao lado dele.

– Apesar das crises interplanetárias, as engrenagens da burocracia marciana continuam funcionando. Mas suponho que Rama tenha ajudado. Ainda bem que você não precisou da permissão dos mercurianos também.

Norton começou a entender.

– Ah... Port Lowell emitiu a licença!

– Melhor do que isso: já estão pondo em prática – Laura olhou de relance para o papel que tinha em mãos. – "Imediato" – ela leu. – Provavelmente, neste exato momento, seu novo filho está sendo concebido. Parabéns.

– Obrigado. Espero que ele não tenha se aborrecido com a demora.

Como todo astronauta, Norton fora esterilizado quando ingressou no serviço; para um homem que passaria anos no espaço, mutação causada por radiação não era um risco – era uma certeza. O espermatozoide que acabava de entregar sua carga genética em Marte, a duzentos milhões de quilômetros de distância, estivera congelado por trinta anos, aguardando o momento de seu destino.

Norton imaginou se estaria em casa para ver o nascimento. Ele merecia um tempo de descanso e diversão – uma vida normal em família, tanto quanto era possível para um astronauta. Agora que a essência da missão terminara, ele começava a se descontrair e a pensar mais uma vez sobre o próprio futuro, e o futuro de ambas as suas famílias. Contudo, seria bom passar uma temporada em casa, para compensar o tempo perdido – em todos os sentidos...

– Esta minha visita – protestou Laura, sem muita convicção – era puramente profissional.

– Depois de todos esses anos – retrucou Norton –, já nos conhecemos bem demais para isso. Em todo caso, você está de folga agora.

– E *agora*? No que você está pensando? – perguntou a comandante médica Ernst, muito tempo depois. – Espero que não esteja ficando sentimental.

– Sobre nós dois, não. Sobre Rama. Estou começando a sentir falta dele.

– Muito obrigada pelo elogio.

Norton apertou-a nos braços. Uma das coisas mais agradáveis da falta de peso, pensava ele com frequência, era que realmente se podia abraçar alguém a noite inteira, sem cortar a circulação. Havia quem afirmasse que o amor a 1 *g* era tão pesado que não se podia mais sentir prazer.

– É fato conhecido, Laura, que a mente masculina, ao contrário da feminina, opera em *dois* canais. Mas, falando sério... bem, *mais* sério... realmente estou com uma sensação de perda.

– Posso entender.

– Não seja tão clínica. Este não é o único motivo. Ah, deixa pra lá – desistiu. Não era fácil explicar, nem para si próprio.

Tivera êxito além de toda expectativa razoável; o que os seus homens descobriram em Rama manteria os cientistas ocupados por décadas. E, acima de tudo, tinha feito tudo sem uma única baixa.

Mas também fracassara. Podia-se especular infinitamente, mas a natureza e o objetivo dos ramanos ainda eram completamente desconhecidos. Tinham usado o Sistema Solar como um posto de reabastecimento, ou como um acelerador – chamem como quiserem –, e depois o tinham desprezado completamente, a caminho de coisas mais importantes. Provavelmente nunca saberiam da existência da raça humana; tal monumental indiferença era pior do que o insulto deliberado.

Quando Norton vislumbrara Rama pela última vez, uma pequena estrela movendo-se rapidamente além de Vênus, sentiu que parte de sua vida havia terminado. Tinha apenas cinquenta e cinco anos, mas era como se tivesse deixado sua juventude lá embaixo, naquela planície curva, em meio aos mistérios e maravilhas que agora se afastavam inexoravelmente além do alcance do homem. Por mais honras e conquistas que lhe reservasse o futuro, para o resto da vida seria assombrado por uma sensação de anticlímax e pela consciência das oportunidades perdidas.

Isso era o que dizia a si mesmo; mas, mesmo então, sabia que não seria assim.

E, na longínqua Terra, o dr. Carlisle Perera ainda não contara a ninguém que tinha acordado de um sono inquieto com a mensagem do subconsciente ainda ecoando em seu cérebro:

Os ramanos fazem tudo em grupos de três.

TIPOGRAFIA:
Minion [texto]
Minion Display [entretítulos]

PAPEL:
Pólen Natural 70 g/m² [miolo]
Cartão Supremo 250 g/m² [capa]

IMPRESSÃO:
Ipsis Gráfica [agosto de 2024]
1ª edição: junho de 2011
2ª edição: julho de 2015 [3 reimpressões]
3ª edição: fevereiro de 2020 [3 reimpressões]